la petite vermillon

Aristote, mon père

DE LA MÊME AUTRICE

À LA TABLE RONDE

Le Juste Milieu, coll. « Quai Voltaire », 2014 ;
rééd. « La Petite Vermillon », 2024.

Annabel Lyon

ARISTOTE, MON PÈRE

Roman

Traduit de l'anglais (Canada)
par David Fauquemberg

La Table Ronde
26, rue de Condé, Paris 6e

Titre original : *The Sweet Girl.*

editionslatableronde.fr

À Bryant,

gardien de ma solitude.

Lorsque ma fille aura l'âge requis, on la donnera en mariage à Nicanor ; mais s'il lui arrive malheur (ce qu'aux dieux ne plaise, et qui n'arrivera pas) avant son mariage, ou une fois qu'elle sera mariée mais sans qu'il y ait eu d'enfants, Nicanor aura tout pouvoir, tant par rapport à l'enfant que par rapport à tout le reste, et en disposera d'une manière digne à la fois de lui-même et de nous.

TESTAMENT D'ARISTOTE.

Les personnages

FOYER D'ARISTOTE

PYTHIAS, surnommée Pytho, fille d'Aristote et de Pythias, feu son épouse.

ARISTOTE, philosophe.

HERPYLLIS, concubine d'Aristote, ancienne servante.

NICOMAQUE, surnommé Nico, fils d'Aristote et d'Herpyllis.

TYCHON, esclave d'Aristote.

JASON, surnommé Myrmex, parent pauvre, puis fils adoptif d'Aristote.

PYRRHAÏOS, esclave d'Aristote.

SIMON, domestique libre d'Aristote.

THALÉE, domestique libre d'Aristote.

BELLE, fille d'Olympios, esclave d'Aristote.

OLYMPIOS, esclave d'Aristote.

PHILO, esclave d'Aristote.

AMBRACIS, esclave d'Aristote.

À ATHÈNES

AKAKIOS, rival d'Aristote, invité aux symposiums de celui-ci.

KRIOS, administrateur de la cité, invité aux symposiums d'Aristote.

GAÏANÉE, amie de Pythias.

théophraste, successeur d'Aristote à la tête du Lycée.

À CHALCIS

thaulos, chef de la garnison macédonienne.

PLIOS, magistrat.

GLYCÉRA, veuve.

EUPHRANOR, officier de cavalerie.

démétrios, esclave d'Euphranor.

UNE PRÊTRESSE D'ARTÉMIS.

MÉDA, OBOLÉE, APHRODISIA, « filles » de Glycéra.

CLÉA, sage-femme.

CANDAULÈS, éleveur de chiens, compagnon de Cléa.

DIONYSOS, un dieu.

NICANOR, cousin de Pythias.

I

La première fois que je demande à emporter un couteau au temple, papa me répond que je n'en ai pas le droit, car nous sommes macédoniens. Ici, à Athènes, il faut être née athénienne pour porter le panier contenant le couteau et mener la procession le jour du sacrifice. Tant d'années après que notre armée a défait la leur, les Athéniens se montrent encore parfois fort dédaigneux à notre égard.

« Mais je veux voir », dis-je.

J'ai sept étés.

« Quand on porte le panier, on est la mieux placée…

— Je sais, ma chérie. »

Le lendemain matin, il m'emmène au marché. La foule s'ouvre devant lui, pleine de respect ; macédonien ou pas, mon père est célèbre. « Lequel ? » interroge-t-il.

Je prends tout mon temps pour choisir. C'est la fin du printemps, la saison des bébés, il y a des veaux, des porcelets, aussi des petites poules. Dans la conversation des hommes autour de nous, il est question de l'armée, de son retour ; bientôt, sûrement, maintenant que les Perses ont été vaincus et que leur roi a pris la fuite. Mon choix se porte finalement sur un agneau immaculé qui réclame sa mère, et nous le ramenons à la maison. Je tiens la cordelette. Dans notre cour, nous installons les cuvettes, les linges et les instruments de papa.

« Tout à l'heure, tu seras triste », déclare papa.

Il hésite.

« C'est normal d'être triste.

— Pourquoi le serai-je ? »

Il s'assoit sur ses talons, mon père, pour réfléchir à ma question. Du bout du doigt il gratte son front plein de taches de rousseur et me sourit, posant sur moi ses yeux gris voilés de tristesse. « Parce qu'il est mignon », finit-il par répondre.

D'un geste désinvolte, il empoigne le cou de l'agneau. Les yeux de l'animal roulent, exorbités, et il se met à haleter. Sa langue est gris-brun. Je lui caresse la tête pour l'apaiser. Papa agrippe sa mâchoire, à présent. Je pose ma petite main sur sa grande main, et nous lui tranchons la gorge d'un geste sec, en profondeur. Quand il s'est vidé de son sang dans la cuvette, papa me demande par quoi j'aimerais commencer.

« Les pattes nous gênent », dis-je, et nous commençons par là.

« Que vais-je faire de toi ? » s'interroge mon père au beau milieu de la dissection, en regardant mes mains sanglantes, mon visage maculé de sang. Nous avons déboîté une patte, et je la fais plier en tirant sur le tendon. Il tient un œil entre deux doigts, avec précaution.

Nous échangeons un sourire.

« Jeune demoiselle aux doigts habiles », interpelle Herpyllis depuis le porche voûté, près des cuisines. Elle cale sur sa hanche le petit Nico endormi – Nico, son fils de sang, mon demi-frère – et traîne un coussin au soleil, pour nous regarder faire. Je me souviens de sa naissance, même si Herpyllis prétend que j'étais trop petite. Je me souviens de son visage ridé et de sa main happant mon doigt. Je me revois en train de l'embrasser, encore et encore, de pleurer quand il pleurait. Appuyée contre le genou d'Herpyllis, j'ouvrais le devant de ma robe pour allaiter ma poupée, Jolie-Tête, en la pressant contre mon sein minuscule, tandis qu'Herpyllis faisait téter Nico, passant la main dans mes cheveux. J'étais sa fille depuis mes quatre ans.

« Je saurai m'en souvenir la prochaine fois que tu me diras que tu es trop maladroite pour tisser », me reproche Herpyllis.

Je laisse tomber un morceau de viande dans le saladier qu'elle nous a apporté, éclaboussant ma robe de gouttes écarlates.

« Petite souillon, dit-elle. Qui voudra t'épouser ?

— L'un de mes élèves, répond aussitôt mon père. Quand l'heure viendra. Ça ne posera aucun problème. »

Des étudiants du monde entier rejoignent l'école de mon père, ici, à Athènes. Des rois envoient leurs fils ; notre propre Alexandre a été l'élève de papa, autrefois. Certains d'entre eux sont même assez riches pour qu'Herpyllis en soit flattée. Eux sauront ce que je vaux, ajoute mon père.

« Et combien vaut-elle, exactement ? » L'humeur d'Herpyllis se gâte, à présent. Négligemment, j'ai renversé du sang sur la laine de l'agneau, dont elle compte faire une tunique. Elle ordonne qu'on lui porte de l'eau, pour la rincer. Nico pousse un soupir théâtral dans son sommeil, jetant son bras potelé devant lui.

Papa s'assoit de nouveau sur ses talons, soupesant la question. Je fais une grimace à Herpyllis, qui me la rend. Elle replie le bras de Nico, qui soupire encore, plus calmement cette fois.

« C'est intéressant, remarque papa en contemplant Nico. Le visage d'un enfant reflète celui de ses deux parents. Peut-être en va-t-il de même pour l'esprit ? Si les deux parents sont intelligents, leur progéniture… »

Herpyllis s'offusque.

« Il se peut aussi qu'un philosophe stimule sa curiosité… » poursuit papa.

Herpyllis bâille.

« … qu'il évite, du moins, de la contrarier.

— Je ne veux pas me marier », dis-je.

D'habitude, je me contente d'écouter leurs conversations, mais celle-ci, je ne peux pas.

« Bien sûr que non, poussin, répond sur-le-champ Herpyllis. Tu es encore mon bébé…

— Pas avant très, très longtemps », renchérit mon père.

Ils croient que j'ai peur, et veulent me rassurer.

« Des années et des années. Les filles se marient bien trop tôt, de nos jours. Nous devrions suivre l'exemple des Spartiates. Dix-sept, dix-huit étés. Le corps doit finir de se développer. »

Joyeusement, je répète : « Je ne me marierai pas. Puis-je garder le crâne ?

— Nous allons le faire bouillir pour le nettoyer, répond mon père. Mais alors, que deviendras-tu ?

— Je serai professeur, comme toi. »

L'air grave, papa et Herpyllis acquiescent – c'est une ambition fort louable.

Tychon, notre solide esclave, apporte l'eau qu'Herpyllis lui a demandée. Je lui souris, il me répond d'un hochement de tête. C'est mon préféré. L'été dernier, il m'a appris à aspirer les moules directement dans la coquille, mais Herpyllis l'a rappelé à l'ordre. Il a compris : il y a un âge où les petites filles doivent cesser toute familiarité avec les esclaves. Ce n'était pas de la méchanceté ; Herpyllis avait été elle-même une simple servante, jusqu'à ce que papa la choisisse, après la mort de ma mère. Si elle se montrait aussi sévère avec moi, au sujet de mes manières, de mon apparence et de mon comportement, c'était bien parce qu'elle m'aimait beaucoup…

Je me souviens de ces moules dodues et mouillées sur ma langue, de la piqûre du sel. Je lèche discrètement le sang de l'agneau. Il est encore chaud.

« Ton père a pris la journée entière pour s'occuper de toi », me déclare Herpyllis, plus tard dans l'après-midi, redécoupant avec une moindre précision les morceaux que nous avons rapportés dans sa cuisine. Elle n'est pas mécontente, après tout. Nous aurons un vrai festin ce soir, et de la soupe pendant des jours. « Tu voudras garder les os, j'imagine ? »

Papa dit que les os constituent un excellent casse-tête. Je peux m'y consacrer pendant des semaines sans jamais m'ennuyer. Papa sait que je m'ennuie parfois. Herpyllis l'a compris, elle aussi, mais les solutions qu'elle propose m'intéressent moins – broderie, artisanat…

À l'heure du coucher, papa vient me border.

« Ça va, ma chérie ? »

Je lui demande si nous pourrons choisir un oiseau, la prochaine fois.

« Bien sûr. »

Il s'assoit près de moi.

« Un pigeon.

— Et une brème.

— Une seiche.

— Un serpent.

— Oh ! un serpent, s'exclame papa. Voilà qui me plairait beaucoup. Tu sais qu'en Perse il y a des serpents gros comme une cuisse d'homme ?

— Sur terre, ou dans l'eau ? »

Nous discutons jusqu'à ce qu'Herpyllis passe sa tête par la porte et dise à mon père que je dois dormir si je veux être belle.

Je m'étonne.

« Pour quoi faire ? »

Papa et Herpyllis éclatent de rire.

Au moment de sortir, il hésite.

« Ce que nous avons fait aujourd'hui… Même si tu avais le droit d'y aller, le sanctuaire n'est pas le lieu pour ça. Tu comprends ?

— Pourquoi ? »

Ses lèvres se tordent.

« Pourquoi, à ton avis ? »

Je ferme les yeux et je vois le temple, le silence et l'obscurité, les longs traits de lumière où tourbillonnent des particules de poussière, les piles d'offrandes sacrées, la flamme vacillante, l'odeur épicée, le prêtre si calme et radieux dans sa longue robe. Et dehors, dans le sanctuaire, le visage de pierre du dieu, l'agneau vacillant sur ses fines pattes qu'on mène sans apparat au pied de la statue.

« Herpyllis te laissera toujours utiliser la cuisine », reprend la voix lointaine de mon père. Je n'ouvre pas les yeux. Dans le sanctuaire, la mort de l'agneau est une extase. Là-bas, les os et le sang ne sont pas des spécimens ; ils sont un mystère qui n'a pas à être éclairci. Je repense soudain à la tristesse dont m'a parlé mon père, je la sens m'inonder, mais pas pour l'agneau. C'est pour les dieux que je suis triste. Que peuvent-ils bien penser du fait que nous ayons ouvert un animal sans eux, aujourd'hui ? Qu'en aucune manière nous ne les ayons conviés ? J'imagine la peine sur leurs visages immenses, superbes. Cette petite fille, oui, celle-là : ne nous aime-t-elle pas ? Qu'allons-nous faire d'elle ?

J'entends Herpyllis qui murmure : « Elle pleure. Tu es un homme cruel. Que lui as-tu donc fait ? »

Quelqu'un s'approche avec une lampe.

« Ouvre les yeux, Pytho », me demande papa, mais je les garde fermés. Je contemple à présent l'intérieur de mes paupières, rouge et strié de filaments.

« Tu pleures ?

— Je dors. »

Je reçois un baiser sur chaque joue, je sens les moustaches de papa et le doux parfum d'Herpyllis. Elle reste une fois qu'il est parti, s'assoit sur le bord de mon lit.

« Rien ne t'oblige à l'aider si ça te fait de la peine.

— J'en ai envie.

— Je sais », dit-elle.

J'ouvre les yeux.

« Qui est-ce qui t'aime quoi qu'il arrive ? interroge-t-elle.

— Toi. »

Elle mouche la lampe, mais ne se lève pas. Nous restons assises dans le noir.

« Pauvres dieux », dis-je, puis j'enfouis mon visage entre ses jambes et j'éclate en sanglots.

Herpyllis tourne en ridicule le travail de papa, ses élèves et le symposium qu'il organise chaque mois dans notre grande salle. Ses collègues y assistent, ses élèves les plus brillants, des politiciens, des artistes, des diplomates, des magistrats, des prêtres ; les symposiums de mon père sont célèbres dans toute la cité.

Le sujet du mois est la vertu. « Oh, la *vertu*… ironise Herpyllis. Des parasites, tous autant qu'ils sont ! Tu veux bien me tenir ça, mon bébé ? Je vais les faire tomber. »

Nous sommes dans la cuisine, tout juste rentrées du marché. J'attrape les rayons de miel, et les pose sur la table pour qu'elle puisse décharger le reste de nos courses. J'ai grandi d'un coup et je la dépasse d'un cheveu, à présent, même si je ne suis pas encore formée, j'ai la poitrine aussi plate que celle d'un garçon. Nous allons passer la journée en cuisine, avec les esclaves. Ce soir nous enfilerons nos plus beaux atours et nous nous assoirons dans la chambre d'Herpyllis pour manger de plus petites portions de ce qui sera servi aux hommes, puis nous tisserons. Leurs voix bourdonneront à travers les murs, assourdies, s'échauffant parfois dans une dispute ou un rire. Herpyllis tentera de faire des commérages, mais je lui dirai de se taire pour que je puisse les écouter. Elle posera alors son index sur ses lèvres et me conduira dans l'entrée où l'on entend mieux. Elle restera debout à contempler ses ongles et à se lisser les sourcils, pendant que j'essaierai de comprendre. Quand nous les entendrons se lever, nous nous précipiterons vers sa chambre en gloussant.

« Je me demande si les chiens sont vertueux. » Je verse des lentilles sur un linge propre, puis je les ramasse une par une pour les remettre dans le pot, sur l'étagère. Herpyllis aime que sa cuisine soit en ordre. « Un chien de chasse, par exemple. On peut avoir un chien trop énervé, qui mord tout ce qui bouge, ou bien un autre qui est trop timide et ne poursuit pas le gibier, et puis… Mets-en à tremper, veux-tu ? Pour dix personnes. »

Elle repousse une mèche de cheveux sur son front.

« Et puis, reprend-elle, on peut avoir un autre chien entre les deux, qui est tout ce qu'un chien devrait être. Oui, oui, je sais. Et un haricot trop fripé, un autre qui est encore humide, et un haricot entre les deux qui représente tout ce qu'un haricot devrait être. Le haricot le plus noble, le plus gracieux, le plus parfait… Un haricot vertueux.

— Non mais ! »

Papa se tient debout sur le seuil de la cuisine.

« Vous vous moquez de moi ?

— Oui. »

Herpyllis et moi avons répondu d'une seule voix.

Papa se glisse derrière Herpyllis, l'empoigne par les hanches et frotte son nez contre sa nuque.

« Et qui vous a permis de vous moquer de moi ? »

Je me faufile vers la porte, en m'efforçant de ne pas les regarder. Les esclaves ont déjà fui. Nous savons tous qu'ils aiment faire ça dans la cuisine.

« Des haricots, alors ? » ajoute papa.

Herpyllis a les yeux fermés ; elle fond déjà contre lui. Les yeux de papa sont ouverts. Il me sourit, je sais qu'il pense aux haricots.

Les premiers invités arrivent au coucher du soleil. Tychon les accueille et s'occupe des chevaux. Nico et moi nous tenons juste derrière la porte, avec Herpyllis et papa. Nico, avec ses huit étés, n'est pas encore assez grand pour s'asseoir avec les hommes, mais papa l'y autorise tant qu'il ne s'avise pas de parler. En général, il mange trop de gâteaux et s'endort à même le sol.

« Si nous faisions une partie de jetons ? me murmure Herpyllis.

— Je veux jouer aux jetons, soupire Nico.

— Et manquer la réception de papa ? répond Herpyllis. Petit idiot. Nous pourrons jouer demain. »

Nico pousse un grognement.

« Je ne veux pas jouer de toute manière, dis-je, pour l'arranger. J'ai envie de lire. »

Un nouvel invité se présente, un confrère de papa qui est de l'autre école, l'Académie. Papa a lui aussi étudié là-bas, quand il était jeune, et se montre toujours bienveillant avec ses rivaux, même si en rentrant il hoche la tête et confie à Herpyllis que leurs meilleurs professeurs sont tous morts, et que l'endroit ne tardera pas à fermer.

« Ça va être ennuyeux ! » se plaint Nico.

Le rival, Akakios, adresse un sourire à papa.

« Très, très ennuyeux, confirme mon père.

— Je ne viens que pour le banquet, continue Akakios.

— Arrêtez ! »

Nico a compris qu'ils se moquent de lui, et s'éloigne d'un pas furieux.

« Ce n'est encore qu'un gamin, commente gentiment Akakios, tandis qu'Herpyllis est partie rejoindre Nico. À son âge, je n'avais envie que de pêcher et de grimper aux arbres.

— Moi, je ne pensais qu'à nager, dit mon père.

— Et toi, ma douce ? m'interroge Akakios. Les chiots, n'est-ce pas ? Les chatons ? »

Je réponds :

« Tous les animaux, à vrai dire… »

Les lèvres de papa se tordent, comme je l'espérais.

« Et elle nous aide beaucoup dans la maison », intervient-il.

Akakios balaie ces propos du revers de la main.

« Tu devrais l'entendre vanter tes mérites, me dit-il. Un esprit supérieur à bon nombre de ses élèves, c'est ce qu'il affirme. Toujours le nez dans un livre. Elle aurait dû être un garçon. »

Je me tourne vers papa qui hoche la tête en souriant et rougit discrètement. *Oui, j'ai dit ça.* Je rougis un peu moi-même, de plaisir.

« Bactriane, hein ? » reprend Akakios, changeant de sujet. Il s'adresse à mon père. Je sais qu'il s'agit des dernières nouvelles de l'armée : le roi se trouve en Bactriane, aux confins du monde connu, il se fait appeler Shahanshah, Roi des Rois, et fonde cité sur cité, en les baptisant de son nom. Iskenderun, Iskandariya et maintenant Kandahar. Ces jours-ci, les gens annoncent les exploits du roi à mon père comme s'il en était responsable. Papa a été son tuteur, il y a longtemps, quand je n'étais encore qu'un bébé. C'est leur manière de nous rappeler que nous sommes des Macédoniens, et pas eux.

« Effectivement, répond papa. Le voilà devenu un grand géographe…

— C'est comme cartographe qu'il aurait encore des progrès à faire, rétorque Akakios. Il semble avoir perdu le chemin du retour. »

Herpyllis revient en secouant la tête, la mine faussement préoccupée.

« Nous n'allons pas couper à une partie de jetons géante, ce soir, me confie-t-elle. Mais seulement quand Nico aura terminé sa lecture. Je lui ai dit que tu l'aiderais. »

Je ne tape pas du pied, je ne râle pas, je ne roule pas de gros yeux ni ne crache, et pourtant les trois adultes éclatent de rire.

« Elle lance des étincelles, pas vrai ? » s'amuse Akakios.

« Il lui arrive de s'ennuyer, répond mon père. C'est la part féminine de l'esprit, je crois. Moi, je ne m'ennuyais jamais.

— Non, non, réplique Akakios en tapotant du doigt sur sa tempe. Elle a une flamme à l'intérieur, qui a besoin de combustible. Moi, je m'ennuie sans arrêt. Avec les élèves paresseux, surtout. C'est pourquoi j'attends ces soirées avec impatience. Elles me nourrissent pendant des jours. »

Papa s'incline ; Akakios lui retourne sa révérence. Herpyllis retient un gloussement ; je l'entends distinctement. Ces réceptions sont la plus grande dépense du foyer.

« Le cerveau a tout autant besoin de nourriture que l'estomac. » Akakios s'adresse à moi. « Ton père nous nourrit le corps et l'âme. »

« Quel connard prétentieux, déclare Herpyllis quand nous nous réfugions dans la chambre de Nico. Il vient muni d'un sac pour chaparder de la nourriture…

— C'est un compliment pour ta cuisine. »

J'ai l'oreille collée au mur.

« Je m'ennuie, se plaint Nico, repoussant sa tablette d'écriture. J'ai faim.

— Tu aurais pu manger avec les hommes.

— Tais-toi. »

Je réplique : « Tais-toi toi-même. » J'imite sa voix geignarde : « J'ai *faim*…

— Eh bien quoi, c'est vrai ! »

J'ajoute : « Tu es débile. Pourquoi ne sais-tu pas encore lire ?

— La lecture est une chose difficile, intervient aussitôt Herpyllis. S'il vous plaît, arrêtez de vous disputer. Et si nous allions faire un tour à la cuisine ? »

Nous la suivons dans la cour. Les voix des hommes y sont plus claires, et je m'attarde. Papa s'exprime. J'implore Herpyllis du regard.

« Nous t'attendons dans la cuisine », chuchote-t-elle.

Je suis souvent restée debout dans la cour, à écouter sans un bruit ; il m'est même arrivé de me faufiler jusqu'au seuil de la grande salle, et de les écouter, cachée derrière les rideaux ; puis je filais vers la cuisine, tel un petit faon, au moindre frémissement de la tenture. Mais il y a quelque chose dans l'air ce soir, avec Nico qui abandonne sa place, papa déclarant que j'aurais dû être un garçon, la gentillesse d'Akakios, et voilà que je trébuche à grand fracas sur une petite table, juste derrière la porte de la grande salle. En un instant, le rideau s'ouvre en grand et papa m'aide à me relever. J'aperçois derrière lui tous les hommes sur leurs matelas, qui tendent le cou pour voir qui est là.

Je murmure :

« S'il te plaît, papa. »

Je me retrouve assise dans le coin qu'aurait dû occuper Nico, près de papa, les jambes repliées sous mes fesses. Les hommes restent perplexes.

« Vous devenez excentrique en vieillissant, remarque l'un d'entre eux, s'adressant à mon père. On n'a encore jamais vu ça…

— Le garçon est plus beau, déclare une voix.

— Mais la fille est plus maligne », réplique Akakios.

Je n'ouvre pas la bouche, et me sens soulagée quand ils reprennent leur discussion.

« Vous ne pouvez pas sérieusement croire toutes ces absurdités modernes que vous débitez », soupire un vieil homme, à l'intention de papa. Je le reconnais : c'est Krios, un administrateur haut placé de la cité, l'un des hôtes les plus assidus de mon père. « Les vertus des chênes, des ânes et les dieux seuls savent de quoi d'autre encore… Tout cela n'a aucun sens, et vous le savez bien. Les dieux nous donnent la vertu.

— Ils nous montrent l'exemple ? réplique mon père.

— Pas de blasphème », répond le vieux, avec douceur.

Je vois qu'il a l'habitude de mon père, et qu'il est trop rusé pour répondre à ses provocations. Ça doit être pour ça que papa l'apprécie, malgré ses idées archaïques.

« Ils donnent un meilleur exemple que vous ne semblez vouloir l'admettre. Ils comprendraient bien mieux la présence de cette petite Athéna que la plupart de nos collègues, ce soir. »

Il parle de moi.

« Les dieux apprécient les femmes. Ils savent leur pouvoir. »

Krios s'approuve lui-même d'un hochement de tête.

« Dans leur monde, les meilleures femmes rivalisent avec les meilleurs hommes. Qu'ils soient penseurs, guerriers, guérisseurs…

— Dans *leur* monde, rétorque une voix.

— Platon, mon maître, enseignait que ce monde est un écho ou une ombre du monde idéal, intervient mon père. Je crains que les spécimens dont nous disposons dans ce monde-*ci* soient d'une qualité différente. »

Je lance à mon père un regard qui fait rire les hommes.

« Pas toi, ma chérie, précise-t-il. Je ne parlais pas de toi.

— Mais si, sans aucun doute, rétorque Krios. Sans vouloir t'offenser, petite Athéna. Si nous suivons votre raisonnement jusqu'à sa conclusion, où cela nous mène-t-il ? La plus grande vertu consiste à développer au mieux nos capacités. Si on est un âne, c'est dans l'épanouissement le plus total de notre ânerie qu'on sera vertueux. »

Je poursuis : « En portant des sacoches, en brayant, et ainsi de suite… »

J'ai jeté un caillou dans leur mare. S'ensuit une vaguelette de silence entendu, puis Krios s'incline légèrement pour me donner raison.

« Et si on est humain, c'est quand nos capacités s'épanouissent totalement qu'on est le plus vertueux, la plus haute d'entre elles étant notre intellect. C'est bien cela, n'est-ce pas, petite Athéna ? C'est cela que ton père professe ?

— Oui.

— Tu as lu les livres de ton père, n'est-ce pas ?

— Certains, répond mon père.

— Tu as une préférence ? »

Je laisse mon esprit prendre de l'avance sur la conversation à venir. Je le vois clairement, ce jeu de paroles que pratiquent les hommes, déployé sous mes yeux comme une partie de jetons. Je pourrais avancer ce jeton, ou cet autre. Mon père s'éclaircit la gorge, et je comprends que nous jouons la même partie. Je le regarde, il me fait un clin d'œil. *Vite, Pytho.*

Je réponds : « La *Métaphysique*. J'aime aussi les livres consacrés aux animaux, les croquis de dissection, mais la *Métaphysique*, je peux la relire encore et encore, et chaque fois j'apprends une chose nouvelle… »

J'aurais pu citer n'importe lequel de ses livres, et donner à ce jeu autant de directions, mais je sais que peu d'hommes présents ce soir sont arrivés au bout de la *Métaphysique*, car j'ai entendu papa le dire à Théophraste.

« Quelle sorte de choses y apprends-tu ? m'interroge Krios.

— J'ai appris des choses sur le changement. Le changement dans l'espace, le temps, la substance. J'ai appris des choses sur le mouvement. J'ai appris des choses sur l'être éternel et parfait, celui que papa nomme le moteur immobile.

— Sur Dieu, intervient Krios.

— Sur Dieu comme nécessité métaphysique, dis-je. Lointain, détaché, perdu dans la contemplation.

— Vous l'avez *vraiment* encouragée à s'épanouir, dit Krios à mon père.

— Ça commence à devenir un problème », réplique papa.

Quand leur rire retombe, Krios reprend :

« La question, alors, c'est de savoir si cette petite Athéna est unique, ou si elle est l'exemple de ce que pourraient être bien des filles, si elles étaient poussées par des pères tels que vous…

— Est-ce vraiment la question ? répond papa. Tu as détourné cette soirée, ma chérie. »

Je réponds : « Je suis l'ombre de papa », parce que je veux lui dire que je l'aime.

« Un monstre. » Une nouvelle voix : Akakios. « Oh, je ne dis pas ça méchamment. Mais comment un si grand homme pourrait-il produire une enfant ordinaire ? Les plus grandes montagnes ont les plus grandes ombres. Elle n'est pas représentative de son sexe. C'est l'exception qui confirme la règle. »

Papa s'incline, appréciant le compliment.

« S'il dit vrai, mon enfant, tu es condamnée à la solitude, remarque Krios.

— Seulement en compagnie des femmes, rétorque mon père. Tout ira bien tant qu'elle aura des livres.

— Il vous faudra trouver un époux qui accepte de lui en fournir, réplique Akakios.

— *S'il* dit vrai… » répète Krios.

Il me regarde, et je lis dans ses pensées : *Vas-y, petite Athéna.*

Je demande :

« Combien d'entre vous ont-ils des filles ? »

De nouveau ce silence, le temps qu'ils absorbent le son de ma voix.

« Plusieurs d'entre nous », répond Akakios, quand il devient évident que les hommes ne daigneront pas lever la main.

« Savent-elles lire des livres ? Pas seulement les comptes de la maison. De vrais livres, j'entends. »

Aucune réaction.

« En seraient-elles capables ? Si vous tentiez de leur apprendre ? Si un âne pouvait lire, serait-il mauvais de lui apprendre la lecture ?

— Serait-il mauvais de ne pas le faire ? rétorque Krios.

— L'âne vivrait-il plus mal pour autant ? interroge Akakios. Serait-il malheureux ?

— Ah, intervient mon père. *Voilà* la question… »

« Ça t'a plu, ma chérie ? me demande papa quand le dernier invité est reparti.

— Beaucoup.

— Et si nous choisissions de parler des animaux, la prochaine fois ?

— Oh ! oui.

— Ils t'ont appréciée, ajoute mon père. Tu les as fait réfléchir. »

Nous nous arrêtons devant la porte de ma chambre. Il m'embrasse sur le haut du crâne.

Je lui demande : « Me sentirai-je seule, tu crois ? »

Il sourit.

« Bien sûr. Cela t'effraie ?

— Toi, tu te sens seul ?

— Bien sûr.

— Mais tu nous as, nous.

— C'est vrai. J'ai Herpyllis pour quand j'ai froid, et Nico pour quand je veux rire. Et je t'ai toi, Pytho. »

J'attends pendant qu'il réfléchit.

« Pour quand tu veux te souvenir de maman », dis-je, afin de nous ménager lui et moi.

Il a l'air surpris.

« Pour ça aussi, répond-il. Mais j'allais dire : je t'ai, ma Pytho, pour quand je veux penser à l'avenir. »

Je me dresse sur la pointe des pieds et l'embrasse sur la joue. Il s'éclaircit la gorge et se précipite vers sa chambre.

Papa tient sa promesse, et Herpyllis ne tarde pas à déclarer qu'il a complètement perdu la raison. Il dispose différents squelettes dans la grande salle et, sur ses ordres, Tychon entasse des caisses de spécimens vivants au milieu de la cour. Il confie à Herpyllis le soin de les nourrir, ce qui signifie que nous nous en chargeons, Nico et moi. Des oiseaux, des lézards, des grenouilles, des lapins, des tortues et une belette que Nico baptise Ratiche.

« Mais arrête de lui présenter tes doigts. »

J'appuie un chiffon sur sa main jusqu'à ce que le saignement cesse.

« Je me demande ce qu'il va faire de tous ces animaux.

— Les disséquer, évidemment, rétorque Nico.

— Quand il en aura terminé, je voulais dire… »

Nico fait couler des graines à travers le grillage de la cage aux oiseaux, effrayant les pigeons.

« Bientôt, vous serez transformés en soupe, roucoule-t-il. Eh oui… »

J'essore une éponge au-dessus des grenouilles. Papa dit qu'il faut les maintenir mouillées.

« Je me demande ce qu'Herpyllis fera de celles-là…

— Elle les donnera aux chiens ?

— Aux élèves de papa, plutôt… »

Nous ricanons.

« Grenouille rôtie aux noix.

— Aux figues, corrige Nico. J'aime pas les noix. Hé, mais tu saignes ! »

Je m'essuie la main sur ma robe.

« C'est ton sang.

— Non, pas là. Derrière. »

Je fais tourner ma robe et aperçois la tache rouge brun.

« Maman ! braille Nico. Pytho s'est assise sur un objet tranchant !

— Gros balourd, dis-je. Ça veut dire que je peux avoir un bébé, maintenant. »

Nico rit bêtement.

« Tais-toi.

— Tais-toi toi-même, réplique-t-il. Tu as besoin d'un homme pour faire un bébé. Il doit mettre son pénis dans ton trou.

— Merci, Nico », souffle Herpyllis, en sortant dans la cour. Elle me jette un coup d'œil et me pousse vers sa chambre.

« Bientôt treize étés, dit-elle. Il était temps.

— Je ne me marierai pas.

— Oh si, tu vas te marier. »

Herpyllis me déshabille et réclame une cuvette remplie d'eau et des linges propres.

« Tu vas d'ailleurs te rendre directement au temple. Un homme t'y attend depuis toute une année. Il est très laid, et il a très mauvaise haleine.

— Oh, arrête !

— Bon, évidemment que tu ne vas pas te marier tout de suite. »

Elle me montre comment enrouler le linge et l'attacher pour le maintenir.

« Tu sais ce qu'en pense ton père... Dix-huit étés, pas avant. Ça nous en laisse des années.

— C'est archaïque. Gaïanée a le même âge que moi, et elle se marie cet été. »

Herpyllis cesse d'essorer ma robe ensanglantée, et pose les mains sur ses hanches.

« Alors maintenant, tu veux te marier ?

— Je n'ai pas dit ça !

— Tu veux qu'on se dispute, voilà ce que tu veux. Comme toutes les filles de ton âge, qui veulent se disputer avec leur mère. »

Je ne la contredis pas.

Le lendemain matin, Herpyllis me traîne jusqu'au temple. Elle emporte des pièces d'or, un flacon de parfum et le bon vin qu'elle gardait pour le jour où l'on célèbre la fête de papa. Papa fronce les sourcils, mais ne dit rien. Tychon nous suit, un peu en retrait, portant un sac rempli de mes vieux jouets. J'ai écrit moi-même la dédicace :

> À l'heure de sa ménarche, Pythias consacre à Artémis la balle qu'elle aimait tant, le filet qui tenait ses cheveux ; et sa poupée, comme il convient ; de la vierge Pythias à la déesse vierge. En retour, déploie ta main sur la fille d'Aristote, et veille pieusement sur cette jeune fille pieuse.

J'ai eu une petite dispute avec Herpyllis ce matin, quand j'ai voulu garder Jolie-Tête. Je ne joue plus ni ne dors plus avec elle, désormais, mais ma mère l'a cousue pour moi, a brodé de minuscules roses pâles sur l'ourlet de sa robe. J'aime contempler la complexité miniature de ces roses, et imaginer ma mère penchée sur son ouvrage, les yeux plissés. Je ne me souviens plus d'elle, et le seul souvenir qui me reste – une femme bourrue aux sourcils épais et à la voix criarde qui me calait sur sa hanche pendant qu'elle aboyait sur tout le monde sauf moi –, on m'a dit qu'il était faux. Peu importe : je sais ce que je sais. Parfois, quand je suis cruelle avec Nico, je la sens en moi qui jaillit, et je me sens forte, solide.

Herpyllis a gagné ce combat, néanmoins.

« Je ne veux pas le savoir, déclare-t-elle à présent, tandis que nous marchons. On ne trompe pas la déesse sur la qualité des offrandes. J'ai connu une fille, quand j'étais petite, sa mère a offert une huile de second choix, et elle n'a jamais eu d'enfant. Tiens-toi droite, Pytho. Tout le monde n'a pas à le savoir.

— J'ai l'impression que ça glisse.

— Ne t'inquiète pas. Tu t'y habitueras. Ne t'assois pas, c'est tout, jusqu'à ce que nous soyons rentrées, et tu ne tacheras pas tes habits. Il faudra que tu le rinces aussitôt et que tu le mettes à sécher dans ta chambre, pour que ton père ne le voie pas.

— Je sais.

— Maintenant, écoute-moi bien... »

Elle s'arrête sur la route, pose les mains sur mes épaules.

« Tu dois remercier la déesse comme il convient. Pas d'erreur. Si tu ne fais pas ce qu'il faut, elle le saura. »

Je pense à papa, à son scepticisme austère.

« Comment le saura-t-elle ?

— Elle a la même vision des choses que papa, son sarcasme en moins. »

Je défais le bouchon du parfum, et je respire.

« Oh non, Herpyllis. C'est ton meilleur.

— Oui, mon meilleur. »

Dans le temple, nous faisons nos offrandes et prions. J'accomplis les rites dans le bon ordre et je vois qu'Herpyllis est heureuse. Mais le rituel est une chose, et mes sentiments en sont une autre. Je me sens incapable d'être reconnaissante pour ces souillures qui sortent de moi et la perspective qu'un garçon boutonneux me souffle sa mauvaise haleine dans la bouche, mais je pense à Herpyllis renonçant pour moi à son meilleur parfum, et c'est ainsi que je trouve en moi des larmes d'affection. J'embrasse Jolie-Tête et caresse une dernière fois les petites broderies sur sa robe, puis je la dépose au milieu des autres offrandes. Quand nous en avons terminé, Herpyllis m'embrasse, essuie ses yeux et les miens, et ne dit pas un mot sur le chemin du retour, mais elle tient ma main dans la sienne. Sa joie rejaillit sur moi. Une joie d'emprunt, mais assez sincère, j'espère, pour satisfaire la déesse.

À la maison, un étrange garçon frappe du poing contre la porte. Mon âge, à peu près. Il porte un paquet. Ses pieds sont sales et écorchés, ses vêtements plutôt en bon état.

« Il faut frapper plus fort, lui conseille Herpyllis. Comment veux-tu que nous t'entendions ? »

Il tourne vers nous son visage stupéfait. Yeux noirs, cheveux noirs, la bouche tuméfiée ; le bleu a presque disparu, mais pas l'œdème. Il me regarde.

« Va chercher papa », m'ordonne Herpyllis. Sa voix s'est durcie, imperceptiblement ; le garçon n'aura pas perçu la différence.

« Tu as faim ? demande-t-elle.

— Oui. »

Une voix grave. Plus vieux que je ne pensais, d'un an ou deux ; il est petit pour son âge.

« Vas-y », répète Herpyllis, sèchement cette fois, car je n'ai pas bougé.

Je reviens avec papa et une pomme. Herpyllis tient une lettre. Le garçon attrape la pomme et me regarde de nouveau, hochant la tête. Papa prend la lettre, et lit.

« Moi qui croyais connaître tous mes cousins, déclare-t-il au bout d'un moment. Bon. Et si nous rentrions ? »

« Non, refuse Herpyllis, plus tard dans l'après-midi, pour la vingtième ou trentième fois. Nous n'avons pas la place. Il dormira aux écuries.

— Il pourrait partager la chambre de Nico.

— Hors de question. Nous ne savons rien de lui.

— Il y a cette pièce vide dans l'aile des serviteurs...

— Tu l'utilises pour tes spécimens. Où veux-tu que nous les déplacions ?

— Tu n'as qu'à le considérer comme un grand spécimen, dis-je.

— Bon, bon... »

Mon père se lève.

« Un peu de charité, toutes les deux, s'il vous plaît. Imaginez-vous dans sa situation, rejeté par les siens parce qu'ils n'ont pas les moyens de s'en occuper, envoyé chez nous malgré lui, à notre merci... Il est certainement terrifié. Où est-il maintenant, dans la cuisine ? Envoyez-le-moi quand il se réveillera. »

« Je n'avais encore jamais vu personne manger le trognon d'une pomme », dis-je à Herpyllis quand mon père a rejoint sa salle d'étude. Le garçon dort sur un tapis près de l'âtre ; Nico court en liberté avec ses amis, quelque part, et ne sait pas encore qu'il a un nouveau frère.

« D'où vient-il, déjà ?

— Il dit qu'il arrive d'Amphissa.
— Tu ne l'aimes pas.
— Il ne m'inspire pas confiance.
— Pourquoi ? »

Elle me dévisage.

« Je n'en ai aucune idée.
— Moi je l'aime bien, dis-je.
— Je sais, mon cœur. »

Elle se lève et m'embrasse sur la tête.

« Garde précieusement ce sentiment. Je crois qu'un dur chemin l'attend.
— Pourquoi ? »

Elle m'ébouriffe les cheveux, et part préparer la salle des spécimens.

Je vais dans la cuisine. Il est réveillé sur son tapis, et ses yeux s'embrasent quand il m'aperçoit. Il se redresse. Je lui demande ce qui est arrivé à sa bouche. Il ne répond pas.

« Comment t'appelles-tu ? » interroge-t-il. De nouveau cette voix grave inattendue, une musique à laquelle je dois encore m'habituer.

« Pythias.
— Ta mère ne m'aime pas.
— Ce n'est pas ma mère. Tu as faim ?
— Je meurs de faim. »

Je prends du pain et du fromage sur l'étagère.

« Ça fait mal, quand tu mâches ?
— Un peu. Mais la dent bouge moins.
— C'est arrivé avant ton départ, ou sur la route ? »

Il arrache la croûte et la laisse dans l'assiette.

« Avant, répond-il en mâchant la mie.

— Qu'as-tu fait ?

— J'ai embrassé une fille », dit-il en riant. Il secoue la tête sans même lever les yeux de son assiette.

« Quel est ton nom ?

— Jason. »

Papa le surnomme Myrmex, Petite Fourmi, à cause de ses cheveux très très noirs, de ses yeux très très noirs et de son tempérament très très actif. Toujours à courir partout, il ne tient pas en place. Papa dit qu'il est très intelligent. La lettre l'affirmait, et au cours des jours suivants, papa l'emmène marcher, joue aux jetons avec lui et lui demande de l'aider avec ses spécimens et ses livres. Pour *mieux le sentir*, dit-il. J'observe tout cela à distance. Moi, je ne le trouve pas si intelligent, loin de là. Sa lecture est heurtée, et il ne sait même pas construire les syllogismes les plus basiques. Il se lasse encore plus vite que moi. Ses deux grandes passions, ce sont les chevaux et marcher dans la rue avec mon père en observant la manière dont les gens le traitent. Avec Nico et moi, il se moque de papa dès qu'il a le dos tourné, mais en public, il n'aime rien tant que la main de mon père posée sur son épaule, les paroles que mon père murmure à son oreille, tandis qu'autour de lui les hommes et les garçons le considèrent avec envie. « Mon fils », le présente papa, et ce presque depuis le début.

« Oh, tu connais ton père… »

L'aversion que le nouveau garçon inspire à Herpyllis n'a cessé de s'affermir, jusqu'à devenir comme un bloc de résine à travers lequel ces deux-là doivent se regarder.

« Il se lassera de lui au bout d'un moment. Et alors, il se rendra compte que tu te débrouilles bien mieux avec les livres, mon bébé.

— En attendant, je n'ai plus rien à lire. »

Herpyllis a l'air exaspérée.

« Alors va frapper à sa porte et demande-lui-en.

— Je ne peux pas. Il dit que je dois rester à l'écart de sa salle d'étude jusqu'à ce que… »

Herpyllis semble ailleurs pendant quelques instants, puis son visage s'éclaircit. « L'odeur… » Elle hoche la tête. « Il n'aime pas ça chez moi non plus. Ce n'est pas grave. Tu en as presque terminé pour ce mois-ci. La couleur a changé, déjà ?

— C'est plus sombre. »

Herpyllis hoche la tête.

« Et il y a moins de sang, n'est-ce pas ? Eh bien, voilà. Tu t'en es très bien sortie, pour une première fois. Tu ne t'es pas salie du tout. »

Sans doute parce que je me change si souvent que les linges pendus dans ma chambre s'agitent comme des oiseaux dans une volière. Une atroce pensée me vient.

« Crois-tu que Myrmex sent l'odeur, lui aussi ?

— Il est trop jeune. Il ne sait probablement pas encore ce que c'est. »

Chez mon amie Gaïanée, nous discutons de mon nouveau frère, penchées sur nos métiers à tisser.

« Mais *qui* est-il, déjà ? demande-t-elle.

— Le fils d'un cousin éloigné de papa. Ils n'ont pas les moyens de le garder, mais comme il est soi-disant très brillant, ils ont pensé que papa le prendrait chez lui et ferait son éducation.

— Soi-disant ? »

Je tire sur un fil, qui se casse.

« Tu es jalouse.

— Oui, dis-je. Non. Pas exactement. C'est juste que papa ne veut voir personne d'autre en ce moment. Il est convaincu que Myrmex dirigera son école, un jour.

— Et Nico, alors ?

— Nico n'est pas assez intelligent.

— Mais toi, si.

— Je suis une fille. Je saigne.

— Il y a des avantages, rétorque Gaïanée. Tu as le droit d'être malade maintenant, tu sais… »

Elle pose sa laine devant elle, et me regarde.

« On appelle ça l'utérus errant. Ça te tire d'un tas de situations. Tu peux te sentir fatiguée, essoufflée, hystérique, avoir des vertiges… Tout ce que tu veux, en fait. C'est ton utérus qui migre dans tout le corps, à la recherche de l'humidité. »

Je fronce les sourcils.

« Je t'assure », insiste-t-elle.

La mère de Gaïanée, diaphane et parfumée, se glisse sans bruit dans la pièce, elle nous surveille.

« C'est si bien de t'avoir ici, Pythias. Tu te fais rare. Gaïanée me dit toujours à quel point tu lui manques. »

Elle se penche par-dessus l'épaule de sa fille, inspecte son ouvrage, et l'embrasse sur les cheveux. Quand elle regarde mon métier, ses sourcils se dressent.

« Papa m'a enseigné… »

Je décide de ne pas terminer ma phrase.

« Pas à tisser, en tout cas. »

Elle attrape mon ouvrage, tente de le corriger.

« Tu devrais venir plus souvent. »

Je comprends qu'il s'agit d'une critique à l'encontre d'Herpyllis dont elle ne prononce jamais le nom. Les parents de Gaïanée sont riches, des citoyens. Herpyllis, ancienne servante, n'est jamais venue chez eux.

« Pythias a commencé à saigner, annonce Gaïanée à sa mère. Et elle a un nouveau frère.

— Oh ! »

Sa mère rougit.

« J'ignorais que… »

Ses doigts dérivent dans l'air, allusifs.

« Herpyllis n'était pas pleine », dis-je.

Elles tressaillent, toutes deux ; ce mot-là est pour les animaux. *Enceinte*, aurais-je dû employer, ou bien *bénie*.

« Un cousin est venu s'installer chez nous.

— Un coucou dans le nid… remarque Gaïanée.

— Gaïanée t'a-t-elle parlé du mariage ? »

Sa mère se lève.

« Je vais demander qu'on vous serve un jus de fruit. Il fait si chaud, n'est-ce pas ? Gaïanée t'expliquera.

— J'ai offensé ta mère, dis-je une fois qu'elle est sortie.

— Maman vit sur un nuage, réplique Gaïanée. Elle flotte dans son monde. Elle n'a plus confiance en toi depuis la fois où elle t'a surprise en train de m'apprendre l'alphabet. Il est beau garçon ? »

Je coince un fil entre mes dents.

« Qui ?

— Le coucou, évidemment. »

Gaïanée a adopté la douceur vague de sa mère, mais elle a une franchise qui nous réunit. La franchise et le désir ; elle m'a avoué sans détour son impatience de se marier, bien qu'elle prétende être effrayée, comme toute jeune fille de bonne famille.

« Je ne sais pas, dis-je sincèrement.

— Tu l'aimes bien ?

— Je suis triste pour lui. Je crois qu'il n'a pas l'habitude que les gens soient gentils avec lui. Quand il s'est présenté à notre porte, il avait le visage couvert de bleus.

— A-t-il essayé de te toucher ?

— Non. Herpyllis n'arrête pas de me poser cette question, elle aussi.

— Dommage pour toi. »

Gaïanée m'a confié que son fiancé avait les mains lestes.

« En tout cas, si sa présence ici signifie que tu passeras moins de temps avec ton père et davantage avec nous, j'approuve. »

Je lui offre en retour une amabilité, quelque chose comme : *Moi aussi.*

Quand je rentre à la maison, Herpyllis me jette un seul coup d'œil et déclare :

« Tu as vécu la journée d'une jeune fille comme les autres. Il faudra t'y habituer.

— Où est papa ?

— À l'école.

— Et Nico ?

— Avec lui.

— Où est Myrmex ? »

Elle hausse les épaules : *Avec eux, évidemment.*

« Papa m'attend, d'habitude, les jours où je vais chez Gaïanée… Pourquoi ne m'a-t-il pas attendue ? »

Sa mine me répond : *Pytho, ne commence pas.*

Je l'aide à la cuisine, pour préparer le symposium du lendemain. Je ne joue pas avec les couteaux, rien. Je ne fais pas danser les pattes du poulet, ni ne demande à conserver le bec. Quand les hommes rentrent à la maison, papa se dirige aussitôt vers sa salle d'étude. Je le suis.

« J'ai une migraine, explique-t-il.

— Je te prépare un cataplasme.

— Non, ça ira. Va manger avec les autres. »

Il se tâte le front du bout des doigts, çà et là, expérimentalement.

« La mère de Gaïanée m'a invitée à retourner tisser chez elles, demain. Je ne veux pas y aller.

— Pythias, je t'en prie.

— Herpyllis va m'obliger.

— On étouffe, ici.

— Je ne saigne plus.

— Pythias, je t'en *prie.* »

Le soir d'après, le soir du symposium de papa sur les animaux, Myrmex occupe mon coin dans la grande salle, et moi je suis chez Gaïanée, où sa mère a installé son métier à côté du mien.

« Bon, commençons par des choses simples, tu veux bien ? Ça paraît compliqué au début, mais tu prendras vite le coup de main. Il te faut un bon professeur, c'est tout.

— Vous ne trouvez pas qu'on étouffe, ici ? »

Je pose le revers de ma main sur mon front, et je balance un peu la tête.

« Je ferais peut-être mieux de m'allonger. »

Je n'ai pas achevé ma phrase que, déjà, la mère de Gaïanée hoche la tête, me sourit gentiment. *Bien tenté…*

Je devrais haïr Myrmex. J'essaie. Le lendemain matin, je l'ignore.

« Hé, s'écrie-t-il. Hé, Pytho ! »

Il me suit dehors, dans le jardin, où j'entreprends d'arracher des fleurs sur les ramures d'un cognassier, afin que le reste des fruits prospère.

« Qu'est-ce que j'ai fait ? » demande-t-il.

Je lui jette un regard.

« Ils ont parlé de toi, hier soir », reprend-il.

Je ne veux pas savoir, je ne veux pas savoir, je ne veux pas savoir.

« Pytho, dit-il en éclatant de rire. Arrête de bouder. »

Je ne fais pas attention à lui.

« Akakios a fâché ton père, explique-t-il. Il parlait de – oh, de quoi déjà ? Quelque chose au sujet des plantes. La différence entre les femmes et les plantes. Ou plutôt, le fait qu'il n'y avait aucune différence.

— La faculté nutritive contre la faculté intellectuelle », dis-je.

Il éclate à nouveau de rire.

« Tu écoutais !

— J'étais chez Gaïanée. Je tissais.

— Ah ! »

Je lui lance un coup de poing. Puis nous roulons sur le sol, nous luttons. Il est plus fort mais moi, rien ne me gêne. Je donne des coups de pied, je mords et je griffe.

Je crache : « Ça ne t'intéresse même pas ! Tu es stupide, tu ne sais pas lire, tu pourrais aussi bien être une plante. Cette soirée, c'était la *mienne*.

— Arrête. »

Il tente de me bloquer les mains, mais je lui mords l'épaule et il pousse un grand cri. Je sens quelqu'un qui approche, quelqu'un de grand et de tranquille. Je libère une de mes mains, lui enfonce l'index dans l'œil, mon pouce dans la bouche, et je tire d'un coup sec. Il me mord le pouce, fort, puis soudain de grosses mains m'empoignent sous les aisselles et me soulèvent dans les airs.

Tychon.

« Mon jeune maître, dit-il. Ma jeune maîtresse. »

L'œil de Myrmex est rouge et larmoyant. Je saigne du pouce. Je demande :

« Qu'a dit Akakios ?

— Je ne vois plus rien ! » gémit Myrmex.

Tychon me repose par terre. J'insiste :

« Qu'est-ce qu'il a dit ?

— Que les plantes étaient vivifiées par la présence des dieux en elles, et qu'elles mouraient quand les dieux se retiraient.

— C'est idiot, dis-je. Et un arbre, alors, avec une seule branche morte ?

— C'est ce qu'a répondu ton père. »

Tychon rentre dans la maison.

« Regarde », dis-je, en montrant à Myrmex l'anneau gravé par ses dents à la base de mon pouce.

Il me prend la main et lèche le sang de sa langue chaude.

« Désolé.

— Désolée pour ton œil.

— Désolé pour ton symposium.

— Tu n'es pas désolé.

— Bon, avoue-t-il, ce n'est pas que je préférerais tisser... Mais je crois que j'aimerais mieux faire autre chose. Explorer la cité, voilà ce que j'aimerais. Voir le monde.

— Papa ne t'en empêchera pas, dis-je. Mais tu dois participer à ses réceptions. Tu le blesseras si tu n'y vas pas. Et en plus, tu ne pourras pas me raconter.

— Tu es bizarre », dit-il.

Les traces de morsure se cicatriseront en un cercle de croissants blanchâtres autour de l'articulation.

Myrmex s'installe peu à peu chez nous. Herpyllis se montre toujours aussi distante avec lui. Papa semble avoir pitié de lui. Nico a peur de sa brutalité. Les serviteurs le traitent comme un invité. Mais lui et moi, moi et lui. Jamais je n'avais tenu la faiblesse d'une personne dans la coupe de mes mains, comme j'ai l'impression de le faire avec lui. Sa faiblesse et ses secrets : sa solitude, ses blessures, sa peur, son cerveau ordinaire. Il m'apporte le monde par bribes, ce monde dont je suis désormais coupée : des conversations auxquelles il ne comprend rien, des spécimens dont il ignore le nom, des manuscrits que papa lui a donné à lire et qui n'ont pour lui ni queue ni tête. Il a même le droit d'assister aux cours de mon père, à l'école. Je le guide dans tout cela, et l'aide à gagner l'amour un peu bourru de papa. En échange, il m'apprend à monter à cheval, à feindre une poussée de fièvre, à parier sur les dés. J'ai peur pour lui, de ce qu'il deviendrait si je n'étais pas là pour le guider. C'est une grande responsabilité.

Le roi est mourant ; le roi se meurt ; le roi est mort. Je descends à pied jusqu'au rivage pour regarder les mouettes se disputer cette nouvelle. À seize étés, je ne devrais plus me promener seule. Le secret, c'est de ne pas demander la permission. Myrmex me servait de chaperon, mais ces derniers temps, il se prend pour un hercule : il traîne autour de la garnison, boit avec les soldats, manque les cours de papa. Chaque minute passée avec notre famille l'insupporte. Il se promène avec un couteau dont les ciselures et la taille sont extravagantes, seuls les dieux savent comment il se l'est procuré. Il n'est toujours pas beaucoup plus grand que moi. Il soulève sans cesse des objets, pour se muscler les bras. Papa estime qu'il traverse une phase, qui passera quand il aura compris que la bagarre n'apporte aucune satisfaction intellectuelle.

Il me manque, beaucoup. L'ami me manque, le frère. Ces jours-ci, son odeur aussi me manque, son nez retroussé, sa bouche et sa voix de miel, cet homme qui n'est pas mon frère. Je crois que c'est son absence ; s'il était plus présent, les choses redeviendraient comme elles l'étaient avant. Une phase, pas de doute.

J'ai emporté le pot de lentilles qui me donne un prétexte pour faire un détour par le marché et entendre les derniers ragots. Lait, fromage, olives, pain, noix, herbes, poisson, fruits, viande. Le cœur de l'été, la saison grasse. Je porte une robe et un voile de mousseline neufs, et je flâne en tendant l'oreille. Je me sens belle. J'entends : *Babylone*. J'ai vu Babylone sur les cartes de papa. *Une migraine, une atroce migraine.* Peut-on mourir de cela ? Je ne le demande pas à voix haute, ce n'est pas nécessaire. *Non, c'était les entrailles. Il a agonisé pendant un jour et une nuit, puis il est mort. Ils l'ont enterré là-bas. Non, ils le ramènent ici. Non, ils se sont tous trompés. Il est bien vivant. C'est son sosie qui est mort. Ils avaient un sosie qui lui ressemblait trait pour trait et apparaissait en public à sa place. Des assassins n'auraient pas fait la différence. Du poison, c'était du poison, mais le sosie est mort, pas le roi. Pas encore.*

« Alors, beauté, me demande le marchand de lentilles. Rouges ou vertes ? »

Je ne suis pas une beauté, mais je me rends chez lui tout spécialement pour entendre ce mensonge. Je hisse mon pot sur son étal.

« Vertes, s'il vous plaît.

— Des lentilles porte-bonheur, s'enthousiasme-t-il en versant. Les préférées du roi. »

Des rires tout autour, et qui n'ont rien de bienveillant. Mais bien sûr, je sais pourquoi. Les Athéniens se souviennent encore du temps d'avant la Macédoine, le temps où ils étaient indépendants, puissants et glorieux par eux-mêmes. C'est de mémoire d'homme ;

papa lui-même a assisté à la bataille, quand le roi a fait tomber Athènes. Ils maugréent et s'irritent, raillent et ricanent, sans remarquer la jeune Macédonienne à l'accent athénien qui comprend mieux la démocratie et l'empire qu'ils le pourront jamais.

Le pot est lourd ; je le cale sur ma hanche comme font les servantes. Tout me fait pressentir l'importance du moment ; j'aimerais aussi acheter un oiseau. Mais Herpyllis est jalouse de tout ce qui touche aux achats, et lui trouvera certainement un défaut. Elle veut bien me confier les pots encombrants, mais les articles pour la fête, c'est son domaine.

La marche jusqu'à la plage est longue, avec ce pot qui m'entaille la hanche. Tychon veut me le prendre, mais il porte déjà les serviettes, le déjeuner, les gourdes de cuir et mes livres. Nous escaladons les roches chaudes à l'écart des lieux de baignade fréquentés, jusqu'à une crique de sable incurvée en forme de faux, au bas d'une pente abrupte dont les pierres se délogent sous nos pieds, à l'abri de hautes falaises, avec une petite grotte marine pour plus d'intimité. Je me déshabille et plonge dans l'eau, pendant que Tychon plante des bâtons dans le sable et installe pour moi une petite tente en toile cirée. Quand je ressors de l'eau, le pot de lentilles a disparu, sans doute au fond de son paquetage. Il a servi mon repas dans des assiettes, m'a versé une coupe d'eau, a disposé mes livres dans la tente, puis il est parti s'asseoir à distance sur les rochers, d'où il contemple la mer.

Je mange et bois et gratte l'ampoule, toute gonflée sur ma paume, qu'a fait naître le pot de lentilles.

Je construis un parcours d'obstacles pour le crabe gros comme l'ongle d'un pouce que j'ai rapporté du bord de l'eau, et je le regarde négocier les monticules de sable et les ruisselets d'eau déversés de ma coupe. À un moment, je cherche des yeux Tychon et je l'aperçois plus bas, sur le rivage, qui ramasse des coquillages au milieu des algues et en suce le contenu. De temps à autre, il asperge son crâne aux cheveux hérissés pour se rafraîchir.

En fin d'après-midi, nous rangeons les affaires pour rentrer. Ma paume suinte un peu et je ne lui réclame pas le pot. Nous nous arrêtons chez Gaïanée pour la saluer, mais l'esclave qui se rend dans sa chambre pour annoncer ma visite revient en disant qu'elle est indisposée. Jamais encore elle ne m'avait évitée. Mais deux bébés au cours des quatre années qui se sont écoulées depuis son mariage, un enfant mort-né et de nouveau enceinte; *indisposée*. Je n'en pense rien.

Naturellement, Herpyllis a ressenti comme moi l'agitation ambiante, dans la partie culinaire de son cerveau, et elle a rapporté un faisan du marché. Nico, douze étés désormais, joue aux Grecs et aux Perses dans la cour, avec les plumes de la queue du faisan. Herpyllis et moi préparons une sauce aux noix.

« Tu crois que c'est vrai ? » me demande-t-elle en s'interrompant, son pilon à la main.

Tychon apparaît à ce moment-là, pour poser le pot de lentilles sur le pas de la porte de la cuisine. Je le soulève pour le remettre à sa place sur l'étagère.

« Oui, dis-je. Je crois que c'est vrai. »

Herpyllis secoue la tête, en clignant violemment des yeux.

Pendant le souper, quand papa me demande ce que j'ai fait de ma journée, je lui rapporte une partie de ce que j'ai entendu. Une partie, seulement. Je ne lui parle pas des rires.

« Ne t'inquiète pas, ma chérie, répond-il. Il est déjà mort une bonne douzaine de fois cette année. Il mourra encore plusieurs fois avant que nous ayons à nous en soucier. »

Pourtant, ses longs doigts maltraitent la serviette. C'est un piètre menteur mais un très bon anxieux. S'il pensait vraiment que ces rumeurs étaient fondées, des larmes couleraient. Malgré tout, cette pensée lui est désagréable ; elle le contrarie. Il était autrefois comme un père pour le roi, il y a longtemps, c'est du moins ce qu'il raconte. Herpyllis me fait les gros yeux pour le tracas que je lui cause.

« Il y avait une agréable brise au bord de la mer, dis-je. Plus fraîche qu'en ville. Nous devrions faire un pique-nique, un de ces jours. » Le regard d'Herpyllis s'adoucit. « Rien que nous quatre. » Elle sourit. « Nous pourrions prendre la charrette. Passer la journée là-bas. »

Mon petit frère pousse un grognement.

« Certainement pas, rétorque papa. Les secousses me déboîteraient les os. J'ai déjà assez mal comme ça. Tu veux m'achever ? »

Herpyllis, aussitôt, fait volte-face. « Tu aurais pu y penser toi-même, me dit-elle. Tu sais bien que ton père a horreur du bord de mer.

— Depuis quand ?

— Pourquoi ne mangeons-nous pas les chats ? » interroge Nico.

Un clown bienveillant et inquiet. J'aime son visage chiffonné. Il brandit quelque chose au bout de son couteau.

« C'est du chat ? Ça a un goût de chat.

— Papa aime le bord de mer, dis-je. Comme tout le monde.

— J'ai des branchies », confirme papa.

Il plisse le front en regardant le couteau de Nico.

« Ça a l'air assez filandreux pour être du chat. »

Nico ricane, mais les yeux de papa se détournent, gagnés par le trouble.

« Je ne reverrai sans doute plus jamais la mer », déclare-t-il, sans s'adresser à personne. Il prononce de plus en plus souvent ce genre de phrases, ces derniers temps, depuis qu'il a atteint son soixantième été. Ce nombre le préoccupe.

Je demande à Nico : « Quel goût ça a, le chat ? »

Il mâche, mâche, remâche et déglutit, tout content de lui.

« Sucré et salé à la fois.

— Petit dégoûtant. »

Herpyllis tend le bras pour essuyer la sauce sur sa joue.

« Tu sais très bien que c'est du faisan. »

Ils ont les mêmes cheveux noirs, les mêmes yeux verts, le même sourire trop large. Moi, je tiens de ma mère disparue : la chevelure plus claire, la voix plus grave. Mais j'ai les yeux gris pâle de mon père. Penser n'est pas séduisant chez une fille, m'a expliqué Herpyllis, qui aime pourtant me coiffer les cheveux et m'embrasser sur la joue quand je la laisse faire. Elle dit que les baisers sont bons pour la peau.

« Plus jamais », répète papa, d'un ton un peu plus sec.

Je tends le bras pour serrer sa main parcheminée, constellée de taches de rousseur.

« Un jour, la mer en aura assez d'attendre et elle viendra à toi. Elle se concentrera en une seule grosse vague et déferlera à travers Athènes, jusqu'à toi. Elle dira : *Où étais-tu passé ?*

— Apportera-t-elle des spécimens ? interroge mon père. Cela fait si longtemps que je n'ai pas étudié de nouveaux spécimens marins… Autrefois, j'emmenais le roi en chercher, quand il n'était qu'un enfant. T'ai-je déjà raconté comment je lui ai appris à nager ? Il avait peur, jusqu'à ce que je lui apprenne.

— Le roi n'a jamais eu peur », s'indigne Nico.

Papa se penche au-dessus de la table.

« Il s'efforçait de ne pas le montrer mais moi, je savais. Je ne t'ai jamais raconté cette histoire ? »

Herpyllis et moi échangeons un regard. Ses lèvres frémissent imperceptiblement. Je détourne les yeux pour ne pas sourire.

Papa raconte à Nico pour la quarantième ou cinquantième fois comment il a appris au roi à ouvrir les yeux sous l'eau, ce que mon frère et moi pratiquons depuis le plus jeune âge.

« Il est impossible que l'eau de mer blesse les yeux, explique papa. Tes yeux contiennent déjà de l'eau salée. Tu as déjà goûté tes larmes, n'est-ce pas ? »

Nico acquiesce. Papa nous a souvent encouragés à recueillir, à goûter et à sentir nos excrétions diverses, afin de mieux connaître le fonctionnement de nos corps.

« Mais alors, pourquoi la mer ça pique ?

— Les algues, peut-être, répond papa. Des fragments d'algues minuscules. Pythias ?

— Papa ?

— Tu resteras à la maison demain, s'il te plaît, et tu m'aideras avec mes livres. »

C'est une tâche qui me plaît, le rangement périodique de sa bibliothèque, l'occasion de jeter un coup d'œil à des livres que je n'ai normalement pas le droit de consulter. En outre, il aime parler de ses travaux dans ces moments-là, et me montrer ses collections et ses croquis.

« Bon, j'irai à la chasse », annonce mon frère. Il s'est fabriqué dernièrement tout un équipement : un arc et des flèches, une canne à pêche, et une pointe de silex fixée sur un bâton en guise de lance. Nico et ses amis partent chaque matin en claironnant qu'il y aura du lapin au souper.

« Non, réplique papa. Tu nous aideras aussi. Nous restons tous à la maison demain. »

Nico adresse à Herpyllis son regard fais-quelque-chose. Herpyllis ouvre la bouche pour prendre la parole quand des rires bruyants nous parviennent de la rue, devant la porte. Masculins, nombreux. Un moment de calme, les notes d'une flûte, puis à nouveau des rires. Nous les entendons s'éloigner dans la rue, en chantant. *La fille de Calliope, la fille de Calliope*…

« Des ivrognes, déclare papa. Non, assieds-toi. Ce n'est pas la peine d'aller voir. »

Mon frère se rassoit, et finit de hacher les restes de son repas. Il fait la tête. Soudain, il crie. Il s'est coupé, faisant jaillir une perle de sang au-dessus d'une phalange, noire dans la lumière des lampes.

« Laisse-moi regarder. »

Je fais un garrot avec ma serviette et je serre jusqu'à l'arrêt du saignement. Papa m'a enseigné tout son savoir dans l'art de la médecine. Je suis capable de poser une attelle pour soigner une entorse, d'inciser un abcès, de faire baisser une fièvre, et sans doute même d'accompagner la naissance d'un bébé. Il m'a montré ses instruments, décrit le processus. Je dépose un baiser sur le bout du doigt de Nico et j'essuie les larmes de douleur sur ses joues avec mes pouces.

« Petit idiot.

— Arrête, réplique-t-il. Arrête de me traiter comme un bébé. »

Papa écarte son assiette.

« Les Athéniens ignorent ce qui est bon pour eux. Je parlerai au roi quand il sera rentré, je lui expliquerai la situation. S'il passait plus de temps ici, si les Athéniens apprenaient à le connaître… »

Papa et le roi ne se sont pas parlé depuis la naissance de Nico, quand l'armée a quitté Pella et que nous sommes venus nous installer à Athènes.

« Je lui écrirai dès demain, ajoute papa. L'armée emportera ma lettre avec les dépêches. Ils savent qui je suis. »

Nico bâille. Herpyllis commence à débarrasser la table, mettant de côté tout ce qu'elle gardera pour la soupe, vidant nos assiettes dans la sienne.

Je demande : « Pourrai-je t'accompagner à la garnison quand tu iras porter ta lettre ? Je n'ai pas vu Myrmex depuis des jours.

— Non », répond mon père.

Le lendemain matin, il y a un tas d'excréments devant notre porte, et des traînées sur les murs de la façade. Tychon et un autre de nos esclaves, Pyrrhaïos, se mettent aussitôt au travail pour nettoyer tout cela, la mine grave.

« Chien et vache, déclare Nico. Homme, également. » Il est allé regarder ; je n'ai pas eu le droit. La puanteur qui flotte dans la cour est à la hauteur de ce que cherchaient les ivrognes. Papa s'est enfermé dans sa salle d'étude dès avant l'aurore, nous confie Herpyllis ; depuis des années, il dort mal. Il lui a dit qu'il travaillait – sur sa lettre pour le roi, sans doute – et qu'il nous appellerait quand il serait prêt à recevoir notre aide. Nous ignorons s'il a senti l'outrage.

Herpyllis s'est assise dans la cour intérieure, cardant sauvagement de la laine. Pendant un moment, Nico et moi faisons de l'escrime avec les plumes du faisan, puis Herpyllis m'appelle pour s'occuper de mes cheveux. Elle a des épingles, des peignes, des bijoux et toutes sortes de choses. Une longue séance, donc, pour l'apaiser. Je m'assois à ses pieds tandis qu'elle se plaint des effets de l'eau de mer sur ma chevelure, devenue rêche. Elle dit qu'elle va en toucher un mot à Tychon.

« Il ne faut plus que tu traînes seule sur les plages, de toute façon. Il devrait le savoir.

— Comment pourra-t-il m'en empêcher ? »

Je ramasse une épingle ornée de coquillages, de jolies colombelles, minuscules, tachetées de bleu et de brun.

Elle me l'arrache des mains.

« Moi, je t'en empêcherai ! »

Je souris pour la faire enrager. Je suis la fille de mon père. Je fais ce que je veux.

« Je parlerai à ton père. »

Elle tire sur mes cheveux, puis de plus en plus fort quand je ne montre aucun signe de douleur.

« Il oublie parfois que tu es une fille, voilà son problème. Mais comment le lui reprocher ? Regarde-toi. As-tu utilisé une seule fois ce khôl que je t'ai offert ?

— Une fois.

— Et tes vêtements sont toujours sales. On dirait une gardienne d'oies qui revient de l'enclos.

— Ce n'est que de la poussière. »

Je lèche mon pouce et frotte le gris brun sur mon pied, dévoilant un carré de peau mate. L'ourlet de ma robe est un peu miteux, il est vrai.

« Tu devrais porter du lin. De la soie. Comme ma fille. » Elle coince le peigne entre ses dents, s'affaire avec mes boucles et une pince dorée en forme d'abeille, l'une des siennes. Elle ôte le peigne de sa bouche, plisse le front et me lisse les sourcils avec ses pouces. « Ma fille. »

Pyrrhaïos apparaît sous l'arche qui sépare la cour intérieure de l'autre, celle où nous gardons les chevaux. « Maîtresse », dit-il.

Je me lève. Herpyllis rassemble ses accessoires pour les cheveux dans son panier.

« Un visiteur, maîtresse.

— Qui est-ce ?

— Maître Théophraste, maîtresse. »

Herpyllis me suit dans l'autre cour, où Théophraste fait les cent pas. Quand il nous aperçoit, ses traits se crispent.

« Va chercher ton maître », ordonne Herpyllis à Pyrrhaïos. Elle lui effleure la main et aussitôt, il part.

« Mon oncle », dis-je, et je le prends dans mes bras. Il est immensément grand, et quand je l'étreins, mon visage se cale confortablement dans le creux de sa poitrine. Par le passé, j'ai toujours senti la vie en lui se raidir contre mon ventre, mais cette fois, il reste mou. Seules ses épaules tremblent. Il me relâche et prend mon visage dans ses mains. Je reproduis son geste et essuie ses larmes avec mes pouces, comme je l'ai fait avec Nico, pas plus tard que la veille au soir.

« Alors c'est vrai ? »

Il cligne des yeux. Je m'écarte et Herpyllis prend ma place, serrant contre elle son grand corps maigre, long comme un arbre. Il lui donne des petites tapes dans le dos et l'embrasse sur le haut du crâne, mais son regard croise le mien.

« Ton père ?

— Il ne sait pas. »

Herpyllis détache son visage de la poitrine de Théophraste, et je vois qu'elle pleure, elle aussi.

« Ce n'est pas vrai, gémit-elle. Pas vrai. »

Je contemple la terre piétinée de la cour, le ciel pur, la porte.

« Qu'est-ce qui n'est pas vrai ? »

Papa nous rejoint d'un pas lourd, son pas lourd de vieillard, suivi de Pyrrhaïos. Ses yeux passent de visage en visage.

« Qu'est-il arrivé ?

— Le portail est ouvert », dis-je.

Herpyllis jette son voile sur son visage, s'accroupit et commence à se balancer, en laissant échapper une plainte assourdie.

« Par tous les dieux », reprend mon père.

Il a l'air agacé.

« J'essaie de travailler.

— Il est mort », annonce Théophraste.

La terre, le ciel.

Papa se tourne vers moi.

« Le portail est ouvert, dis-je. Nous devrions le fermer. »

Papa fait un signe de tête à l'intention de Tychon, qui revient de son nettoyage. Il ferme le portail derrière lui.

J'insiste :

« Nous devrions le verrouiller.

— Tais-toi », m'ordonne papa, puis il éclate en sanglots.

Théophraste reste pour la nuit, bien que sa maison ne soit qu'à une courte marche de la nôtre. Apparemment, mes craintes sont justifiées : nous distinguons le grondement qui monte de la cité, lointain puis plus proche, puis de nouveau lointain, et nous apercevons la fumée qui s'élève en volutes élégantes de différents quartiers. À un moment, on tambourine violemment à notre porte, mais le temps que Pyrrhaïos sorte dans la cour, celui ou ceux qui ont tenté de l'ouvrir se sont volatilisés. À la tombée de la nuit, nous entendons de la musique, la brise nous apporte l'odeur d'un feu, de la viande en train de rôtir. Des fêtes, donc ; des célébrations. Je devine que Myrmex est là-bas, quelque part, en train de boire et de faire la noce, la fête important plus que son motif. La honte nous empêche de manger, de parler, jusqu'à une heure avancée de la nuit. Papa, Théophraste et moi sommes allongés sur des couches, dans la cour. Après avoir bordé Nico, Herpyllis revient avec un plateau de pain et les restes du faisan d'hier. Elle a les yeux gonflés. Théophraste plie et déplie les rouleaux de parchemin posés sur ses genoux, sans les lire. Papa contemple le vide.

Je fais de la place sur ma couche, pour Herpyllis.

« Leur propre roi, déclare papa. Et déjà, ils le méprisent…

— Ils ne l'ont jamais aimé. »

Théophraste pose les rouleaux à côté de lui et se penche vers la nourriture. Il se sert copieusement, et comme je commence à m'interroger sur sa capacité à manger en un moment pareil, il la pose à côté de mon père. Papa prend un air écœuré.

« S'il vous plaît, maître… » le supplie Théophraste.

Quand j'étais toute petite, il était l'élève de papa ; à présent, il enseigne avec lui à l'école et la dirigera un jour, à en croire Herpyllis. Il s'appelait jadis Tyrtamos, mais papa l'a rebaptisé Théophraste en référence à sa divine éloquence. Sa divine éloquence me demeure inconnue, car je ne suis pas autorisée à assister aux cours. Il est si grand et fin et doux et affable. Il aime papa comme un père, et Nico comme un petit frère. Un jour, il a dit à Herpyllis que je riais trop fort.

Papa a eu un autre protégé, avant Théophraste, un homme du nom de Callisthène. À dire vrai, je ne me souviens pas de lui. Il est parti vers l'Orient avec l'armée, on l'a enfermé dans une cage pour désobéissance et il est mort. Papa dit que Callisthène avait besoin qu'on l'éperonne mais que Théophraste, lui, a besoin qu'on le freine. Théophraste s'occupe du jardin botanique de l'école, et classe les spécimens du musée. Il connaît de nombreux collectionneurs et a acquis le talent de mon père pour parler avec ceux qui en savent plus que lui et noter ce qu'ils disent. Je me retourne sur ma couche, et me penche en avant pour attraper quelque chose à manger, assez pour voir que les rouleaux sur ses genoux sont de sa propre main.

« Trente-deux étés, soupire mon père, en parlant du roi.

— À peine commençons-nous à vivre que nous devons mourir », soupire Théophraste.

Papa grogne et pioche dans l'assiette. Herpyllis sert aux hommes du vin coupé avec de l'eau, et à nous, de l'eau claire. Ils trempent leur pain dans des soucoupes d'huile d'olive et des bols de sel. Il y a des abricots dans la cuisine, mais ce sont sans doute des fruits trop joyeux pour être servis en une heure si grave. Herpyllis ne mange pas, si bien que moi non plus, même si je meurs de faim. Je devrais sans doute essayer de pleurer. Nico a pleuré. C'est pour cela qu'il est déjà au lit; épuisé de chagrin.

« Nous allons quitter la cité, évidemment, déclare mon père.

— C'est sans doute plus sage. »

Théophraste attrape un dernier morceau de pain pour essuyer la graisse sur ses doigts, puis le laisse tomber dans son assiette.

« Jusqu'à ce qu'ils soient libérés de leur soif de vengeance. Quelques jours au bord de la mer, le temps que ce tapage s'estompe. Une semaine ou deux, peut-être ? Les filles apprécieront ces vacances.

— Nico aussi, ajoute Herpyllis.

— C'est un garçon magnifique, déclare Théophraste en reposant les rouleaux sur ses genoux. Et toi, Pythias ? À qui manqueras-tu si tu pars quelques jours ? Je parie qu'il y a quelqu'un… »

Abricots, jolis abricots.

« Laissez-la tranquille, intervient Herpyllis. C'est une fille bien, ma fille.

— Nous resterons des étrangers jusqu'à notre mort, soupire mon père. Pas un Athénien ne voudra d'elle. Elle est née en Macédoine. Elle ne peut pas donner naissance à un citoyen athénien. Nous ferions sans doute mieux de rentrer au pays. »

Silence étonné.

« Athènes est notre pays, rétorque Herpyllis.

— Athènes est le pays des Athéniens. Nous sommes macédoniens.

— Mais Athènes est macédonienne. La mort d'Alexandre n'y change rien. »

Ils me regardent tous car j'ai prononcé ces mots à voix haute. *La mort d'Alexandre.*

« Antipater est toujours régent, acquiesce Théophraste. Pythias a raison sur ce point. Et vous avez encore des amis parmi les puissants. Cette agitation… »

Il désigne d'un geste les chants et les bruits d'ivresse qui résonnent de tous côtés. « … n'est pas une rébellion. C'est un léger débordement, de vieux ressentiments qui se libèrent, de vieux désirs. Athènes n'est pas vraiment en position de renverser la domination des Macédoniens. Ce temps est révolu.

— Ils se font plaisir cette nuit, ajoute amèrement Herpyllis. Au matin ils seront vidés.

— Assez. »

Papa ferme les yeux de toutes ses forces puis les rouvre, l'air confus, comme si tout était flou.

« Je suis un symbole. Tout le monde m'associe au roi. Ils me tueront dès qu'ils penseront pouvoir le faire impunément. Regardez Socrate... »

Nous nous tournons vers mon père.

« Ils lui ont fait boire la ciguë pour avoir corrompu la jeunesse d'Athènes. Ils tuent les philosophes. »

Mon père parle fort et lentement, comme si nous étions stupides.

« Les Athéniens tuent les philosophes. »

Il se lève. Doucement, douloureusement, avec une grande noblesse.

« J'aime mon roi, conclut-il d'une voix enrouée. Je reste fidèle à mon roi. Nous partons. »

Herpyllis se dresse brusquement, empile nos assiettes sur le plateau, et gagne la cuisine.

« Sounion, dis-je.

— Quoi ? demande mon père.

— Nous pourrions aller à Sounion. »

Théophraste sourit, perplexe, comme il le fait toujours lorsque j'exprime une opinion. *Si un chat pouvait parler*, m'a-t-il demandé un jour, *que dirait-il ?*

Je ne sais pas, lui ai-je répondu. *Je suis un chien.*

« Pourquoi diable ? s'étonne-t-il à présent.

— C'est près d'ici, dis-je. Le voyage ne sera pas trop éprouvant pour papa. Et c'est au bord de la mer.

— Et ? m'interrompt papa.

— C'est beau.

— Et ?

— Et c'est là que se trouve la flotte macédonienne.

— Bien, ma fille, dit-il. Néanmoins, Chalcis sera mieux.

— C'est plus loin.

— Et moins beau. Mais il y a toute une garnison, et j'ai des terres là-bas. Ma ferme.

— Chalcis, dis-je. Il faut prévenir Myrmex.

— Ne t'en fais pas pour Myrmex », répond mon père.

Je fronce les sourcils.

« Il a envoyé un message. Il s'est retrouvé piégé à l'autre bout de la cité, quand les émeutes ont éclaté. Il est chez Akakios. Tu te souviens d'Akakios. Il rentrera dans quelques jours, quand il n'y aura plus de danger. »

Je vois Akakios marchant d'un pas lent dans les rues, avec Myrmex, sa main posée sur l'épaule de mon frère comme papa le faisait autrefois, s'adressant à lui, attentif, réfléchi, tandis que la fête continue autour d'eux. Je les vois s'arrêter devant un étal pour acheter des brochettes de viande et du pain, puis reprendre leur chemin, profitant de cette nuit de fête, discutant de la faculté nutritive.

Le lendemain matin, Théophraste offre des cadeaux à mon père : quelques livres sur lesquels il a travaillé récemment. « Du nouveau pour la route, explique-t-il à papa. C'est une bibliographie que j'ai rassemblée. Je suis assez fier, à dire vrai, de tout le travail réalisé ces dernières années. Quand on l'embrasse ainsi d'un seul coup d'œil. Et puis celui-ci…

— Ah, se réjouit papa. Tes plantes.

— Mes plantes », confirme Théophraste.

Nous le reverrons avant de partir ; tout est arrangé. Nous irons à l'école dans un jour ou deux, et papa lui donnera ses dernières instructions.

« Pas les dernières, rectifie Théophraste. Pour quelques semaines, tout au plus. Vous emmenez Nico ?

— S'il veut venir. »

Une fois Théophraste reparti et la porte verrouillée, papa se tourne vers moi : « Suis-moi. Allons jeter un coup d'œil à ces livres… »

Nous entrons dans son bureau et nous asseyons côte à côte, passant en revue sa bibliographie.

« *Sur les sucs, les couleurs, les chairs*, lit mon père.

— *Du miel.*

— *Des animaux qui se retirent et dorment un certain temps dans une tanière.*

— *De la différence du cri des animaux de même espèce.*

— Regarde, dit mon père. Il en a écrit un sur les cheveux, un autre sur la tyrannie, et trois sur l'eau…

— *Questions politiques, morales, physiques et érotiques.*

— Questions érotiques », s'étrangle mon père, et nous rions à nous tordre le ventre.

C'est la première fois depuis des jours que nous rions.

Herpyllis affirme que les testicules d'un homme sont tendres quand il est tranquille, mais qu'ils se rétractent et se fripent quand il est excité. Je ne sais pas si elle essaie de m'ouvrir au monde ou de m'en écarter.

Je l'observe à présent, debout dans la cour à côté de mon père, tandis qu'il explique la manœuvre à notre famille rassemblée, à Tychon, Simon et tous les autres. Les yeux d'Herpyllis se posent sur notre esclave, le solide Pyrrhaïos, puis sur lc sol.

« Je ne prétendrai pas que ce déménagement sera facile, déclare mon père. Je ne prétendrai pas que notre vie à Chalcis sera meilleure. Je suis certain qu'elle sera pire. Mais la vie que nous menions ici est révolue. On ne veut plus de nous à Athènes. On ne veut plus de moi. Ma fidélité envers mon élève… »

Sa poitrine se gonfle soudain, mais il se ressaisit.

« Nous partirons après-demain. N'emportez que ce que vous ne pouvez laisser derrière vous. Votre maîtresse vous donnera des instructions au sujet des articles ménagers. Quant aux vivres… Comme vous le savez tous, mes propres besoins sont minimes… »

Tandis qu'il bourdonne la suite de son discours, je vois Simon et Tychon échanger des regards. Ils sont les meilleures bêtes de somme de mon père, et savent que les plus lourds fardeaux pèseront sur eux. Les femmes se sont mises à pleurer, et l'enfant d'Olympios recommence à mâchouiller de la terre. C'est une petite chose dégoûtante. Nico se tient aussi droit que possible, dressant l'oreille comme un soldat devant son général.

Myrmex n'est toujours pas rentré.

Je fais éclore l'embryon d'un plan : je me chargerai de parler en privé à chaque membre de la maisonnée, pour les assurer que ce déménagement n'est que temporaire et que nous serons rentrés à Athènes d'ici la récolte des pommes. Dans ce contexte, il paraîtra naturel que je m'enquière de Myrmex. Et même que j'entre dans sa chambre. Que je pénètre dans l'odeur salée, aigre, chaude et épaisse de sa chambre.

Je commence par mon petit frère.

« Ce n'est pas comme ça qu'on fait un paquetage, idiot, lui dis-je. Ces choses vont se casser. Il faut les envelopper chacune dans des branches de pimprenelle épineuse. Il y a plein de buissons sur la route du marché. Elle devient souple en séchant. Ça protège. »

Il pose le petit lion de terre cuite, le cerf et l'ours qu'il a eus tout bébé. La première larme tombe, *splotch*, assombrissant le dos du lion.

« Tu es trop vieux pour les jouets, de toute façon, dis-je, en ébouriffant ses cheveux.

— Ce ne sont pas des jouets, réplique-t-il. Ce sont des souvenirs. »

Ensuite, je vais voir les serviteurs, en commençant par Simon et sa femme, Thalée. Je les trouve dans la réserve, en train de se disputer. Ils s'interrompent en me voyant. Simon et ses dents jaunies, sa tête d'ours grisonnant; Thalée la stérile avec ses yeux couleur souris et ses boucles grises graisseuses fermement épinglées sur le crâne.

« Ne craignez rien, dis-je. Nous ne serons pas partis longtemps. » Sans voix, ils me regardent, puis se regardent entre eux. Satisfaite par l'effet de mes paroles, je m'éclipse, en faisant glisser au passage mon doigt le long d'une étagère.

Pyrrhaïos est aux écuries, en train de nettoyer les stalles. J'ai eu des raisons de l'épier dernièrement, et je me penche à l'intérieur pendant un long moment, en silence. J'ai vu Herpyllis faire la même chose. Je la comprends – le torse de Pyrrhaïos est aussi articulé que celui d'un scarabée.

« Il en reste », dis-je finalement, en pointant du doigt un brin de paille.

Il sursaute. « Ah, c'est toi ? Tu es là depuis longtemps ? »

Je lui sers ma tirade sur le caractère temporaire du déménagement à Chalcis.

« Ce n'est pas ce que dit ton père.

— Mon père est un grand homme dévoré d'inquiétudes. »

Il rit.

Maintenant les autres esclaves : Tychon, Philo, Olympios, sa petite fille et Ambracis. Je tombe en premier sur Ambracis et ses yeux noirs, dans la cuisine, où elle émince des légumes. Elle est à peine plus vieille que moi. Elle écoute en contemplant ses mains, et quand j'ai terminé, elle dit :

« Oui, maîtresse.

— Tu peux me regarder, ma fille », dis-je.

Elle fixe mon menton. « Tu as pleuré ?

— Les oignons, maîtresse. »

Je baisse les yeux sur sa planche à découper, et j'aperçois l'amas d'oignons. Aussitôt, je me sens un peu bête. Je me rends compte que je ne peux pas m'enquérir de Myrmex tant que je me sentirai bête.

Olympios et Philo sont dans la cour avec le bébé : l'ingénieux Olympios répare un harnais de cuir à l'aide d'une aiguille gigantesque et d'un fil de tendon ; Philo le demeuré mélange des épluchures de carottes avec le compost. L'enfant, attachée par la taille à un pilier, pleurniche après une balle qui a roulé hors de sa portée. Quand je la repousse du bout de l'orteil, la petite lève sur moi son regard louche, ses minuscules mains de crabe pinçant le bas de ma robe. Je m'écarte d'un pas.

« Maîtresse, me saluent les hommes.

— Elle a le visage sale, dis-je. Elle a besoin qu'on l'essuie. »

Sans leur laisser le temps de réagir, je me dirige vers le tonneau et trempe l'ourlet de ma robe dans l'eau. En tenant le tissu creusé comme une oreille, je m'approche de l'enfant, qui se met à roucouler. Je m'accroupis devant la petite chose et j'essuie la poussière, les traces d'aliments et de morve sur son visage. La chose m'agrippe les mains, tentant de m'arracher mes bagues.

« Tu dois la garder propre, dis-je à Olympios. Elle sera en meilleure santé si tu la gardes propre. C'est ce que mon père enseigne à ses étudiants. »

Olympios s'incline devant moi. « Vous êtes bien aimable, maîtresse. »

Olympios a eu l'enfant d'une autre de nos esclaves, qui est morte en couches il y a de cela deux printemps. Mon père a déclaré que nous ne devions pas leur en vouloir. Ils faisaient comme les animaux, disait-il, éprouvant la chaleur et le froid selon les saisons, et ne devaient pas être punis pour les besoins de leur nature animale qu'ils ne maîtrisaient pas. La fille était une perte, c'est vrai, mais le bébé aurait de la valeur un jour.

Que ces mots sont froids ! À vrai dire, Herpyllis et moi avons pleuré la fille, et Herpyllis s'est elle-même chargée de trouver une nourrice pour allaiter l'enfant. L'humeur fut sombre dans la maison, jusqu'à ce que l'enfant eût appris à sourire, au bout d'environ quarante jours. Désormais, c'est surtout Ambracis qui s'occupe de la fillette, même si Olympios témoigne à son égard d'un attachement inhabituel, et aime travailler près d'elle, dès qu'il en a l'occasion. Cela nous émeut tous. Mon père n'est pas un homme froid, et la réputation qu'a notre maisonnée de se montrer indulgente avec les esclaves nous remplit de fierté. Nous sommes connus pour cela, plusieurs rues à la ronde.

J'interroge Olympios : « As-tu des questions sur le voyage jusqu'à Chalcis ? »

Ses yeux s'envolent vers l'enfant.

« Bien sûr, dis-je. Comment pourrions-nous l'abandonner ?

— Merci, maîtresse.

— C'est du beau travail, Philo. »

Son visage s'illumine. Il donne encore quelques coups de fourche pour retourner le compost, puis le tasse doucement.

« Ambracis a sans doute d'autres épluchures pour toi, dans la cuisine. »

Il part au petit trot, heureux. Il est toujours joyeux et parfait pour les tâches difficiles, mais il parle peu. Il aime rester près d'Olympios et de l'enfant.

Je demande : « Où est, où est… Tychon ? » Puis je pense : *Tychon… On se fiche de savoir où se trouve Tychon.*

« Le maître l'a envoyé faire quelques commissions. Trouver des charrettes, je crois. »

Je me retiens de le remercier. Mais je tire d'un coup sec sur une bague qui ne me plaît plus, un anneau d'or brut orné d'une coque, et je la laisse tomber sur les genoux du bébé en sortant de la cour. La petite chose hurle de plaisir.

Sur le chemin de ma chambre, je fais un détour par les quartiers des hommes, rien que pour humer l'air, cette odeur de cuir chaud.

« Non », dit mon père, en voyant mon voile, tandis qu'il se rend de sa salle d'étude jusqu'à sa chambre, où se trouve le pot. Un parcours qu'il effectue deux ou trois fois par heure, toutes les heures.

« S'il te plaît, dis-je.

— Non. »

J'ôte mon voile, le roule en boule et le jette par terre. Confinée ici, donc, il ne me reste plus qu'à attendre Tychon en arpentant la cour, là où tout le monde peut me voir.

« Tu cherches quelque chose à faire ? me demande Herpyllis depuis sa chambre.

— Non ! »

Nico passe devant moi, file vers la porte et sort. Une heure plus tard, il revient avec un sac plein de buissons de pimprenelle. Il me les montre pour approbation.

« Apporte tout ici », lui dis-je.

Nous enroulons et nouons le dernier de ses jouets dans les buissons secs qui laissent sur nos doigts des éraflures longues et fines, quand Tychon rentre à la maison.

« Je vais vous apporter une caisse, jeune maître », propose-t-il à Nico.

Je le suis à l'intérieur, jusqu'au garde-manger.

« Pourquoi Myrmex n'est-il pas encore rentré ? » J'ai attendu que tous les autres ne puissent plus m'entendre pour lui poser la question. Il secoue la tête.

« Papa ne lui a donc pas dit où nous partions ? »

Il étudie mon visage.

« Je vais faire en sorte qu'il le sache, répond-il.

— Je pourrais écrire une lettre que tu remettrais à Akakios. Cet après-midi ? »

Il retire d'une petite caisse quelques jarres d'huile, et secoue de nouveau la tête.

« Le maître a du travail pour moi cet après-midi. Laissez-moi donner cette caisse au jeune maître, et je m'en occupe tout de suite.

— Une lettre brève. »

Il s'incline. Je lui emboîte le pas, jusqu'à la cour, avec l'intention de filer dans ma chambre pour y trouver encre et papier, mais il donne la caisse à Nico et a franchi le portail avant que je puisse l'arrêter. *Oh.*

Herpyllis a fermé sa porte, ce qu'elle ne fait jamais. Pourquoi se changerait-elle avant le déjeuner ? Si elle sort, peut-être me laissera-t-elle l'accompagner ? J'hésite à frapper à sa porte.

« Entre et referme derrière toi, Pytho », me crie-t-elle. Mon nom quand j'étais bébé.

Sa chambre est plongée dans l'obscurité. Les rideaux sont tirés et elle n'a allumé qu'une lampe à mèche simple. Elle est assise en tailleur sur le sol, adossée à la porte, occupée à faire quelque chose.

« Comment as-tu su que c'était moi ?

— Referme la porte », répète-t-elle.

Je la ferme.

« Je sais toujours quand c'est toi, dit-elle. Je sens l'agitation dans l'air, comme un orage qui approche, et je reconnais l'odeur de la lavande sauvage qui pousse en bord de mer. »

Elle m'adresse un sourire par-dessus son épaule ; je lui tire la langue.

« Qu'est-ce que tu fais ? »

Elle tapote le sol à côté d'elle, et je m'assois. Elle est en train de tresser quelque chose.

« Tu ne veux pas un peu plus de lumière ? »

Elle fait non de la tête.

« Ton père n'aime pas que je m'occupe à ça. Je n'en ai pas pour longtemps, et il n'aura pas besoin de le savoir. Tu veux m'aider ? »

Je sais ce que c'est, à présent : un *iunx*. Elle se sert de différents fils et cheveux, probablement fauchés en douce à chacun d'entre nous, de coupes de lait, de miel et d'eau, et d'un petit tas d'épices posé sur la soucoupe qu'elle utilise pour brûler des choses.

« Pour nous protéger pendant le voyage », explique-t-elle.

Je me lève.

« Évidemment que je ne veux pas t'aider, dis-je. Si mon père désapprouve, alors moi aussi. Ce n'est que pure superstition.

— La, la, la… rétorque Herpyllis. Je ne t'entends pas. Et si nous sortions nous promener ? J'ai besoin d'un peu de laurier pour terminer. Nous pourrions aller dans le bosquet, près de l'école de ton père.

— Papa ne voudra pas. »

Herpyllis fait un nœud minuscule, tire fermement dessus, tranche d'un coup de dents expert le bout qui dépasse. « Il ne pourra pas refuser si nous ne lui demandons pas… »

Elle enlève quelque chose de fin sur sa langue, le regarde et le jette par terre d'une chiquenaude.

« Nico nous chaperonnera, et Pyrrhaïos viendra aussi. Nous ne risquerons rien.

— Ne me demande pas de cueillir quoi que ce soit.

— Bien sûr que non. D'ailleurs tu gâcherais tout, avec ta mauvaise humeur. Les feuilles se flétriraient entre tes doigts.

— C'est vrai.

— Elles se flétriraient et prendraient feu, probablement, ajoute Herpyllis. J'aurais tant de choses à t'apprendre, tu sais, si tu n'avais pas la tête aussi dure… »

Je réponds à nouveau « C'est vrai », puis je trottine jusqu'à ma chambre pour récupérer mon voile, heureuse comme un chien à l'heure de sa promenade.

Pendant notre brève sortie, cet après-midi-là, j'ai ramassé mon propre sac de buissons de pimprenelle. Malgré la nonchalance qu'elle affectait, Herpyllis a fait en sorte que nous rentrions bien trop tôt. J'ai étalé sur mon lit ce que je veux emporter. Herpyllis, passant devant ma porte ouverte, roule de gros yeux. « Par tous les dieux », soupire-t-elle, mais elle est trop occupée pour s'en mêler. Ambracis et elle ont dévasté la cuisine à notre retour, dans l'après-midi, et elles s'attaquent à présent au linge de maison. Nous partons demain matin.

Il y a d'abord les vieux instruments médicaux de papa, hérités de son père : tubes, sondes, aiguilles, couteaux, cuillères, forceps, pinces, crochets d'extraction et l'énorme spéculum que j'ai toujours aimé pour son importance cruciale et compliquée. Papa m'a donné tout cet attirail pour que je joue avec, il y a bien longtemps, en déclarant qu'il n'en avait plus l'usage. Ces objets occupent à eux seuls toute une caisse. Ensuite, il y a ma mère. Elle repose en paix pour le moment, mais quand l'heure viendra, nous exhumerons ses cendres pour les mêler à celles de mon père. Je garde à cet effet une ravissante urne funéraire, d'une petitesse inhabituelle. Papa m'a dit un jour que ma mère aimait les petites choses, et c'est pour cela qu'il a choisi cette urne-là. Elle porte l'image d'une mère et d'une petite fille – moi. Je garderai l'urne sur mes genoux, jusqu'à ce qu'elle soit en lieu sûr, dans ma nouvelle chambre, à Chalcis. Il ne reste plus que mes vêtements et mes bijoux, que je jette dans le coffre au pied de mon lit. Je déferai les draps demain matin. Mes collections de roches, de coquillages, de squelettes d'oiseaux et de fleurs sauvages séchées pourront attendre jusqu'à notre retour. Je pense à ajouter le petit pot de khôl qu'Herpyllis m'a offert ; si je l'oublie exprès l'air de rien, elle le remarquera.

« Pytho, viens m'aider ! » crie-t-elle à présent.

Je la trouve dans la réserve avec Ambracis et Thalée, toutes trois en sueur, couvertes de poussière et soutenant à grand-peine l'extrémité d'une étagère qui s'est décrochée du mur. Elles ont des éclats de poteries et des haricots secs jusqu'aux chevilles. J'enlève les derniers pots pour leur permettre de poser l'étagère sans rien casser, et leur propose d'aller chercher le balai et le seau.

« Va voir dans la chambre de Myrmex, me dit Herpyllis. J'étais en train de la balayer. »

La chambre de Myrmex sent le cuir, les chevaux et autre chose, un parfum qui m'est inconnu. Je me demande si j'ai laissé pour lui une trace de ma propre odeur de lavande sauvage.

Après avoir nettoyé les haricots et entassé toutes nos affaires sur les charrettes, nous sommes assises dans la cour, à boire un cordial avant d'aller au lit, pour nous aider à dormir. Il est rare que Nico et moi ayons le droit de boire du vin.

« Nicomaque et moi, nous irons à l'école demain matin, pendant que vous finirez de préparer les affaires, annonce papa à Herpyllis. Je dois donner à Théophraste mes dernières instructions. Je vous demanderai de préparer les chariots dans la rue pour que nous puissions partir dès notre retour de l'école.

— Emmène Pythias, aussi. »

Herpyllis se penche pour remplir nos verres.

« Sinon elle fouinera partout, et je l'aurai dans mes pattes…

— Fouinera », répète Nico, en ricanant bêtement.

Herpyllis lui reprend sa coupe et transvase le vin dans son verre.

« Et Myrmex, alors ? »

Papa et Herpyllis me dévisagent, mais j'insiste.

« Nous ne pouvons pas l'abandonner comme ça. »

Papa et Herpyllis échangent un regard.

« Il a été prévenu, dit-elle.

— Ma jolie… »

Papa vient s'asseoir sur ma couche pour passer son bras autour de mes épaules.

« Nous l'aimons tous. Mais il est grand, à présent. Il ne tardera pas à prendre ses décisions lui-même. Peut-être dès demain.

— Pas demain », dis-je.

Papa me serre contre lui tandis que je sanglote. Quand je détache mon visage du creux de son épaule, je vois Herpyllis vider mon vin dans le sien.

« Alors viens avec nous demain, ma chérie, propose papa. Si tu penses que ça te fera du bien. »

J'acquiesce, renifle et pose la main sur la bourse que j'ai cachée sous ma robe, au niveau de la taille. Elle contient les cheveux noirs que j'ai récupérés sur la couverture de fourrure de Myrmex, avant qu'Herpyllis ne m'appelle pour savoir pourquoi je mettais si longtemps à rapporter le balai.

L'Apollon lycien se dresse juste derrière le portail de l'école de mon père. Il a un avant-bras posé sur sa tête, comme papa quand il est épuisé et s'efforce de penser, et il est appuyé contre le tronc d'un arbre. Sa chevelure de marbre est tressée comme celle d'un enfant, alors qu'il est plus grand encore que Théophraste.

Nous portons nos lourds habits de voyageurs, les habits dans lesquels nous dormirons ce soir, et j'ai emprunté à Herpyllis son voile de mousseline le plus fin. Papa marche devant, en confiant un tas de choses sérieuses à Théophraste, qui écoute avec attention, et à Nico, qui n'écoute pas. Je traîne un peu derrière. Libellules, pavots, iris d'un violet pâle, coquilles d'escargots que la mort a blanchies. Regards curieux qui se posent sur moi.

J'ai calculé cette nuit, dans mon lit. Cela fait quatre ans que je ne suis pas venue ici, à dix minutes à pied de la maison.

Je ramasse une coquille d'escargot et un petit caillou blanc pour les mettre dans ma bourse, plus tard, quand je pourrai glisser une main sous ma robe.

Des hommes viennent à la rencontre de papa, le touchent, le serrent dans leurs bras, essuyant leurs larmes. Papa a l'air fatigué. Je sais que cela vient de ses efforts pour contenir ses propres larmes. Je le rattrape sans bruit, pour qu'il me sente près de lui.

« Pythias ? » sursaute-t-il.

Je rougis sous mon voile, tandis que les hommes détournent poliment le regard, de moi et de cette violation grossière des règles de la pudeur : prononcer mon nom en public.

« Tu ressemblais tant à ta mère, l'espace d'un instant… » Il touche ma joue à travers le tissu. « Je t'ai prise pour elle. »

Je me hisse sur la pointe des pieds pour lui souffler à l'oreille que j'ai besoin de m'asseoir. Il a l'air soulagé. Nous entrons dans l'une des salles de conférence, où Théophraste a fait dresser une table avec nourriture et boissons. Papa s'installe sur sa couche dans un gémissement douloureux, pendant que ses disciples s'assemblent autour de lui. Je murmure à Théophraste que nous devrions sans doute faire porter ce message à Herpyllis : que les charrettes passent nous prendre ici, afin d'épargner à mon père le trajet jusqu'à la maison. Il approuve. Libations, bénédictions, discours d'adieu.

« Je m'ennuie », me chuchote Nico. Nous sommes tout au fond de la salle, à l'écart, sous la surveillance de Théophraste.

« Je me demande si c'est la même comédie chaque fois qu'il part en vacances… dis-je.

— Chhh… »

Théophraste fronce les sourcils : sévèrement quand ses yeux se posent sur moi ; en louchant, quand il se tourne vers Nico.

À demi-voix, je lui confie : « J'ai bien aimé le livre que vous avez donné à papa. Celui sur la botanique.

— Ah, répond-il.

— Surtout la partie sur les herbes médicinales. Je me demandais…

— Je t'entends mal, m'interrompt Théophraste. Ce serait peut-être mieux si nous ne parlions pas… »

J'incline la tête, docilement. J'ai réussi mon coup, de toute façon. Quand vient l'heure de partir, je pose la main sur le bras de mon père.

« D'accord, ma chérie, dit-il. C'est bon. N'aie pas peur. Ne sois pas triste. »

Je lui demande à l'oreille de sortir d'ici au plus vite, afin de l'épargner.

« Ma fille est souffrante. » Sa voix est forte, enrouée. Les hommes s'écartent devant nous.

Les charrettes nous attendent dans la rue, comme prévu, chargées de nos biens et de nos gens. Simon qui tient les chevaux ; Herpyllis dans le chariot de tête ; Thalée qui fait sauter l'enfant sur ses genoux ; Pyrrhaïos, Olympios, Philo, et Ambracis qui tient Philo par la main pour ne pas qu'il s'égare ; Tychon ; et – adossé à la dernière charrette – l'Apollon lycien en personne, mais la chevelure lâche, mâchouillant un demi-sourire.

« Trop de soleil, trop longtemps debout », diagnostique mon père, et plusieurs mains se tendent pour m'attraper, alors que mes genoux se dérobent.

Il me fait attendre. Il marche à l'arrière de notre convoi avec Pyrrhaïos. Il nous protège, bien sûr. Le sachant avec nous, je peux cesser de penser à lui pour l'instant. Les rues sont animées, plus animées que d'habitude, avec un tas de gens qui rôdent autour des portes, marmonnent, lancent des regards, pointent du doigt. Papa est célèbre. Et puis quelqu'un s'écrie « Macédoniens » ; « Putain de Macédoniens », hurle un autre plus loin dans la rue, puis un chœur tout entier vocifère d'autres mots – Herpyllis plaque ses mains sur mes oreilles. Les charrettes accélèrent, Simon giflant les croupes des chevaux, et je pense à Gaïanée, je commence à comprendre pourquoi elle ne voulait pas me voir, ou pourquoi on le lui avait interdit. Le visage de papa est livide. Il prend la main de Nico, puis la mienne, et se tient le plus droit qu'il peut.

La pierre le frappe à la tempe et retombe sur la route. Une petite pierre. Papa lâche ma main pour donner une tape à l'endroit du choc, comme pour écraser un insecte, puis il tâte la plaie du bout des doigts, le sang qui coule.

Myrmex est à nos côtés, maintenant, son poignard à la main. Comme il est féroce ! Il hurle toutes sortes de mots, mais Herpyllis, dans mon dos, remue ses doigts si fort dans mes oreilles que je n'entends rien. Pyrrhaïos se retrouve soudain, lui aussi, de l'autre côté du chariot, il parle à Herpyllis. Elle retire brusquement ses doigts de mes oreilles et les essuie pensivement sur ses genoux. « Levez-vous », nous ordonne-t-elle, à Nico et à moi.

Une autre pierre rebondit sur l'épaule de papa. « Levez-vous, mes enfants, insiste-t-elle. Montrons-leur à qui ils font du mal. »

Nous nous levons. Il faut que j'écarte les jambes pour trouver mon équilibre dans les soubresauts du chariot. Je sens qu'on me tire dans le dos, un souffle d'air sur mon visage, aussitôt je comprends : Herpyllis a soulevé mon voile. Je prends la main de Nico et je ferme les yeux, attendant la morsure d'une pierre sur mon visage ou ma poitrine, mais rien ne vient. Nous progressons ainsi, debout, moi, les yeux fermés, et laissons les cris derrière nous.

« Asseyez-vous, maintenant », ordonne Herpyllis. Nous remontons une rue plus calme, dans les faubourgs de la cité. Papa est allongé au fond de la charrette, sur des fourrures empilées. Son visage tout entier exprime le regret. Je secoue la tête : *tu n'y es pour rien.*

« Vous voyez, dit-il. Je n'avais pas tort. »

Myrmex grimpe à bord, près de moi.

« C'était grandiose », dit-il, et alors je voudrais tout reprendre depuis le début.

Nous restons assis un long moment, épaule contre épaule, hanche contre hanche. Il tire mon voile sur son visage et passe quelques instants à arranger la mousseline de ses doigts fins. J'ai envie de poser ma tête sur son épaule, comme Nico sur celle d'Herpyllis, mais ce serait sans doute moins grandiose, alors je me tiens droite, noblement. Il garde une main sur son couteau et scrute le paysage, comme un aigle. Dieux, nous formons une paire !

Le voyage jusqu'à Chalcis dure deux jours. Nous passons la première nuit dans un champ, dormant sur les charrettes. Herpyllis et moi en avons une pour nous toutes seules, et Tychon improvise une tente de toile cirée au-dessus de nous, comme il l'avait fait pour moi à la plage. Nous mangeons le pique-nique d'Herpyllis – pain, fromage, fruits et noix – et nous buvons chacune un nouveau verre de cordial. Je lis à la lueur d'une lampe pendant qu'elle met de l'ordre dans le campement, mais je range mon livre dès qu'elle revient.

« Que lis-tu ? demande-t-elle.

— De la poésie. »

Elle approuve d'un hochement de tête, s'allonge, et contemple le toit de notre tente.

« Tu veux bien m'en lire ?

— Comment va Nico ?

— Il est courageux. Papa est avec lui. Il va dormir, je crois.

— Pas toi ?

— Sans doute pas. »

Elle a un sourire fatigué ; puis plus chaleureux quand nos regards se croisent.

« J'ai hâte d'arriver à Chalcis. Toi aussi, tu as été courageuse aujourd'hui.

— Non.

— Je crois qu'aucun de nous ne s'attendait à ce que les choses se passent ainsi.

— Papa s'y attendait, je crois. »

Elle hausse les épaules.

« Nous avons trop pris l'habitude de nous croire plus intelligentes que l'homme le plus intelligent du monde… Parce qu'il ne retrouve jamais ses huiles pour le bain, et ne se souvient pas des noms de tes amies. Nous ferions bien de l'écouter davantage. »

Je me penche pour l'embrasser sur la joue.

« Lis-moi un peu de poésie, dit-elle. Il reste de l'huile dans la lampe, et je n'ai pas sommeil. »

Je reprends le livre et je tombe aussitôt sur l'un de mes poèmes préférés, celui du temple au bord de l'eau limpide où le sommeil s'abat sur vous à travers les branches des pommiers.

« Plus fort », crie la voix de mon père depuis la charrette voisine, et Nico renchérit : « Plus fort, Pytho. »

J'hésite.

« Pytho ? » appelle Myrmex, ensommeillé.

« Immortelle Aphrodite à l'esprit constellé… »

L'aube suivante se lève rose et chaude. Nous nous soulageons tour à tour dans un champ d'orge, et Herpyllis nous distribue des abricots et un gâteau de sésame poisseux, que nous mangeons en cheminant. Les terres que nous traversons sont plates, opulentes, encerclées de montagnes ; nous roulons au fond d'une immense cuvette dont le vert a des reflets d'or. À midi, la tête me tourne et je vomis par-dessus le flanc de la charrette. Tychon remonte la tente. On étouffe sous la toile cirée, mais papa affirme que je souffre d'une insolation et qu'il me faut de l'ombre. Il oblige tous les autres à se couvrir le crâne, sauf Myrmex, qui refuse. Il est de nouveau distant, aujourd'hui, peut-être parce qu'il m'a vue vomir. Je suis répugnante. Je gâche tout.

Nous atteignons Chalcis en fin d'après-midi. Nous croisons des pierres tombales dressées au bord de la route menant à l'ouest de la ville, et des convois de soldats macédoniens qui entrent et sortent de la forteresse. Ils nous ignorent, et c'est mieux ainsi. Je me suis redressée, et je bois des gorgées dans la coupe qu'Herpyllis tient pour moi, m'efforçant d'avaler de nouveau quelque chose et de le garder au fond de mon estomac.

La ville se déploie à cheval sur un détroit qui la tranche en deux moitiés bien nettes, comme une pomme. Sur le versant ouest, côté terre, la forteresse domine, juchée sur un promontoire rocheux. Les pentes sont plantées d'oliviers, de cyprès, et de belles demeures sont disposées en collier au pied de la colline. Les résidences des officiers, probablement. À l'est, par-delà le détroit – dont la largeur n'excède pas quarante pas au point le plus étroit –, se trouve la ville proprement dite, affairée, avec une foule d'échoppes, d'ateliers, de temples, un marché, des maisons plus modestes. À l'extérieur de la ville, vers l'est, se trouve l'Eubée, les terres les plus fertiles du monde. C'est là-bas que papa possède un domaine.

Il y a une heure, il a envoyé Pyrrhaïos en éclaireur, sur notre meilleure jument, Gelée, qui doit son nom à ses balzanes blanches. À présent, comme nous atteignons le portail au pied de la route montant vers la garnison, nous sommes accueillis par un officier moitié moins âgé, peut-être, que papa. Macédonien, à l'évidence : il a adopté le style d'Alexandre, cheveux courts, joues rasées de près. Papa semble heureux de le voir. « Thaulos est le chef de la garnison, murmure-t-il à l'oreille d'Herpyllis. Il sait qui je suis. »

Thaulos paraît soucieux, épuisé, et ses premiers mots pour papa sont : « Est-ce donc vrai ? »

Papa hésite.

« Ils célèbrent sa mort ? »

Papa pose ses mains sur les épaules de l'homme et secoue la tête, sa manière de répondre *oui*.

Thaulos ferme les yeux de toutes ses forces, et se met à pleurer.

« Ils devraient célébrer son retour.

— Nous sommes venus chercher refuge, déclare mon père. Je t'ai écrit. N'as-tu pas reçu ma lettre ? La maison n'est-elle pas prête ?

— La maison… » répète Thaulos. Il passe en revue le reste de notre troupe, fugacement, puis se tourne vers mon père.

« La maison ?

— Je compte sur toi pour faire le nécessaire », répond papa. Le voilà redevenu pâle.

Thaulos hésite, hoche brusquement la tête. Puis nos charrettes s'engagent sur la pente cahoteuse, lentement, douloureusement. Les portes se referment à grand fracas derrière nous. Au sommet de la colline, par-delà un autre portail, Thaulos nous conduit dans le recoin d'une cour grouillant de monde, adossée aux remparts.

« Vous pourrez bivouaquer ici ce soir, déclare-t-il. Faire un feu là-bas, pour le repas. Demain, il faudra partir. Nous attendons des renforts. Nous aurons besoin de tout l'espace disponible.

— La maison, insiste papa.

— Plus tard », répond Thaulos. Il semble en colère, à présent, peut-être parce que nous l'avons vu pleurer. Nous descendons lentement des charrettes, étirant nos corps ébranlés, douloureux. Je murmure à l'oreille d'Herpyllis. « Je vais nous trouver un pot, chuchote-t-elle en retour. Nous ferons ça dans la tente. »

Papa annonce qu'il part marcher, comme s'il avait besoin de se détendre les jambes après une matinée de travail et, sans rien ajouter, il s'éloigne.

« Rattrape-le », murmure Herpyllis, à l'intention de Pyrrhaïos.

Pyrrhaïos le suit à une distance discrète, laissant le reste de notre troupe dresser un campement de fortune en occupant l'espace le plus réduit possible. Les ombres s'allongent déjà et il est trop tard pour se rendre au marché. Les provisions d'Herpyllis sont épuisées, et on dirait qu'elle va pleurer.

Tychon nous dresse promptement la tente et nous utilisons le pot à tour de rôle.

« Combien d'argent nous reste-t-il ? »

J'interroge Herpyllis à voix basse quand elle ressort avec cette mine austère mais sereine signifiant qu'elle a mené à bien, de haute lutte, ses affaires intimes.

« Encore pas mal, murmure-t-elle. Papa m'a remis toutes les pièces qu'il y avait dans la maison. Elles sont dans le sac avec le poisson salé. »

Nous rejoignons ensemble Myrmex pour lui confier notre plan. Herpyllis lui tend la bourse de cuir et lui explique combien il devra promettre en plus une fois l'affaire scellée. Étonnamment, il ne discute pas – Myrmex veut toujours ajouter son grain de sel, faire les choses comme il l'entend – et se dirige vers les quartiers des officiers.

Il revient bien après le retour de papa, bien après minuit. Papa, Nico et les serviteurs sont tous endormis, Herpyllis et moi avons soufflé notre lampe pour que personne ne remarque que nous sommes restées éveillées. Nous l'entendons trébucher sur quelque chose et ricaner.

« Alors ? » Elle passe sa tête à l'extérieur de la tente, le faisant clairement sursauter. Il s'affaisse lourdement contre le flanc de la charrette, et glousse de nouveau. Les chevaux, attachés non loin de là, s'ébranlent, alarmés.

« Tout est arrangé. » Il salue Herpyllis d'un geste du bras, comme s'il partait pour un long voyage, s'allonge dans la poussière près des braises de notre feu de camp, et le temps qu'Herpyllis ait renoué la porte de la tente, il ronfle déjà.

Un fracas de gamelles particulièrement bruyant juste devant notre tente m'arrache à mon sommeil. J'aimerais tant pouvoir replonger de nouveau. Herpyllis, contre moi, ronflotte toujours paisiblement. J'imagine mon insomniaque de père déjà reparti pour l'une de ses marches, et Nico, les yeux gonflés sous la toile de la charrette voisine, attendant qu'une de nous deux vienne le chercher.

On gratte à l'entrée de notre tente. Je jette sur mon visage la robe d'Herpyllis – la première chose qui me tombe sous la main. À travers la fine mousseline j'aperçois le visage mal rasé de Myrmex qui se glisse dans l'ouverture. « Bouh ! »

Je repose la robe. « Mal au crâne ? »

Il fait une grimace, puis rampe sur ses coudes à l'intérieur.

« Maman dort encore ?

— Oui, répond Herpyllis, sans ouvrir les yeux.

— Je nous ai trouvé une maison. »

Comme j'aime ses yeux rougis, voilés de fatigue, ses horribles joues mal rasées, ses ongles sales, son odeur de fauve. Nico attendra encore un peu. Je m'étire, ébouriffe mes cheveux pour tenter de leur redonner un semblant de volume, me demande s'il est bienséant de me redresser, ma petite poitrine tout juste cachée sous une couverture. Il est mon frère après tout, comme Nico. Plus ou moins comme Nico.

Un objet métallique racle le flanc de notre charrette. Les yeux d'Herpyllis s'ouvrent brusquement et Myrmex recule en se contorsionnant ; il disparaît. « Il faut m'enlever ça », ordonne une voix.

Alors nous nous démenons – enfilant les habits nauséabonds, tout crottés du voyage, que nous portons depuis trois jours, jetant toutes nos affaires dans la charrette, tandis que Myrmex aide Tychon à atteler les chevaux. Herpyllis se précipite sur Nico, qui se laisse câliner. Papa et Pyrrhaïos, comme je l'avais deviné, sont partis. Autour de nous, des soldats attendent impatiemment. Ils sont arrivés pendant la nuit et on leur a attribué notre emplacement dans la forteresse ; ils veulent nous voir partir, tout de suite. Je m'occupe de recharger à bord les sacs et les caisses que nous avions empilés par terre pour avoir la place de nous allonger, et je trébuche sur un piquet de tente déjà planté par un soldat qui en a assez de nous attendre. « Enlève-moi ça », ordonne-t-il à Myrmex, en parlant de moi.

Une fois que nous sommes remontés à bord des charrettes et chahutés par les ornières, Herpyllis se penche vers Myrmex. « Où allons-nous ? » chuchote-t-elle. Il fait semblant de ne pas entendre.

Des soldats nous ouvrent les portes et soudain nous sommes à l'extérieur de la forteresse et sur la piste de terre qui descend au bas de la colline. Il est encore tôt, le soleil pointe ses doigts lumineux presque à l'horizontale à travers les pins et les cyprès.

Tout autour de nous les chants d'oiseaux pétillent. Je répète tout haut la question d'Herpyllis.

« Je te l'ai dit, je nous ai trouvé une maison, répond Myrmex.

— Mais comment papa saura-t-il où nous…

— Papa, m'interrompt Myrmex. Papa, papa, papa. »

Au pied de la colline, nous prenons à gauche. Les maisons ici sont un méli-mélo de huttes et de villas massées en demi-cercle, épousant la base du mont. Au-dessus d'elles, une bande tonsurée, où les arbres ont été coupés sous les remparts du fort. Myrmex a l'air extrêmement satisfait de lui-même. Nous nous arrêtons devant une villa, un peu à l'écart des autres, posée vertigineusement à l'aplomb des remparts, et dissimulée derrière un bosquet de cyprès aussi hauts qu'un homme sur les épaules d'un autre. Silence confiant, plein d'attente.

« Qu'as-tu fait ? s'inquiète Herpyllis. Nous n'en avons pas les moyens. » Les traits de Myrmex trahissent la surprise, comme une douleur.

Papa apparaît sur le seuil, se baissant pour passer sous le lierre rampant qui empiète sur la façade. « Il faudra le tailler, crie-t-il. Qu'en penses-tu ? »

Herpyllis se laisse glisser à terre.

« À qui est cette maison ?

— À nous », répond papa.

Je murmure : « À qui appartient-elle, vraiment ?

— N'y pense pas », rétorque Myrmex.

Nico saute de la charrette tel un Myrmidon prenant d'assaut la plage de Troie. Un chiot, petite chose duveteuse et dorée, pointe son nez de derrière les chevilles de papa. Reconnaissant l'un de ses semblables, il bondit avec maladresse à la rencontre de Nico, langue pendante.

« Il fait partie de la maison ! » s'exclame Myrmex, et dans sa fierté je vois un gamin, comme Nico, et aussi un jeune chiot. Je ne devrais pas être capable de voir ces choses-là, mais je les vois. C'est ce que veut dire Herpyllis quand elle déclare que je ne suis pas séduisante.

« Merci, dis-je à Myrmex, puisque personne d'autre ne le fera.

— Je l'ai gagnée aux dés.

— Non, ce n'est pas vrai.

— Si. Enfin, en quelque sorte… »

Myrmex réfléchit un long moment, sourcils froncés. « Je ne me rappelle plus très bien, à vrai dire. Mais bon, elle est à nous. »

Je voudrais lui demander où vivra désormais la personne qui l'a perdue en jouant contre lui, et l'interroger sur l'argent qu'Herpyllis et moi lui avions remis, mais il tend la main pour m'aider à descendre de la charrette et le contact de sa peau efface cette idée.

« La visite complète », s'amuse papa en nous faisant signe d'entrer, Herpyllis et moi.

La maison est étrangement disposée, plus vaste qu'elle n'en a l'air de l'extérieur, et les pièces donnent l'impression de se mouvoir ; nous n'arrêtons pas d'ouvrir des portes, d'entrer et sortir, de nous perdre les uns les autres puis de nous retrouver, d'ouvrir en riant d'étranges réduits donnant sur des chambres et des cours privées qui semblent totalement insonorisées. Je me sens comme si Herpyllis m'avait donné un cordial. Je finis par trouver la chambre que je veux, celle avec des papillons peints sur les murs, mais quand j'appelle les autres pour qu'ils viennent voir, personne ne m'entend. Je me demande une nouvelle fois qui a bien pu vivre ici avant nous, pour quelle jeune fille ces papillons ont été peints, et si elle me déteste en ce moment.

Le parc lui aussi surprend par sa taille et son isolement ; la propriété tout entière est ceinte de murs, y compris le verger et les dépendances, et à côté du vaste jardin potager, il y a un second logement, une cabane aménagée dont j'ai l'intuition que Myrmex la voudra pour lui.

Nous défaisons nos caisses, ce qui prend moins de temps qu'il n'en a fallu pour les faire. Je découvre de petits indices, curieux, un peu partout dans la maison : une coupe humide de vin (comment peut-elle être encore humide ?) ; des raisins encore verts, emperlés de rosée, dans un saladier sur la table de la cuisine ; un matelas encore chaud au toucher, comme si l'on venait de le quitter, sur le lit qui sera le mien.

« J'ai l'impression que tu te plais ici », déclare mon père, me faisant sursauter. Je m'étais allongée quelques instants sur le matelas chaud, et assoupie.

« Et toi ? »

Il me fixe droit dans les yeux, le regard étonnamment clair, momentanément débarrassé de son voile de souci, de concentration et de repli sur soi.

« Ce n'est pas chez nous.

— Ça l'est si on le décide. »

Il se penche pour déposer un baiser sur mes cheveux.

Dans l'après-midi, Herpyllis déclare qu'elle veut aller se promener à pied en ville. « Nous irons tous ensemble », répond papa. Sa vivacité a persisté, se transformant en l'un de ses si rares accès de bonne humeur tout au long du déjeuner (un pain frais sorti du cellier – *comment ?* – et une salade cueillie au jardin). Il a défié Nico au bras de fer, caressé le chiot, et même passé le bras autour des épaules de Myrmex, en le félicitant de s'être si bien débrouillé. Myrmex a rougi.

Nous nous éloignons des résidences blotties au pied de la colline, tandis que papa explique que la bande tonsurée plus haut dans la pente est destinée à empêcher quiconque de dresser des échelles contre les parois escarpées du sommet, et que nos nouveaux voisins sont essentiellement des Macédoniens, qui se sentent plus en sécurité dans l'ombre de leur armée. Les huttes, ajoute-t-il, ont été bricolées par des réfugiés pauvres, qu'il nous faudra traiter avec gentillesse si jamais nous en rencontrons. Il prononce le mot « réfugiés » comme s'il ne nous concernait pas.

Nous nous arrêtons pendant un long moment au niveau du détroit, regardant la mer s'engouffrer dans sa partie la plus étroite, puis nous payons un homme pour qu'il nous emmène en barque jusqu'à l'autre rive. « L'Eubée », annonce papa d'un ton grandiloquent en posant pied à terre, comme s'il possédait l'île tout entière. Dans la ville proprement dite, nous visitons le marché, où mon père se montre fantasque, il achète des poissons, des grenades, des graines de cumin et des fleurs de courges, imaginant déjà les plats insensés qu'Herpyllis en fera pour notre dîner de ce soir. Elle roule de gros yeux. Il offre une canne à pêche à Nico et lui promet de l'emmener ; une fiole d'huile parfumée à Herpyllis ; et une grande cape en laine à Myrmex, pour le récompenser d'avoir trouvé cette maison. « Et Pythias, qu'aimerait-elle avoir ? » demande-t-il.

Je secoue la tête. C'est un jour heureux, mais l'argent demeure un problème, à n'en pas douter, et la cape de Myrmex est plus coûteuse qu'un livre.

« Vous êtes un homme béni des dieux. » Une grosse main se pose sur mon épaule, se referme sur elle. « Une fille qui refuse les cadeaux… J'aimerais avoir cette chance avec mes propres filles.

— Elle est modeste au plus haut point, répond papa, d'un ton enjoué. Si seulement je pouvais l'empêcher de manger, elle ne me coûterait plus rien du tout. »

Le colosse éclate de rire. J'échappe à sa main et me réfugie sous l'aile de papa, feignant la timidité, afin de pouvoir le regarder.

« Je sais qui vous êtes, déclare l'homme à papa. La nouvelle de votre arrivée vous a précédé. Nous sommes honorés, honorés, de vous compter parmi nous. C'est votre enfant ?

— C'est mon enfant », confirme papa.

Herpyllis et Nico sont restés à l'écart, au point que l'homme n'a sans doute pas compris que nous étions ensemble. Papa les ignore. Myrmex, passant en revue les étals, n'a rien remarqué.

« Plios. » L'homme abat sa paume sur l'épaule de papa. « Je suis le magistrat. J'étais d'ailleurs en chemin vers le tribunal. Quand êtes-vous arrivé ?

— Hier soir.

— Ça ne pouvait mieux tomber. »

La main du magistrat s'abat de nouveau sur le dos de papa, le faisant chanceler. « Ma fille aînée se marie après-demain. Nous organisons un dîner informel avant les noces, afin que les femmes puissent également y assister. Vous vous joindrez à nous, n'est-ce pas ? Comme ça, je serai le premier à vous avoir. Vous m'offenseriez en refusant. » Il frotte ses mains l'une contre l'autre. « Quel beau coup pour moi ! Et vous amènerez votre jolie et modeste fille ? Vous rencontrerez tous les gens qui comptent. »

Papa accepte. Ils échangent les vœux d'usage, et l'homme me pince la joue à travers mon voile avant de s'en aller.

« C'est excellent », déclare papa.

Il n'en a pas l'air si sûr. Il se touche la tempe du bout des doigts, comme si une douleur était en train d'y bourgeonner. J'échange des regards avec Herpyllis, qui s'est approchée.

À voix basse, je lui dis :

« Papa est fatigué. Nous devrions rentrer. »

Herpyllis ne répond rien mais se lance devant nous, l'air furieux, traînant Nico par la main. Myrmex relève les yeux de son étal et, nous voyant partir, il nous salue de la main.

« As-tu quelque chose à te mettre, pour une fête de ce genre ? demande papa.

— Quelque chose à me mettre ? » Je le regarde comme s'il s'était changé en seiche.

« Les filles aiment porter de nouveaux habits pour se rendre aux fêtes. »

Il dit cela comme s'il s'agissait d'un principe fondamental : *Tout x est y. Aucun a n'est b. Les filles aiment porter de nouveaux habits pour se rendre à une fête.* « J'enverrai Herpyllis avec toi, demain, pour te choisir une tenue. »

Je ne dis pas : *Ça sera amusant*, lisant la jalousie dans la tension farouche du dos d'Herpyllis, devant nous.

Face au détroit, papa me tire par la main et je m'arrête.

« Tu ne remarques rien ? »

Je baisse les yeux vers la barque, les lève vers le fort, les rebaisse vers l'eau. Mes yeux s'attardent sur la mer.

« C'est bien, ma fille.

— Mais c'est dans l'autre sens. Il y a une heure, elle coulait par là… »

Je désigne le nord.

« … et maintenant, elle va dans cette direction. »

Je désigne le sud.

« Inversion de marée. » Papa a le même air que Nico devant son chiot. « Chalcis est connu pour cela. Le courant change de sens quand la marée bascule.

— Je ne comprends pas. »

Il hésite. Puis murmure : « Moi non plus. »

Porte le doigt à ses lèvres, m'adresse un clin d'œil.

Un millier de lampes envoient des langues dorées lécher tous les recoins secrets. Dans l'air flottent des odeurs mêlées de viande et de fleurs, en même temps qu'un parfum qui détend les sens et rend mes pensées vagues, ma main libre incapable de se serrer en poing. La maison de Plios est éblouissante dans la lumière du crépuscule, parfumée et vibrante, agréable aux oreilles, aussi, avec ces filles jouant de la flûte, un aveugle frappant son tambour, des carillons éoliens de coquillages, et les voix des hommes et des femmes en train de boire, affectueux, de vieux amis à l'aise entre eux. Papa tient mon autre main fermement, et traverse la pièce comme un navire, fendant la foule des invités avec une allure de seigneur, soulevant dans son sillage une écume de murmures. Mon célèbre père ! Ma première fête ! Une femme attentionnée, la chevelure constellée de fleurs en or ouvragé, me tend une coupe et relève mon voile pour que je n'aie pas à lâcher la main de papa. « Nous sommes entre amis, ma chérie », dit-elle, plissant les yeux. Elle passe le bout d'un doigt sur sa langue et me lisse les sourcils, puis s'éloigne. Je bois de minuscules gorgées du breuvage sucré et observe les bijoux des femmes sur les reliefs de leurs poitrines variées : colliers de fleurs, de cosses, d'insectes et de coquillages dorés, fils d'or enroulés en spirales. Je bois de nouveau – par minuscules, minuscules gorgées – et adresse un sourire timide à papa. Il est splendide ce soir avec sa tunique de laine d'un blanc immaculé, ses cheveux coiffés avec soin, rasé de près dans le style macédonien, oreilles et narines épilées par Herpyllis.

Elle m'a rapporté une robe achetée au marché, me privant à dessein du plaisir de la choisir, et s'est chargée de m'habiller. Je porte, pour la première fois, un corset à la taille, mes seins sont compressés, mes cheveux relevés. Elle a tiré dessus sans ménagement, marmonnant avec aigreur au sujet des dépenses induites par ces habits neufs, à travers une pleine bouchée d'aiguilles. Mais elle a fait en sorte que mon apparence soit parfaite, ostentatoire, comme il sied à notre maison, et m'a embrassée avant notre départ, précautionneusement, car j'avais de la poudre sur les joues et son fameux khôl sur les yeux. Je m'en étais chargée moi-même, pour lui faire la surprise ; elle l'a effacé avec un linge humecté de salive et l'a appliqué de nouveau à son entière satisfaction.

« Ma fille. »

Papa m'arrache à la contemplation de mon apparence inhabituelle dans un bronze et je souris aux gens qu'il me présente. Plios me pince de nouveau la joue et déclare que je suis aussi belle qu'il s'y attendait. La femme qui m'a offert la coupe revient pour des présentations plus formelles. Elle se prénomme Glycéra et voici ses filles, trois beautés vêtues de couleurs douces qui ne parlent pas mais sourient sans malice à tout et à tout le monde. Thaulos est là, il salue mon père avec plus de chaleur qu'il ne l'a fait sur la colline ; une prêtresse d'Artémis – les cheveux blancs, avec des sourcils noirs – nous est présentée ; ainsi qu'un bel officier. Je n'entends plus clairement dans les tintements de la musique, et décide qu'il est temps d'arrêter de boire. Papa vante mes mérites. « Elle sait lire, écrire, elle s'occupe du jardin potager, dit-il à Glycéra. Elle connaît les herbes médicinales. Elle a soigné l'un de nos esclaves d'une infection l'hiver dernier, toute seule, le plus naturellement du monde. Sans le dire à personne. Elle a percé l'abcès, l'a nettoyé, a appliqué un cataplasme de fenouil chaud, a examiné le pus pour…

— Papa.

— Le corps n'a rien de dégoûtant, s'emporte papa, trop fort, d'un ton réprobateur. Je disais donc, le pus…

— Une jeune femme accomplie, intervient Glycéra. Le mérite vous en revient, mon cher. »

Le mot le stoppe net. Il n'a pas l'habitude d'être le cher de qui que ce soit.

« Que sait-elle d'autre ?

— Cautériser une plaie, remettre en place un os brisé, appliquer des sangsues… »

Je l'interromps : « Tisser. Broder, un peu.

— Sait-elle chanter ? » veut savoir la prêtresse.

Je lui réponds : « Comme une huppe. »

Des rires emplissent la pièce ; tout le monde écoute.

« Danser ? » interroge Glycéra.

Papa plisse le front ; je baisse les yeux vers le sol.

« Je crois qu'elle aime les fleurs, déclare l'officier. Je le sens. Elle emplit la maison de vases de fleurs sauvages, disposées en bouquets superbes. » Je le regarde, reconnaissante. « Bleus », ajoute-t-il. Ses yeux à lui se plissent également quand il sourit, mais pas comme ceux de Glycéra. Il est jeune. « Un peu de violet, aussi, mais surtout du bleu. »

Il s'appelle Euphranor. J'interroge l'une des filles souriantes de Glycéra, dans la salle des femmes, pour savoir où se trouvent les pots. Ma question la fait sourire, sans curiosité ; je me demande si elle est droguée, bien qu'elle vérifie son apparence avec un soin inquiet dans le miroir de bronze, et corrige d'un doigt ferme une traînée de couleur sur l'une de ses paupières. Elle sourit de nouveau en me voyant la regarder.

À mon retour dans la grande salle, Glycéra me prend par le coude. « J'ai offensé ton bon père, dit-elle. C'est que j'aime tellement danser. Mes amis me connaissent cette excentricité, et me pardonnent. Si je vous ai choqués, j'en suis navrée. Il n'est rien de plus beau qu'une jeune fille qui danse. C'est si innocent. Si sain pour le corps. Aimes-tu faire de l'exercice ? »

Je lui avoue : « Je nage. » Elle couvre ses lèvres de la main et ses yeux s'écarquillent. « Est-ce si terrible ? dis-je, avec peut-être un rien de nostalgie. Ne me permettra-t-on pas de nager ici ?

— Tout à fait charmant… » commente Glycéra, ce qui n'est pas une réponse. Elle me soulève le menton d'un doigt et ajoute : « Voilà. Comme ça. Nous portons le menton terriblement haut à Chalcis. »

Je ris sottement.

« Oh, nous allons devenir de grandes amies. »

Glycéra rayonne à nouveau.

« Tu viendras tisser avec nous, mes filles et moi. Notre maison est peuplée de femmes depuis que mon cher époux a disparu. Cela fait cinq ans, maintenant. Nous aimons la bonne compagnie. Si tu as besoin de quoi que ce soit, viens me voir. Tu n'as pas de mère, je crois.

— Ma mère est morte quand j'avais trois ans.

— Ma chérie… »

Un éclat traverse ses yeux et elle me serre contre elle, m'étouffant un instant dans les plis de sa robe. « Viens nous voir quand tu veux. » Elle se tourne vers papa, qui discourt à l'autre extrémité de la pièce. Je vois les hommes autour de lui échanger des regards, amusés par une chose dont papa n'a pas conscience. « Ils ne devraient pas rire de lui. C'est un grand homme, plus grand qu'aucun d'eux ne le sera jamais », dit-elle.

J'éprouve de l'étonnement, et de la gratitude.

« Voulez-vous m'excuser ?

— Tu le soutiens comme un piquet soutient un pied de vigne. Je le vois. Va, rejoins-le. Tu es tout pour lui ; ces hommes sont des moins-que-rien. »

Je rejoins papa à la hâte, glissant ma main dans la sienne.

« Je parlais justement de la ferme, explique-t-il. Les terres les plus riches du monde. J'ai l'intention de m'investir beaucoup plus dans leur exploitation, maintenant que nous vivons ici. J'ai certaines théories que j'aimerais mettre en pratique.

— Absolument, tonitrue Plios, lui tapotant l'épaule comme s'il était stupide *et* sourd. Serais-tu tentée par un gâteau aux coings, petite ? »

Sans que j'aie pu faire quoi que ce soit pour épargner papa, le magistrat m'emmène à l'écart jusqu'à une table basse couverte de mets, et entourée de couches à l'étoffe précieuse. « Il y a tant de nourriture… » Il secoue la tête, me tend une assiette, en prend une pour lui. « Tu vas m'aider à l'entamer un peu, n'est-ce pas ? »

Je n'ai pas l'habitude de manger devant des étrangers. Je prends quelques amandes, une poignée de raisins. Je m'attendais à ce que Plios fasse une plaisanterie, mais il me contemple avec gravité. Je devine qu'il est en train de mûrir une décision.

Je me demande ce que les femmes adultes disent aux hommes adultes. « Votre maison est magnifique. » La phrase semble à peu près adaptée.

« Tu es ici chez toi, dit-il. Les portes te sont ouvertes n'importe quand, voilà ce que je voulais dire. La villa est-elle terriblement petite, par rapport à ce que vous aviez avant ? Vous y êtes bien ? Je peux vous envoyer tout ce dont vous avez besoin : serviteurs, mobilier. Vous n'avez qu'à me demander. »

Je le remercie, lui assure que nous ne manquons de rien.

« Mange, reprend-il. Je ne voulais pas te mettre mal à l'aise. Mange tes raisins. Nous nous entraidons ici, tu verras.

— Ah, te voilà… »

Mon père s'installe sur une couche et tapote l'espace vide à ses côtés, me faisant asseoir tout contre lui. Je lui prépare une assiette et il mange avec appétit, des morceaux de fromage se désagrégeant sur sa tunique, ses lèvres luisant de l'huile dans laquelle il trempe son pain. Je croise son regard et porte la main à ma bouche, discrètement. Il cherche des yeux une serviette.

Euphranor, le jeune officier, prend la couche voisine. « J'ai réfléchi à votre ferme. » Il remplit une coupe de vin et la pousse vers papa, à travers l'encombrement de la table basse. « Je pourrais vous y conduire, si vous le désirez. Vous et votre famille. Nous pourrions y passer la journée, emporter un pique-nique. Je possède un petit domaine près de l'endroit que vous décrivez. J'en profiterais pour jeter un coup d'œil en passant. À vrai dire, je me demande même si nous ne sommes pas voisins. Les théories que vous envisagez de mettre en pratique m'intéressent au plus haut point. Élevage de bétail, n'est-ce pas ? Rotation des cultures ? Fertilisants ? » Je suis obligée malgré moi de serrer fort mes lèvres pour contenir un sourire.

Puis ils versent le vin sans le couper avec de l'eau, mes yeux sont fatigués, la musique se fait plus rapide et plus forte ; il est l'heure de s'en aller. On me serre contre des poitrines, les unes après les autres, et chacun me répète au creux de l'oreille son désir de nous aider, n'avons-nous besoin de rien ? Mon grand homme de père, boursouflé de vin, de nourriture et de respect, ne remarque pas l'entrelacs de regards curieux qui se tisse autour de sa tête. Tychon, patientant à l'écart pour nous escorter, porte un énorme panier.

࿐

« Alors ? » interroge Herpyllis. Elle a dû entendre le bruit de nos pas dans l'allée et nous attend sur le seuil.

Nous suivons Tychon jusqu'à la cuisine, où il pose le panier sur la table. Herpyllis déballe les œufs, le fromage, le gâteau, le vin, les tourtes froides, les fruits. Papa laisse échapper un grognement, nous embrasse, Herpyllis et moi, puis regagne son lit – ou sa table de travail. Sa solitude, dans les deux cas. Herpyllis trie les victuailles, mine sombre, elle finit par abattre sur la table un pot de fromage frais, respirant profondément par les narines. « La charité… » marmonne-t-elle. Ses yeux noircis de khôl étincellent de haine. Elle est magnifique.

« J'ai envie d'enlever ça. » Je me tortille dans ma robe.

Elle m'accompagne jusqu'à la chambre aux papillons et m'aide à défaire les épingles, les replis, les cheveux, à me rincer le visage, à délacer les sandales étroites destinées à souligner la petitesse de mes pieds pas-si-petits.

« Ne vas-tu pas m'en parler ? » finit-elle par souffler.

Alors je lui raconte les plats, la musique, les parfums, les gens que nous avons rencontrés, la qualité de tout. Je ne cherche pas à l'épargner en prétendant que ça ne m'a pas plu. Elle m'écoute, pose quelques questions. Je sens qu'elle lutte pour contenir sarcasmes et critiques.

« Il y avait un officier nommé Euphranor. Il a proposé de nous accompagner jusqu'à la ferme, pour un pique-nique. »

Elle tressaille imperceptiblement, baisse les yeux sur ses genoux.

Je précise : « Tous ensemble. Je lui ai dit : tous ensemble. »

Elle relève les yeux.

« Comment as-tu fait ?

— Je lui ai dit que la compagne de mon père était une mère pour moi, et que j'avais un petit frère qui adorait les animaux. »

Une série d'émotions défilent sur ses traits. Ses yeux se mouillent.

« Arrête, dis-je.

— Tu ne comprends pas. »

Elle s'essuie les yeux sur son ourlet, laissant des traînées noires sur le tissu.

« Je veux que tu aies toutes ces choses. Le vin, le parfum, l'or, les officiers de cavalerie et… quoi encore ? Les *gâteaux*. » Elle prend mes deux mains dans les siennes. « Tu seras partie, si vite… Ils t'arracheront à moi. »

Je proteste : « Jamais.

— Ils t'emmèneront dans leur monde, et me laisseront dans celui-ci. Regarde Myrmex.

— Je ne suis pas Myrmex. »

Elle s'endort avant moi, dans mon lit, recroquevillée sur le côté comme un enfant, les joues encore mouillées, mes bras serrés autour d'elle comme ceux d'une mère.

« Bien sûr que je viens, s'exclame Myrmex. Pourquoi, je n'étais pas invité ? Peut-être n'as-tu pas mentionné mon nom ? Mon existence si anecdotique ? Si peu digne d'être mentionnée ? »

J'ouvre la bouche, mais Myrmex n'est que ressentiment.

« Vous avez honte de moi, tous autant que vous êtes. Eh bien je viens *quand même*, et je vais mâcher la bouche ouverte, pisser dans la rivière et…

— Assez, l'interrompt papa.

— … *demander le prix de chaque chose* », éructe Myrmex.

Papa, Herpyllis et moi éclatons de rire.

« Tu pourras monter Pinçon », déclare papa.

Myrmex hésite. Il adore Pinçon.

« Et moi ? intervient Nico. Je pourrai monter aussi ?

— C'est un peu loin pour le poney, répond papa. Et nous ne connaissons pas le terrain. »

Nico prend un air affligé.

« Je lui ai déjà parlé du pique-nique. Il veut venir. »

Je secoue mes cheveux pour les faire retomber sur mes joues, comme une crinière, je m'ébroue, et grommelle d'une voix de cheval, grave et nasillarde : « Je veux venir. »

Tout le monde rit à nouveau, même Myrmex.

« Alors va prévenir Tychon, répond papa. Il les préparera.

— Pyrrhaïos plutôt, tu ne crois pas ? »

Herpyllis se lève et entreprend de ranger la table du petit déjeuner.

« Il connaît mieux les chevaux. »

Bientôt, nous nous rassemblons devant la maison : Myrmex sur Pinçon, Nico sur Fringant, papa sur Gelée, Herpyllis et moi debout, Pyrrhaïos le colosse réglant la selle de Nico. Les charrettes que nous avions louées pour le déménagement sont reparties depuis longtemps, mais Euphranor a promis qu'il s'occuperait de tout ; nous n'aurions rien à apporter.

« On dirait que vous allez au théâtre, pas à la ferme ! » Soudainement, Euphranor est là devant nous, comme jailli de l'ombre des arbres, avec son sourire aux yeux plissés. « Quelle famille magnifique. C'est toi, celui qui aime les animaux ? » Il s'adresse à Nico, qui se tient douloureusement droit sur sa monture. Euphranor flatte affectueusement l'encolure de Fringant. « Ton ami est superbe. Nous en avons rarement d'aussi beaux dans la cavalerie. » Nico rayonne. « Et lui, c'est qui ? » Euphranor adresse un sourire à Myrmex, et frotte les naseaux de Pinçon.

« C'est Pinçon », s'exclame Nico, avant que Myrmex ait pu répondre.

Pendant le reste de la journée, Euphranor appellera Myrmex Pinçon.

La charrette qu'il a amenée pour Herpyllis et moi est garnie de fourrures et de coussins de soie violette. Il monte un étalon noir, tout en nerfs et en fougue, qui s'ébroue, secoue la tête, la crinière ondulante comme l'océan, et tout le reste. Bien. C'est un très bel animal et Myrmex est très, très fâché, mais ne peut rien y faire. Il meurt d'envie d'avoir tout ce qu'Euphranor possède, depuis son statut d'officier jusqu'à ses habits, sa haute stature, son arrogance, et après être resté muet pendant un long moment, il ne peut plus revenir en arrière et corriger l'erreur concernant son nom sans se couvrir de ridicule. Il chevauche à l'arrière de notre caravane, fulminant, sur le cheval qu'il est à présent obligé de détester.

Il est prévu que nous visitions d'abord la ferme d'Euphranor – il a organisé un déjeuner sur place – puis celle de papa dans l'après-midi. Les terres agricoles de l'Eubée semblent tirées d'un rêve : du vert et du doré, une longue allée d'arbres entre des champs sans fin, des coquelicots dans les fossés, des oiseaux sur les branches, des maisons aux formes étranges, agrandies de génération en génération, chacune leur ajoutant une ou deux pièces, embellies de clématites et de treilles de vigne. Des poules dans les cours, des chiens nous pourchassant au long du chemin. Nous entrons dans la propriété d'Euphranor ; un vieillard émerge de l'ombre d'une porte pour nous accueillir. Il n'a plus de dents.

« Démétrios ! le salue Euphranor. Nous pensions peut-être nager.

— L'étang est couvert de saleté. »

Le vieil homme frotte ses mains l'une contre l'autre.

« Des grains de pollen. Je vais aller vous le nettoyer.

— Non, ce n'est pas la peine. »

Euphranor fait claquer sa main sur l'épaule du vieillard, referme ses doigts dessus.

« Pinçon, que voici, aura l'honneur de se baigner le premier. Un grand plongeon devrait suffire à dégager l'étang pour les dames, hein, Pinçon ? »

Myrmex se tourne vers moi.

« Je pensais déjeuner dans le bosquet. »

Euphranor tend sa main pour nous aider à descendre de la charrette, Herpyllis d'abord, puis moi. L'étau de ses doigts calleux.

« Il fait plus frais là-bas. Une sieste, une baignade, ce qui vous fera plaisir.

— Montrez-moi votre ferme. »

Papa a mis pied à terre et ramassé une branche sur le sol pour s'en servir de canne. Je ne l'ai jamais vu faire ça. « Tous ces champs vous appartiennent ? » Il balaie l'horizon du bout de son bâton, pointant chaque endroit – oh, ça va devenir ennuyeux.

« Oui, jusqu'à la rivière. Je pensais demander à Démétrios, ici présent, de vous accompagner pendant que j'installe votre famille. Il connaît tout ça bien mieux que moi, n'est-ce pas, Démétrios ? Il est l'intendant de la ferme depuis que je suis né, ou presque. »

Le vieillard dévoile ses gencives nues, dans un sourire de nourrisson.

« Nico ! » Euphranor a choisi d'aboyer sur mon frère comme avec les soldats, ce qui le grise de bonheur. Il descend de son poney et se met au garde-à-vous, pâle et chancelant, on ne peut plus sérieux, espérant sans doute qu'on l'enverra éteindre un incendie de forêt ou porter quelque fardeau démesuré. Euphranor, qui a tout compris, lui glisse une outre d'eau autour de l'épaule, lui tend un arc et des flèches. « Tu pourras peut-être aller chasser un peu, plus tard, quand ta mère ne fera pas attention… » lui dit-il, dans un aparté théâtral.

Myrmex est obligé de nous rejoindre ; obligé. Chasser ! Il ne peut pas ne pas en être. Il se tient plus près de moi que d'habitude, attendant son ordre de mission.

« Venez, mesdames. » Euphranor avance de quelques pas. Peut-être a-t-il senti les traits de Myrmex se durcir, car il se retourne et se frappe le front. « Pinçon, mon brave ! Veux-tu bien porter ce panier ? »

Myrmex adresse un hochement de tête à Pyrrhaïos, qui soulève le panier de vivres et nous suit à distance. Papa et le vieil homme sont déjà en grande conversation, et papa ne remarque même pas que nous nous éloignons. Il a cette attitude concentrée, cou tendu comme celui d'un coq, narines dilatées, qui ordonne à tout le monde autour de lui de faire silence afin qu'il puisse apprendre.

Nous pique-niquons dans une pinède, sur une couverture de cheval posée à même un tapis d'aiguilles gorgées de sève. Je me délecte de vin aux arômes résineux, de la chaleur épaisse et lente du soleil. « Mange ton pain », me souffle Herpyllis, mais je n'ai pas faim. Vin et soleil, soleil et ombre et vin. Je descends la pente, coupe à la main, pour aller voir l'étang, entièrement surplombé de verges d'or et de forsythias. La surface de l'eau est épaisse, immobile, constellée de pollen doré. La « saleté » de Démétrios.

Quelque chose bondit derrière moi ; je sens le mouvement de l'air.

Mon frère, nu ; il retombe dans l'étang en soulevant une éclaboussure gigantesque qui illumine l'air de paillettes étincelantes, puis ressort, revêtu d'un manteau doré. Il flotte sur le dos pendant quelques instants pour que je puisse tout voir, se cambre paresseusement et plonge, fluide comme un dauphin : cou, torse, buisson soyeux, cuisses, genoux, pieds, orteils. Le pollen s'est enfui du centre de l'étang pour parer de jaune les berges, laissant derrière lui un joli trou noir. Il refait surface, sourit ; m'invite à le rejoindre. Un peu moins doré, à présent, après le second plongeon. Je sens le miel se libérer entre mes jambes. Je fais non de la tête.

« Tu vois », murmure Euphranor, derrière moi, d'une voix douce. Il n'est pas sorti de l'ombre, il sait que Myrmex ne sait pas qu'il est là. « Il n'en fallait pas plus. Le voilà tout propre, cet étang. On va se baigner ? »

Tous les trois. Les portes, les fenêtres s'ouvrent en grand. *Oh!*

« Une autre fois. »

Euphranor sourit, attrape mon voile tandis que je passe devant lui en remontant la pente, et en laisse filer toute la longueur entre ses doigts avant de le lâcher.

Des cris au loin. Nico et Herpyllis, sur la couverture, se détournent des sucreries. Ils m'interrogent du regard ; je hausse les épaules. Puis les cris se font plus distincts : Démétrios appelant son maître.

« Il est près de l'étang, dis-je à Herpyllis. Je viens de le laisser là-bas. Je vais le chercher. »

Je regagne le pied de la butte, comme tirée vers le bas, rembobinée, par le spectre de mon voile. Mais il n'y a que Myrmex, allongé sur le dos parmi les verges d'or, qui sursaute en me voyant et se couvre de ses mains. L'or a disparu, au lieu de quoi tout son corps est rosi par l'effort.

« Tu n'as pas vu Euphranor ? »

Haussement d'épaules, il soupire.

Je regagne le sommet, où je trouve Euphranor en train d'écouter un Démétrios à bout de souffle, tandis que Nico se démène pour harnacher les chevaux.

« Ton père est blessé, annonce brutalement Euphranor. Où sont les autres ?

— Maman est allée cueillir des champignons, balbutie Nico. Pyrrhaïos est parti avec elle. Je ne sais pas où est Myrmex.

— Blessé comment ? »

Mon regard dérive d'Euphranor à Démétrios. Aucun d'eux ne sourit.

Démétrios se tourne vers son maître, qui opine du chef.

« Cheville tordue, madame, répond-il. Déjà gonflée comme un melon. Il ne peut pas poser le pied, mais je crois qu'il survivra. »

Je commence à partir.

« Attends, petite… »

Euphranor presse le pas pour me rejoindre.

« Tu sais monter ? Nous serions plus vite arrivés, je crois, si je te conduisais sur le poney de ton petit… »

Je me mets à trottiner.

Devant la maison, papa est assis sur une charrette comme si nous l'avions fait longuement attendre. J'entends Démétrios expliquer à son maître qu'il l'avait laissé à l'intérieur, sur une couche.

« Que s'est-il passé ? » Je grimpe à ses côtés pour examiner la blessure.

Il pousse un grognement et soulève le bas de sa tunique. Sa cheville gauche est une balle violacée. Je sens une odeur de vomi, bien que son visage et ses habits soient propres. Douleur très vive, donc.

Je murmure :

« Pourquoi t'assieds-tu ainsi ? C'est pourtant toi qui m'as appris que… »

Il me laisse l'aider à s'allonger, mes mains soutenant sa lourde tête. Il me laisse soulever le bon pied sur le banc, puis le mauvais. Livide de douleur, à présent. Je cale l'un des ridicules coussins de soie violette sous la cheville pour la surélever, et envoie Nico chercher un linge froid. « Assez long pour faire un bandage. » Il hoche la tête et disparaît dans la maison, ignorant Euphranor. Maintenant, qui est le soldat ?

Papa divague sur quelle plante utiliser pour la compresse. Je l'interromps : « À la maison. Pour l'instant, rentrons chez nous. »

Il ne peut réprimer un haut-le-cœur quand Nico soulève son pied pour que je lui bande la cheville. Euphranor envoie Démétrios chercher les autres. Myrmex nous rejoint et se charge lui-même d'essuyer la bouche de papa avec un linge propre et humide. Euphranor emmène Myrmex à l'écart, et lui confie à demi-voix des mots que je ne peux saisir. J'entends Myrmex lui répondre qu'il faut garder papa au chaud. Ils plissent le front tous les deux, sérieux, coopérant. Euphranor pose la main sur l'épaule de Myrmex et pointe du doigt la maison. Myrmex entre et ressort quelques instants plus tard avec une fourrure dont il enveloppe papa, pour prévenir l'état de choc. Il sait, sans qu'on ait besoin de le lui dire, comme Nico et moi. Plus que Démétrios. Plus qu'Euphranor.

Herpyllis et Pyrrhaïos arrivent, essoufflés, tenant les chevaux par les rênes.

« Où étais-tu ? » demande papa, levant les yeux sur elle, son aimée. Elle reste assise près de lui pendant tout le voyage du retour, le tenant par la main, le couvant du regard. Elle a de la terre sur sa robe, une brindille dans les cheveux. Comme je tire sur la brindille, elle ouvre le sac posé sur ses genoux pour me montrer sa douzaine de prises terreuses, couleur crème.

Il y aura des œufs et des champignons au dîner.

« Et la ferme de papa, alors ? » s'inquiète Nico d'une petite voix, et Euphranor promet de nous y emmener une autre fois, quand papa ira mieux.

« Aigremoine », dis-je à papa. La plante dont il essayait de se souvenir. « Je vais te préparer un cataplasme d'aigremoine contre l'inflammation. Essaie de moins bouger. »

Papa, repoussant la fourrure, se plaint qu'il a chaud.

Je proteste :

« Non, Myrmex a raison. Mieux vaut avoir chaud que froid. »

Nous gardons le silence pendant le reste du voyage, étrangement calmes. J'essaie de me rappeler ce que nous avons pu oublier sur les lieux du pique-nique, près de l'étang, au bord du champ. La nourriture, le vin, la couverture, mon voile. Une petite cuillerée du plaisir de Myrmex. La vertu d'Herpyllis.

Mes sandales, abandonnées dans le champ pour pouvoir courir.

L'aigremoine, qu'Herpyllis appelle le gratteron, pousse comme une mauvaise herbe au bord de la piste. J'enveloppe mes mains de cuir pour empoigner les feuilles, et jette quelques fruits aux poils crochus en tas dans la cour pour Nico, qui jouera aux fléchettes avec. En faisant bouillir les feuilles avec du son et du vinaigre, j'obtiens une pâte informe, gluante et nauséabonde, dont papa ne tarde pas à se lasser.

Je lui ordonne : « Reste allongé. » Il grogne et se tortille quand j'essaie d'enrouler un linge autour de sa cheville enveloppée de pâte, répandant des salissures, puis finit par exiger le pot comme un enfant qui boude et soudain ne peut plus se retenir. Si bien qu'à présent il doit se lever, et je ne dois pas regarder. Je pose les mains sur mes yeux, écoute son laborieux goutte à goutte, puis l'aide à se rallonger dès qu'il a laissé retomber sa tunique sur son corps, achevant d'éparpiller le cataplasme. Au fil des jours, il se plaint de migraines, également, et d'insomnies, et se lamente si nous le laissons seul trop longtemps. Il demande à Myrmex de lui faire la lecture et, quand Myrmex est trop lent, il m'appelle, moi. Herpyllis tente de venir s'asseoir avec nous, une fois ou deux, mais elle se lasse vite, et papa l'accable de reproches dès qu'elle s'affaire autour de la chambre, époussetant, bordant son lit ou décortiquant les fleurs qu'elle a cueillies pour lui le soir de notre arrivée, arrachant les parties mortes du bout des ongles. Elle est nerveuse ces derniers temps, pleure pour un rien, et quand papa commence à évoquer le défunt roi, elle se mord le poing et quitte la pièce.

Il parle de plus en plus souvent du roi. À présent son chagrin – voilé peut-être par la douleur à sa cheville – se teinte d'amertume, au point qu'on pourrait croire qu'ils ne se sont jamais aimés. Il fulmine. Alexandre ne l'écoutait jamais, ne voulait pas apprendre, pas si intelligent que cela après tout, rien qu'un petit garçon méchant. Jamais devenu un homme, pas véritablement. De corps, oui. Mais d'esprit, jamais.

Je ne pense pas à Myrmex.

Papa a écrit des lettres, des centaines de lettres à Alexandre. L'armée avait reçu, d'Antipater en personne, l'ordre de les joindre aux dépêches officielles, mais jamais la moindre réponse. Ce n'est pas cela, l'amour, se lamente papa. Tout ce qu'il lui a donné, et jamais un mot de sa part.

Je lui rafraîchis la mémoire : « Il a fait expédier tous ces spécimens. Squelettes de poissons, oiseaux fossilisés, fleurs séchées… À toi, et à personne d'autre. C'est bien la preuve que quelque chose est parvenu à l'atteindre.

— Je ne doute pas que mes lettres lui soient parvenues, répond papa avec raideur. Comme je viens de le dire.

— Je ne parle pas de tes lettres. »

Je porte une coupe à ses lèvres, pour qu'il boive une gorgée. Totalement superflu, mais il joue les malades, une semaine après l'accident, et exige ces menus services. « Tes… pensées. Ton amour pour lui. Ces choses lui sont parvenues, et il t'a répondu à sa manière.

— Adorable Pythias », s'émeut papa.

Le lendemain, il y a un éclat dans son regard que je reconnais, et de la peur. À grand renfort d'effets dramatiques, il s'est traîné seul jusqu'à son bureau et installé sur des coussins, avec de quoi boire et grignoter, des livres, un crayon et du papier à portée de main. Il insiste pour qu'Ambracis vienne s'asseoir près de lui au cas où il aurait besoin de l'envoyer chercher quelque chose, laissant tout le travail en cuisine à Thalée, qui fait claquer les gamelles juste assez pour nous faire savoir à quel point elle est agacée par la journée oisive de sa cadette. Ambracis, de son côté, ne doit pas bouger ni faire bruisser ses habits ni avaler trop bruyamment, de peur de perturber les idées de papa ; elle ne doit pas non plus répondre au bébé qui la réclame. Je passe devant eux une ou deux fois, et je la vois assise misérablement pendant que Belle hurle depuis l'endroit où Thalée l'a emmaillotée sur la table de la cuisine, afin de pouvoir garder un œil sur elle tout en effectuant ses tâches. Elle se calme quand Olympios s'arrête près d'elle, mais lui aussi a du travail. J'essaie de jouer avec l'enfant pendant un moment, mais elle sait faire la différence, et pleurniche jusqu'au soir.

« Qu'est-ce qu'il fabrique ? » J'interroge Herpyllis, mais elle n'en sait rien.

Le soir, il est prêt à nous montrer : des dessins. Des esquisses, plus précisément, pour des statues de ses morts : ses parents, son frère, oncle Proxène ; la petite sœur de papa, qui est morte en couches alors que son fils, mon cousin Nicanor, n'était encore qu'un jeune enfant. Il est dans l'armée à présent, Nicanor, en campagne dans l'Est. Nous supposons qu'il est toujours vivant.

« Je les ferai ériger à Stagire, annonce papa. Mon village natal. Et pour les remercier du retour de Nicanor, je propose également des statues de Zeus et Athéna, grandeur nature. »

Maintenant je sais qu'il a perdu la raison.

Prudemment, je l'interroge : « Nicanor est-il revenu ? »

Papa m'ignore, enroulant avec soin ses croquis.

Je demande : « Quelle est la taille de Zeus et Athéna ? En vrai ?

— Va dans ta chambre », s'impatiente papa.

Les dessins ne sont que de simples ébauches, tracées de la main tremblotante d'un vieillard. Papa a l'intention de commander les statues à un sculpteur célèbre, un Athénien nommé Gryllion. Il enverra Tychon passer commande. Pendant les trois jours suivants, il retravaille sans relâche ses affreuses esquisses, et ne parle plus de rien d'autre. Le quatrième jour, Ambracis murmure qu'il est cloué au lit et refuse de manger.

Je hoche la tête, et elle secoue la sienne. Nous avons l'habitude de cet enchaînement.

Deux semaines après l'accident, après avoir passé trois jours dans sa chambre, il me convoque à son chevet. Il s'est redressé sur le lit, soutenu par une pile d'oreillers. Sa cheville est beaucoup moins enflée, même s'il feint toujours de fermer les yeux et de frissonner quand je l'effleure du bout des doigts.

« Ma fille, dit-il. Laisse ça. Je t'ai fait venir aujourd'hui pour parler de ton avenir. »

Me *faire venir* – comme si je n'étais pas venue le voir dans sa chambre à chaque heure du jour, pour m'enquérir de ses besoins tandis que les ténèbres se refermaient sur lui. Lui donner le bouillon à la cuillère, caler le bassin hygiénique, agiter le rideau pour rafraîchir l'air. Lui peigner les cheveux.

« Balivernes, dis-je.

— Tu épouseras ton cousin Nicanor, déclare papa. Dès qu'il sera rentré de Perse. »

Un instant de vide absolu, calme et suspendu, avant que la pensée ne reprenne son cours.

« Je suis… tu… mais… pourquoi ?

— Pardon ? s'étonne papa.

— Pardon ?

— Voilà qui est mieux, poursuit papa. Tu épouseras Nicanor. Tu te souviens de Nicanor.

— Pourquoi ?

— Te souviens-tu de Nicanor ? »

Il a donc écrit cette scène, et je dois réciter mon rôle.

« Je me souviens de lui quand j'étais toute petite. Je ne l'ai pas vu depuis… douze étés ?

— De quoi te souviens-tu ? »

Je cours. Des arbres. Des bras autour de ma taille, qui me soulèvent pour atteindre une prune. Ne la mange pas. Rapporte-la à maman. Allez, Pytho. Une pour toi et une pour moi. Allez… Prends ma main dans la tienne. Où est ta prune ?

« De rien.

— Ne sois pas fâchée, reprend papa. J'étais obligé. »

Il me montre le document qu'il a écrit : son testament.

« Combien d'étés a-t-il ?

— Quarante-quatre », répond papa.

Un son comme un rire m'échappe. « Non. »

Papa fronce les sourcils.

Pourquoi non?

— Pourquoi? »

Il désigne son corps, le lit.

Je rétorque : « Tu n'as rien de grave. »

Il baisse les yeux sur ses cuisses.

« Comment sais-tu qu'il est encore vivant?

— J'attends confirmation. »

Je secoue la tête.

« Je ne l'épouserai pas.

— Qui, alors? »

J'ouvre la bouche mais rien ne sort.

« C'est un homme bon, argumente papa. Je me souviens très bien de lui. Un homme sérieux, intelligent, gentil. Un parent. »

Je pense qu'il est sans doute mort. Je pense que papa va se renseigner et apprendra que Nicanor est mort, et alors nous envisagerons un autre parent. Voilà ce que je pense. D'ici là, je peux me taire.

« Tu es une bonne fille », se félicite papa devant mon silence.

Il me détaille le reste du testament. Intervalle comique : il propose Théophraste comme solution de rechange si Nicanor ne peut ou ne veut m'épouser. *(Ou s'il est mort, puisqu'il sera mort.)* Je me contiens admirablement, et papa ne remarque rien. Il passe en revue les esclaves, les biens, Nico. Nico restera près de moi, c'est au moins ça. Je lui dis que cela me plaît.

« Tu vois », répond-il en relevant les yeux, et il serre ma main dans la sienne.

Myrmex, poursuit-il, sera renvoyé chez les siens. Je ne dis rien.

Herpyllis, à présent.

Mais alors, il s'interrompt ; son visage se tord de douleur. Je lui tiens la main jusqu'à ce qu'il soit de nouveau capable de parler.

« Elle s'est montrée bonne avec moi, déclare-t-il. Après que ta mère… »

Il baisse les yeux, secoue la tête. Une larme tombe. Deux. Deux taches sur le drap. Il me fixe à nouveau. Droit dans les yeux, d'un regard clair, et je comprends que la scène est terminée. « On peut vivre sans amour, déclare-t-il. On croit qu'on ne peut pas, à ton âge. Moi aussi j'ai eu ton âge, autrefois.

— Comment fait-on ?

— On se montre attentionné, répond-il d'une voix lente. On prend soin du corps et de l'esprit, on se conduit avec gentillesse, on se montre généreux. On fait passer les besoins de l'autre avant les siens. Nourriture fine, air frais, habits propres, sécurité. On offre ces choses. On offre sa propre chaleur. Comme à un bébé. En ce qui me concerne, le fait de penser à elle comme à un bébé, ou à une petite fille, m'a aidé. On peut offrir tant d'affection et d'attention, qui saurait faire la différence ?

— C'est ce que tu as fait ? »

Sa main se pose sur ma joue. « Pas toujours autant que j'aurais pu. Mais si je pouvais recommencer, c'est ce que je ferais.

— Tu ne... » Je ne peux terminer ma phrase.

« Si je t'aime ? achève papa. Tu pensais que je parlais de toi ? Petite Pythias. Tu pensais vraiment que je parlais de toi ? »

Nous nous ressaisissons, et il m'annonce ce qu'il a prévu pour Herpyllis. Il est généreux : elle aura une maison, de l'argent, du mobilier, tout ce qu'elle voudra.

« Encore une chose, poursuit papa. Je veux qu'elle se marie. Je veux qu'elle ait cela, si elle le désire. Je veux lui donner ce dont elle a besoin, en souvenir de ma gratitude envers elle. Si elle le désire.

— Je crois qu'elle en aura envie.

— Je pense que je lui donnerai Pyrrhaïos, aussi, ajoute papa. Elle est habituée à vivre avec des serviteurs. »

Sans le regarder pour voir ce qu'il sait ou ne sait pas, ce qu'il veut dire ou taire. J'approuve cette bonne idée.

« Nous devons tous faire preuve de courage, déclare papa. Le pire ne dure jamais longtemps. Surtout quand on a envisagé toutes les options, et qu'on s'y est préparé. »

Et cette idée-là, à bien y réfléchir, est excellente.

Dans ma chambre – à la tombée du jour, rideaux tirés –, le feu libère un mince filet de fumée âcre, une puanteur de cheveux brûlés. Je psalmodie à demi-voix :

« Porte à sa perfection ce charme d'union, afin qu'il ne fasse jamais l'expérience d'aucune autre que moi, Pythias, fille d'Aristote ; qu'il soit réduit en esclavage, qu'il perde la raison et vole à travers les airs à ma recherche, qu'il unisse sa cuisse à ma cuisse et sa nature à ma nature, à jamais et jusqu'à la fin de ses jours. Traîne-le jusqu'à moi par les cheveux et les tripes. Embrase, incendie son âme, son corps, ses membres. Accable-le de fièvre, d'une maladie incessante, d'un mal inconnu, jusqu'à ce qu'il vienne à moi. Prive-le de sommeil jusqu'à ce qu'il vienne satisfaire mon âme. Conduis-le à moi, en proie à la passion, brûlant d'amour et de désir pour moi, Pythias, fille d'Aristote. Force-le, contrains-le à venir à moi, à m'aimer, à me donner ce que je veux. Maintenant, maintenant, vite, vite. »

« Tu as perdu la raison ? »

Herpyllis se tient raide, mains sur les hanches, tandis que papa, heureux comme un chiot, se gifle vigoureusement un côté du crâne, tentant de vider l'eau de son oreille. Ses joues sont d'un rose insolent et ses cheveux encore humides.

« Pas du tout ! hurle-t-il, assourdi par la nage. On y retourne demain. »

Une fois qu'il s'est éloigné en boitant pour aller chercher une serviette, Herpyllis s'en prend à moi.

« Tu vas le tuer. »

J'essore au-dessus des plantes le linge qu'il avait enroulé autour de ses parties intimes.

« Idiote ! » Herpyllis me l'arrache des mains. « C'est de l'eau salée. Tu vas tuer mes herbes. Où l'as-tu emmené, d'ailleurs ?

— La plage au nord du chenal. Il peut marcher quand il le veut, tu sais, du moment qu'il a sa canne. Ce n'est pas si loin.

— Nager… »

Herpyllis crache par terre.

« Va donner ça à Ambracis. Elle l'emportera à la rivière quand elle ira laver le linge. Se baigner en mer, dans son état.

— Comme ça il fait de l'exercice, sans forcer sur sa cheville. »

Je lui reprends la boule de tissu mouillé.

« Tu as vu son visage. Ça lui fait plus de bien que tu ne…

— Tu vas le tuer. »

Mais grommelant désormais, plutôt qu'en colère :

« Enfin, ça sera ta faute… Sait-il seulement encore nager ? »

Je m'étais assise sur un rocher pendant qu'il se déshabillait. Sa peau était si pâle, constellée de taches de vieillesse, et il avait des bourrelets de graisse flasque à des endroits que je n'avais jamais vus. Pourtant, c'était comme si l'esprit d'un homme plus jeune investissait son corps, guidait ses mouvements ; il possédait la confiance inconsciente venant de gestes qu'il pratiquait depuis six décennies. Il ne m'avait pas parlé pendant la marche, marche qui était au-dessus de ses forces ; il était bien trop fatigué. Je le tenais par le bras et il s'appuyait lourdement sur moi. Je sentais son odeur de vieil homme, une odeur sure, j'entendais l'effort de son souffle. À la plage, je lui ai simplement dit de se déshabiller, et il l'a fait. Je lui ai dit de se baigner. Il m'a regardée, puis il a lâché sa canne, il s'est avancé dans les vagues en traînant la jambe. Quand l'eau a atteint ses genoux, il a levé les mains au-dessus de sa tête et il a plongé. Il lui a fallu un long moment pour refaire surface. J'ai pris la décision de ne pas le suivre. Au lieu de quoi j'ai creusé le sable du bout de mes orteils, arc-boutant les pieds, toujours plus profond, jusqu'à trouver l'humidité.

« Pytho ! »

Loin du rivage, un bras en l'air. Brandissant quelque chose. Je suis descendue jusqu'à l'eau, soulevant l'ourlet de mes jupes, et il m'a rejointe à la nage pour me remettre sa trouvaille : une anémone. Aussitôt, il a fait volte-face, puis il a replongé.

J'ai confié l'anémone à Tychon et suis retournée m'asseoir sur les rochers, les yeux clos.

Je dis à Herpyllis :

« Il sait encore. »

Ce soir-là, il me fait venir dans son bureau et nous disséquons ses spécimens. Il me laisse inciser le dessous d'une étoile de mer orangée qu'il a maintenue mouillée, et donc vivante, afin que je puisse voir la contraction des muscles, la crispation de la mort. Il me montre la bouche de l'anémone, un orifice en forme d'étoile, garni de pétales, et m'explique sa digestion. Il ouvre une palourde et me donne en exercice de la décrire, à la fois par des mots et des dessins. Comme je lui souhaite bonne nuit et rassemble les papiers pour les emporter dans ma chambre, il me demande s'il peut les garder avec ses propres notes. Je vais me coucher en pensant à mes croquis sur le bureau de mon père. C'est la première fois qu'il demande à garder l'un de mes travaux.

Nous prenons l'habitude de descendre à la plage tous les après-midi. Nico proteste quand nous essayons de l'emmener avec nous ; il s'est lié d'amitié avec un garçon du cru, et ils passent le plus clair de leur temps ensemble, à hurler au milieu des arbres avec le chiot, importunant les voisins. Herpyllis refuse également de venir, mais sans irritation ; elle sort sur le seuil pour nous saluer tendrement du bras, et elle est là pour nous accueillir avec une grande serviette sèche à notre retour. Elle s'affaire autour de nous, ignorant les serviteurs. Pyrrhaïos demeure invisible. Bien. Je superpose mentalement mes dessins de nos spécimens – la moiteur labiale de la palourde, l'orifice à pétales de la gorge de l'anémone, les spasmes d'agonie de l'étoile de mer – sur le trou d'Herpyllis.

Savourant sa mobilité retrouvée, papa nage un peu plus longtemps chaque jour, bien que le temps se refroidisse. L'automne approche, roussissant les feuilles des arbres et embellissant papa, qui émerge des rouleaux tout nimbé de vapeur, tenant d'une main le linge autour de ses hanches et de l'autre serrant des crustacés contre son torse, mon Aphrodite des Spécimens rien qu'à moi. Ses yeux sont plus clairs, et il sourit parfois. À l'occasion, il fait une petite plaisanterie. Sa boiterie est devenue chronique, à présent, mais il ne s'en plaint plus ; cela fait partie de lui désormais. Une fois je l'ai vu marcher dans l'eau peu profonde, en quête de berniques, et chantonner paisiblement. Chaque jour, je lui demande comment il se sent. « Calme », répond-il, ou « stable ». Un jour semblable à tous les autres, il m'a confié qu'il pensait éprouver de la joie.

J'ai répondu : « Tu *penses* ? »

Il a haussé les épaules. Après quelques instants d'un silence soigneusement soupesé, nous nous sommes regardés et avons éclaté de rire.

Ce soir-là, après dîner, il déclare vouloir traverser le chenal à son point le plus étroit.

« Les soldats le font au moment où la marée bascule, dit-il. Je les ai observés. Poussés par le courant dans un sens, puis dans l'autre. Très divertissant.

— N'importe quoi, s'agace Herpyllis.

— Divertissement *et* science, insiste papa. C'est un phénomène unique en son genre. Qui jouira d'une grande renommée.

— Tu jouis déjà d'une grande renommée, rétorque Herpyllis. Que vas-tu donc apprendre en te faisant ballotter dans tous les sens par le courant comme une figue flottant dans de la crème ?

— Ah, soupire papa. Mais vois-tu, j'ai l'intention de plonger. D'observer le comportement de l'environnement marin durant ce phénomène. Je collecterai des…

— … spécimens… »

Nico, Herpyllis et moi, achevant la phrase d'une seule voix.

« … et je les étudierai, poursuit papa d'un ton serein. Pour mon livre. »

Herpyllis roule de gros yeux. Nico part en courant retrouver le chiot.

J'interroge :

« Un nouveau livre ?

— Une collaboration », répond papa.

Avec qui, je n'arrive pas à l'imaginer ; Théophraste est resté à Athènes. Puis il sourit, et me fait rougir.

« Tu viendras me regarder, n'est-ce pas, mon cœur ? demande-t-il. Tenir ma serviette ? M'encourager ? »

Tychon est une ombre dans l'encadrement de la porte.

Je demande :

« Tychon pourra venir aussi ? »

Papa acquiesce en silence. Tychon disparaît.

« Tu l'aimes bien, remarque papa. Tu as confiance en lui. Je crois que je vais remanier mon testament et te le donner à toi, quand tu te marieras.

— Ah », c'est tout ce qui me vient.

« Tu me le rappelleras, reprend papa. Je le ferai après mon bain. Allons vérifier les horaires des marées. »

Il se trouve que l'aube est le moment optimal. « Tu es sérieux ? dis-je, songeant à la chaleur de mon lit. Ne pourrions-nous pas simplement attendre douze heures ?

— La nuit sera tombée, alors, répond papa.

— Il fait assez sombre aussi, au lever du jour.

— Petite paresseuse. Un réveil matinal, ça ne te tuera pas. As-tu déjà vu la couleur du ciel si tôt dans la journée ? Le soleil se lève comme un vin clair. »

Je fais mine de tressaillir et il me gratifie de son doux sourire, si rare.

Je suis tirée de mon sommeil par le tapotement de ses doigts sur le chambranle de ma porte, alors que le ciel est encore noir et que le coq dort encore. Je noue mes cheveux, sans les peigner, en queue-de-cheval, et enfile mes plus chauds habits. Il fait vraiment froid ; l'herbe est blanchie de givre.

Une fois que nous sommes éloignés des maisons, là où nos voix ne dérangeront personne, j'expire de toutes mes forces, comme Nico quand il veut me frapper de son haleine chargée d'ail, pour lancer dans les airs un panache blanc. « Il doit y avoir du feu en nous, dis-je à papa. Ou quelque chose comme des braises. Dans le cœur, peut-être ? Pour produire cette fumée ? »

Papa ne répond rien.

Au point le plus étroit du chenal, nous nous frayons un chemin dans les pentes rocheuses, jusqu'à la mer. Papa entreprend de se dévêtir.

« Oh ! crie un homme qui longe la rive, juste au-dessus de nous, avec un cheval tirant une charrette.

— Bonjour ! lui répond papa, en se déshabillant.

— Il est malade ? » me hurle l'homme.

Je fais non de la tête.

« Regarde, il a du lait, remarque papa. Prends quelques pièces dans ma sacoche, là-bas, et ma coupe, et achètes-en un peu pour après ma baignade. Il est très tôt : le lait est sans doute encore chaud. »

Je me tourne vers Tychon : « Je m'en occupe. » *Reste avec lui.*

Je remonte la pente en levant le bas de mes jupes, tandis que l'homme attend sans quitter papa du regard. Comme je lui tends la pièce, il me redemande si papa est malade. Je secoue la tête.

« Alors il est idiot. » L'homme remplit la coupe de lait, dont la vapeur s'élève dans le froid. Je me rends compte à quel point mon idée était stupide. Des braises dans le cœur, enfin… C'est pour ça que papa n'a pas répondu.

« Les courants sont sur le point de basculer. Vous n'êtes pas d'ici, hein ?

— Il sait, pour le courant.

— Il ne sait rien. »

Un bruit d'éclaboussure arrache un cri au paysan. Papa est dans l'eau. L'homme laisse échapper un vilain mot. Il passe la main sous son siège pour attraper une corde, et saute maladroitement de sa charrette. Il me confie les rênes du cheval et me dit de ne pas les lâcher. Il dévale la pente tant bien que mal, il trébuche mais ne s'arrête pas pour regarder l'éraflure sur son genou qui saigne, je le vois même d'ici. Papa se trouve à présent au milieu du chenal, il bat l'eau de ses pieds, semble marquer une pause. L'homme enroule la corde, puis en lance une extrémité à papa. Déconcerté, papa tend la main vers la corde, mais elle dérive hors de sa portée. Papa s'est remis en mouvement, mais il ne nage pas. Il plonge.

L'homme demande à Tychon ce que papa est en train de faire – concluant par le vilain mot. Et si Tychon et moi sommes venus jusqu'ici pour l'aider à se tuer… –, nous avons alors droit, nous aussi, au vilain mot. Je sens sa colère me gifler comme un crachat. Le cheval tressaille à côté de moi, s'ébroue nerveusement. Il tire sur les rênes pour me tester, flairant l'inexpérience. Flairant la fille.

Des gens se sont arrêtés sur les deux rives du chenal, à présent, pour regarder, des adultes et des enfants vaquant à leurs occupations matinales. Le ciel s'est en effet adouci, rose et fragile et délicat. Un cri s'élève de la foule des curieux : papa a refait surface, considérablement au nord de l'endroit où il a plongé. Il tente de revenir vers nous à la nage, mais le courant le tient prisonnier et même en nageant de toutes ses forces, il fait du surplace. Les gens hurlent en gesticulant, *Par là, par là*, lui indiquant de nager avec le courant et non contre lui. Il plonge de nouveau.

La foule relâche un son assourdi, douloureux, coup de poing dans l'estomac.

Je la balaie du regard, en quête d'un visage connu : l'un des hommes présents à la fête de Plios, un soldat, Euphranor en personne ? Mais il est bien trop tôt pour des hommes de cette qualité, je ne vois que des esclaves, les femmes du marché, des vagabonds. Tous, ils portent l'horreur sur leurs traits.

Le laitier est à côté de moi.

« Viens, dit-il. Il sera rejeté sur la plage, là-bas. » Il désigne notre lieu de baignade. « S'il est rejeté. »

Je grimpe sur la charrette et m'assois à ses côtés, d'un *tcha* il lance le cheval au trot. À l'entrée du chemin qui descend à la plage, il attache les rênes à une souche. Tychon et moi partons en courant devant lui.

La plage est déserte.

« Non, grommelle l'homme, en reprenant son souffle, dans mon dos. Non, non, non… » Comme s'il m'interdisait de tenter quelque chose. Mon bras se tend de lui-même vers un point au large, dans la baie : une tête, là-bas. L'homme ôte ses habits, furieux, jusqu'à la nudité palpitante de ses fesses et s'avance dans l'eau, puis plonge. Tychon l'a devancé, il nage jusqu'à papa et le ramène vers le bord de manière experte, en lui maintenant la tête hors de l'eau. Quand ils ne sont plus qu'à cinquante pas du rivage, je m'avance dans l'eau à mon tour, jusqu'à la taille, pour aider Tychon à le porter. Le visage de papa est livide et ses yeux fermés.

Sur le sable, Tychon enveloppe papa dans ses propres vêtements et le frotte vigoureusement sur tout le corps. Les curieux nous ont rejoints à présent, et l'un d'eux tend une couverture au laitier. Je frotte papa comme Tychon l'a fait, assise à côté de lui dans le sable, en l'appuyant contre mon corps. Tychon a les lèvres bleues et tremble convulsivement.

Un inconnu jette une couverture sur les épaules de Tychon, et un autre sur mes jambes. Peut-être suis-je en train de pleurer.

« Pythias », articule papa, doucement, sans ouvrir les yeux.

La foule vide ses poumons. Les braises dans chaque poitrine blanchissent soudain l'air.

De retour chez nous, Herpyllis démontre qu'elle aurait fait un bon soldat. Elle ordonne qu'on allonge papa sur son lit et qu'on le recouvre de draps chauffés avec des pierres tirées du feu ; offre au laitier de nouveaux vêtements, un repas chaud et une bourse remplie de pièces ; remercie Tychon, et me gifle au visage.

Elle passe le reste de la journée au chevet de papa, lui faisant avaler des cuillerées de bouillon chaud et chantant pour lui comme elle le fait avec Nico quand il a mal au ventre. J'entends sa voix douce depuis ma chambre, où elle m'a consignée.

Papa ne tarde pas à développer un refroidissement. Il a le nez plein de morve, il éternue et se plaint d'avoir mal partout, et où est Pythias ? Herpyllis se laisse fléchir, et m'autorise à venir le voir.

« Bonjour, petite », me salue papa.

Je lui demande comment il se sent. Herpyllis pousse un grognement.

« Bien, bien », répond-il, puis il tousse jusqu'à ce que son visage vire au violet. D'un geste agacé, il fait signe à Herpyllis de quitter la chambre.

« Ce n'est rien, reprend-il quand la toux s'apaise. Elle est hystérique.

— Non, elle ne l'est pas. »

Il tapote le rebord du lit, et je m'assois. « Elle nous aime tous les deux, poursuit-il. Elle sait que tu voulais aider. »

Je lui tiens la main pendant un long moment, sa main douce comme celle d'un nouveau-né.

« Un enfant est une ligne lancée à l'aveugle dans le futur, déclare-t-il. Comme une idée, ou un livre : qui sait où ils retomberont, et ce qui naîtra d'eux ? »

Je lui demande s'il veut que je note cette pensée.

« Non, ma petite, répond-il. Elle n'est rien que pour toi. »

Je crois que nous plaisantons, tous les deux.

Son refroidissement ne le quitte plus. Il commence à expectorer un liquide épais et jaunâtre qu'Herpyllis considère comme un bon signe ; c'est la maladie qui ressort. Il a une légère fièvre, et des accès de tremblements. Il mange peu et détrempe les draps de ses suées nocturnes. Malgré tout, il se lève de temps en temps pour faire usage du pot ou s'asseoir brièvement au jardin, sous le maigre soleil d'automne. Il réclame des livres, pas pour les lire, mais simplement les tenir sur ses genoux. Parfois, je lis pour lui. Quand il tousse, maintenant, il porte la main à sa poitrine, à cause de la douleur. Ses lèvres sont bleues en permanence. Se déplacer du lit à la chaise suffit à l'essouffler comme un coureur à la fin d'une épreuve. Il prend l'habitude de tousser dans un linge. Herpyllis lave ses affaires, interdisant furieusement aux servantes ou à moi de l'aider. Elle pense pouvoir porter seule ce secret.

Après avoir craché le sang pendant une semaine, il s'allonge pour mourir. Cela durera quatre jours encore. Il se plaint de douleurs lancinantes au côté, et sa peau prend une teinte bleutée sur tout le corps.

Un soir, tard, je l'interroge : « Qu'est-ce que tu as vu ? » Je suis venue m'asseoir à son chevet, pour qu'Herpyllis puisse dormir un peu. « Qu'est-ce que tu as vu là-dessous, papa ? »

Son souffle court râpe comme une scie.

Au chant du coq, je vais réveiller Herpyllis. Elle jette un seul coup d'œil à papa et m'envoie chercher Nico, Myrmex, et tous les autres. Les esclaves, tout le monde. *Maintenant, maintenant, vite, vite.*

Il respire encore quand nous revenons.

Herpyllis se charge elle-même de poser la pièce sur sa langue, et toutes les deux nous le baignons et l'enduisons d'huile parfumée. Nous l'habillons de blanc, chaudement, pour son long voyage, et quand Thalée revient de la prairie avec un panier rempli de fleurs d'automne, nous lui tressons une couronne de minuscules fleurs sauvages : des anémones des bois blanc crème, des crocus violets, des violettes d'hiver immaculées, des cyclamens roses. Herpyllis cale au creux de sa main le gâteau de miel pour le chien, et tient ses doigts refermés jusqu'à ce qu'ils deviennent rigides. Nous portons nos habits les plus sombres, pour faire contraste avec papa, montrer que nous sommes encore parmi les vivants, avec la douleur que cela suppose.

Le jour d'après est consacré à l'exposition. Pyrrhaïos et Tychon transportent le lit jusqu'au vestibule et placent les pieds face à la porte. Herpyllis, Nico, Myrmex et moi nous asseyons autour de lui, chassant les mouches à coups d'éventail. Les allées et venues incombent à Thalée : rapporter des vases blancs du marché pour les parfums qui permettront de masquer l'odeur de la dépouille, balayer la marjolaine desséchée et en disperser de la fraîche sur le sol, tenter de nous faire boire, tous les quatre, et de faire manger un peu de pain à Nico. Herpyllis arrache les épingles de ses cheveux, qu'elle laisse retomber; je tire sur les miens, lentement, mèche par mèche, jusqu'à ce qu'Herpyllis m'attrape les deux mains et dise assez. *Assez*; alors qu'elle revient à peine d'un détour par le pot, avec des traces d'ongles sanglantes sur les deux joues et le dessus de ses seins. Lorsqu'elle m'interdit de faire la même chose, je comprends qu'elle s'inquiète d'éventuelles cicatrices avant mon mariage. Je trempe alors le bout de mes doigts dans son sang à elle et l'étale sur mon visage, où il se mêle aux larmes et finit par sécher. Nous restons silencieuses, au mépris de la tradition – pas de lamentations –, mais nous savons que c'est ce que papa aurait voulu.

Le troisième jour est celui de la procession. Herpyllis n'a quitté le corps que pour se soulager et coucher Nico. Myrmex, elle et moi, qui avons à peine somnolé assis à son chevet, sommes accablés de faim et de fatigue. Nous nous mettons en route avant le lever du soleil. Pyrrhaïos, Simon, Tychon et Myrmex portent le lit. Derrière eux marchent les pleureuses engagées par Thalée, des sœurs venues de Carie qui connaissent les vieux chants de deuil. Des professionnelles : leurs voix sont éthérées comme celles des oiseaux, leurs yeux n'expriment rien. Nico et moi fermons la marche, main dans la main ; Herpyllis – pas de mariage, pas de liens du sang –, dressée sur le seuil, nous regarde partir.

Nous nous éloignons du soleil naissant, remontant la route qui mène à la ville, jusqu'aux pierres tombales que nous avions longées le jour de notre arrivée. Le fossoyeur nous attend près d'un trou creusé dans le sol. Nico s'avance pour aider à hisser papa dans le cercueil d'argile. « Sur le côté », précise le fossoyeur. Les seuls mots qu'il prononcera. Ils déposent papa sur son flanc comme un enfant endormi, de telle sorte que lorsqu'on le descendra sous la terre, il fera face à l'ouest. Nous nous approchons de lui, tour à tour. Myrmex place les trois vases de parfum blancs près de la tête, des mains et des pieds de papa. Je glisse un livre de croquis consacré aux coquillages marins sous ses vêtements, contre son cœur, car ses bras et ses mains sont à présent trop raides pour leur faire étreindre un objet, et de toute façon, il tient encore dans sa paume le gâteau desséché. Nico se présente le dernier. Il apporte la lampe qu'Herpyllis lui a confiée, la tablette et le stylet qu'il a lui-même choisis. Je le vois lever les yeux sur Pyrrhaïos en les disposant près des mains de papa, et Pyrrhaïos hoche la tête : *C'est bien.*

Le fossoyeur referme le cercueil et les hommes le font descendre, suspendu à des cordes, au fond de la fosse. Ils le recouvrent de pelletées de terre et dressent la pierre de marbre. Thalée me tend le panier d'olives, de miel et de fleurs sauvages, que je pose sur la tombe. Myrmex verse une coupe de lait sur la terre nue, et tout est terminé.

Quand nous rentrons à la maison – tous, sauf Myrmex, qui s'est détaché du groupe pour disparaître en ville –, Herpyllis brandit une lettre qu'un messager a apportée pendant que nous étions au cimetière. Théophraste donnera chez lui une veillée funèbre rassemblant les collègues et les étudiants de papa – *ceux qui étaient les plus proches de lui*, écrit-il – à Athènes.

Papa est parti en voyage. La pièce a dû disparaître à présent, comme le gâteau. Il est en chemin.

Nous sommes assis dans la salle de réception de la maison de Thaulos, aux plafonds vertigineux et au mobilier austère, que réchauffe un unique brasero disposé dans un coin. Herpyllis se tient au milieu d'une couche, encadrée par Nico et moi, ses ailes passées autour de nos épaules. Mes cheveux sont coupés court, comme ceux d'un garçon ; Nico aura le droit de devenir hirsute.

« Les enfants ont été malades », déclare-t-elle, après qu'aucun de nous deux n'a répondu au salut de Thaulos.

Elle porte encore sa robe la plus sombre, qui sent la sueur après tant de jours sans être lavée, et aucun maquillage ; ses yeux font peine à voir. Nico bourdonne tout seul, lamentation sans mots. Il fait ça depuis des jours. Je trouve important de ne pas parler. Chaque mot me semble précieux, soudain, et tant de mots sont superflus.

« Votre père a désigné Antipater pour être son exécuteur testamentaire », commence Thaulos. Antipater, régent de Macédoine, le vieil ami de mon père. « Je suis ici son mandataire.

— Je vous remercie », murmure Herpyllis.

Thaulos inspire avant de poursuivre, puis se ravise. Il se gratte le front, parcourant le document déplié devant lui. Enfin, il relève les yeux. « Sacré pétrin, pas vrai ? » soupire-t-il avec gentillesse.

Nous ne pouvons que respirer.

« J'ai fait prévenir l'école de votre père à Athènes, ce… »

Il plisse les yeux pour déchiffrer le texte.

« … Théophraste, et le neveu, par les dépêches. Son unité se trouve toujours à Babylone. Nicanor, c'est ça ? Votre promis ? »

Il me regarde.

« Il est mort, dis-je.

— Chh. »

Herpyllis me baise les cheveux.

« Nicanor est mort. »

Thaulos a l'air surpris.

Je répète : « Il est mort.

— Alors tu en sais plus long que moi. »

Il sourit de sa plaisanterie, bienveillant.

« Je n'ai pas reçu de telles nouvelles. L'armée s'enorgueillit de sa précision en ce domaine. Je regrette de ne pas avoir su que tu t'inquiétais tant. J'aurais pu te rassurer.

— Va-t-il rentrer à la maison ? » interroge Herpyllis.

Maintenant, Thaulos plisse le front.

« Ils ne font que cela, rentrer à la maison, depuis qu'ils sont partis, dis-je. Depuis des années. C'est ce que papa disait toujours. Il n'y a rien d'autre à faire que d'attendre.

— Ton père savait lire comme personne les pensées de notre roi, déclare Thaulos. Je pense que sa grande sagesse nous guide encore aujourd'hui.

— Elle a l'étincelle de son père en elle, intervient Herpyllis. Elle l'a toujours eue. »

Mon esprit s'égare pendant quelques instants, et quand je reviens, ils sont en train de discuter de l'avenir d'Herpyllis.

« Bien sûr, dit-elle, inclinant docilement le front. Bien sûr.

— Vous avez encore des connaissances, là-bas ?

— Une sœur, répond Herpyllis. Des cousins.

— Et le garçon rejoindra Théophraste.

— Myrmex, vous voulez dire », opine Herpyllis.

Thaulos se penche une nouvelle fois sur les documents.

« Maman ? » s'inquiète Nico.

« "Nicanor aura soin que Myrmex soit renvoyé à sa famille d'une manière digne de moi, avec tous les biens que nous avons reçus de lui…" lit Thaulos. Il est orphelin ? Non, je parlais de l'autre garçon. Ce bon camarade que voici. Tu aimerais aller à l'école ? Nicomaque, c'est bien ça ? Je suis sûr que c'est ce que ton père aurait voulu pour toi. »

Nico pousse un hurlement, un cri aussi perçant que celui d'un faucon. Herpyllis me lâche pour l'enlacer dans ses bras. Ses épaules à elle tremblent.

Thaulos, surpris à l'évidence, se lève. Moi aussi, tandis qu'Herpyllis et Nico se serrent dans les bras l'un de l'autre, agités de sanglots. D'un regard, Thaulos m'enjoint de le suivre jusqu'à la fenêtre, pour ne pas qu'ils entendent. Sous nos yeux se déroulent les manœuvres d'une troupe de soldats.

« Et toi ? » interroge-t-il.

J'attends.

« Tu pourrais aller à Athènes, avec ton frère. » Observant ses soldats, Thaulos se redresse, plein d'une fierté inconsciente.

« Je sais les inquiétudes de ton père, mais je peux t'assurer qu'elles étaient… exagérées, disons. La Macédoine contrôle Athènes. Tu seras en sécurité là-bas. »

Je le remercie.

« Tu pourrais aussi, j'imagine, choisir d'aller avec la femme, songe-t-il à haute voix. Elle est comme une mère pour toi, pas vrai ? Une fille a besoin d'une mère. Tu pourrais attendre ton promis avec elle, à

Stagire. Tout à fait entre nous, je soupçonne que l'armée va, à présent, accélérer son mouvement pour rentrer à la maison. Maintenant que les ambitions du roi ne sont plus… »

Je l'interromps :

« Maintenant qu'ils n'ont plus de dieu pour les guider. »

Thaulos baisse les yeux.

Je lui demande :

« Combien de temps encore ?

— Des mois. Je dirais un an tout au plus, avant qu'ils ne soient tous rentrés. Réfléchis un peu. J'ai moi-même une fille, toutefois plus jeune que toi. Je crois savoir qu'un mariage se prépare, non ? Qu'il y a des instructions à transmettre ? La gestion d'une maison, et tout le reste ? Et puis, il faut apprendre à s'occuper de tous les petits à venir ?… »

Il doit être un bon père.

« Je laisserai cette décision à la sagesse que tu as héritée de ton père. » Il me donne la feuille de papier, et tend son autre main vers la porte, nous faisant signe de partir. Nico s'est calmé, Herpyllis et lui se sont relevés. Notre entrevue est terminée.

« Il vous guidera. »

J'acquiesce. « Toujours. »

Dehors, Pyrrhaïos se baisse pour murmurer quelques mots à l'oreille de Nico. Nico se redresse légèrement, essuyant ses larmes, et Pyrrhaïos pose la main sur son épaule. Il a dû tout entendre. Herpyllis avance d'un pas lent, tentant déjà de retarder l'inévitable.

À la maison, je trouve Myrmex et lui remets le document. Il le lit lentement, puis le relit, encore plus lentement. Je comprends qu'il est soûl.

« "Renvoyé à sa famille d'une manière digne de moi, avec tous les biens que nous avons reçus de lui."»

Myrmex crache à mes pieds.

« Quels biens ? Quelle famille ? »

Je ne peux que murmurer :

« Je l'ignore. »

Il lit une troisième fois.

« Il y avait ce sac… reprend-il, hésitant. Ils m'ont donné un sac à remettre à ton père, quand je suis parti de chez moi pour venir à Athènes. Il était fermé par un fil cousu. Je parie que c'était de l'argent. Mon argent. »

J'ai envie de l'embrasser.

« Si tu ne veux pas me le redonner, ton frère le fera. »

Stupidement, je réponds : « Je suis déjà allée dans la réserve. Je n'ai jamais vu ce sac. » Je me redresse de telle sorte qu'il puisse se serrer contre moi s'il en a envie.

« Aussi radine que ton père », persifle-t-il, l'air méprisant. Le voilà qui s'éloigne et s'en prend au pauvre Nico, terrifié par sa diatribe, jusqu'à ce qu'Herpyllis le chasse en agitant ses jupes, comme elle le fait avec les poules.

« Je prendrai ce qui m'appartient, gronde Myrmex. Je trouverai un moyen. »

Il se rue vers le portail d'entrée, qui rebondit violemment derrière lui.

Herpyllis commence à emballer ses affaires. Nico s'assoit dans un coin, la suivant partout du regard. Parfois, il se balance légèrement. Les yeux d'Herpyllis sont tellement à vif et boursouflés que je crains l'infection. Elle me laisse l'examiner. Je lui pose des compresses de menthe broyée mais, secrètement, je crains que sa beauté, si tant est qu'elle en ait jamais eu, ne se soit envolée pour toujours.

Le lendemain matin, Myrmex n'est toujours pas rentré.

« Il a besoin de vider sa peine, déclare Herpyllis. Tout le monde n'est pas capable d'exprimer son chagrin. » Elle repousse de la main son ouvrage, les dernières reprises aux vêtements de Nico, et tapote la couche à ses côtés. « J'avais envie de te parler, Pytho. »

Je m'assois.

« Ce que je t'ai dit quand tu l'as emmené nager la première fois, commence-t-elle. Que ce serait ta faute… »

Je secoue la tête pour lui montrer que je sais : ce n'est pas ce qu'elle voulait dire.

« Non, écoute-moi, insiste-t-elle. Tu vas me laisser te le dire à voix haute. Ce n'est pas ta faute. Tu n'as pas fait ça, tu ne l'as pas désiré, tu ne l'as provoqué d'aucune manière. Tu n'en étais pas la cause. Ni matérielle, ni formelle, ni efficiente, ni finale. »

Je me tourne vers elle.

« C'était une plaisanterie », dit-elle.

Nous nous enlaçons longuement sous le regard de Nico, silencieux dans son coin. Quand Herpyllis finit par relâcher son étreinte et que je me relève, il vient prendre ma place. Je me rassois, et nous l'étreignons toutes les deux.

Herpyllis part pour Stagire le lendemain matin, avec Pyrrhaïos et toutes les autres choses que le testament lui accordait. De très beaux meubles. Pendant que Nico et elle s'étreignent sauvagement, je leur offre le cadeau que j'avais gardé jusque-là afin de rendre leur séparation supportable.

« Vous viendrez tous les deux à mon mariage, dis-je. Rien que quelques mois à attendre, et vous serez de nouveau ensemble. »

Herpyllis me serre dans ses bras, et c'est seulement à cet instant, stupidement, que je me rends compte : elle me quitte moi aussi.

« Qui t'aime ? » murmure-t-elle à mon oreille.

Toi.

« Tu vois, ça n'est pas si terrible… » lance-t-elle à Nico. Il renifle un sourire. Herpyllis m'embrasse sur les joues, écrase Nico contre elle une dernière fois, et monte à bord de la charrette qui l'attend.

« Embrasse Myrmex pour moi », crie-t-elle en s'éloignant.

Nico me traîne à l'intérieur, pour chercher la carte de l'Est de papa, afin de voir avec exactitude où part sa mère, et combien de temps il faudra à Nicanor pour revenir éventuellement de toutes ces guerres. Je joue le jeu, calculant avec gravité, en m'efforçant de faire entrer fleuves et saisons dans l'équation.

Nous dînons en silence, ensemble, dans la cour la plus intérieure, celle où pousse la lavande. Nico partira retrouver Théophraste à Athènes le matin suivant ; Thaulos a offert de le convoyer avec des soldats qui, justement, s'y rendent. Il sera on ne peut plus en sécurité à l'école – Théophraste l'aime comme un chien aime sa balle. Je lui dis que je serai moi-même très bientôt de retour à Athènes, une fois que tout ce qui figure dans le testament de papa aura été exécuté ici. Il y a des détails à régler, des factures à payer, une foule de petites choses.

« Où est Myrmex ? interroge Nico.

— Je ne sais pas. »

Nico me contemple de ses grands yeux sombres et limpides.

Nous nous rendons ensemble à la réserve, et contemplons les barres d'acier qui en bloquent la porte.

« Nico, il ne ferait jamais ça, dis-je. Il avait sûrement trop bu, c'est tout. À chacun sa manière d'exprimer son chagrin.

— Qui a les clés ? » interroge Nico.

Thalée les a ; Herpyllis les lui a laissées avant de partir, en lui recommandant de me les remettre quand je serais prête.

La porte s'ouvre sans difficulté, en silence ; récemment huilée. Des sacs de maïs, de haricots, de lentilles et de farine ; des graines, des herbes séchées, des courges ; les premières pommes de l'année. Du vin, de l'huile pour les lampes et pour la cuisine, des torches, de la laine.

« Maîtresse », murmure Thalée.

L'argent a disparu, jusqu'à la dernière pièce.

Qui suis-je pour prendre des décisions ? Qui suis-je ? Une orpheline, une indigente. Une fille. Pensant pensant pensant souriant souriant souriant. La grâce importe beaucoup désormais.

« Mais comment a-t-il pu entrer ? s'étonne Nico.

— Avant le départ d'Herpyllis, sans doute. Elle laissait parfois la clé traîner dans la cuisine, les jours de marché, quand elle n'arrêtait pas d'aller et venir.

— Ce n'est pas sa faute.

— Bien sûr que non. »

Je rassure Nico, je rassure les serviteurs.

« Quel idiot, dis-je, encore et encore, en parlant de Myrmex. Il reviendra. »

« Maîtresse… » soupirent-ils.

Je devine leurs doutes, mais ils s'en remettront à moi. Il n'y a plus personne d'autre. Tard le soir, je compte les pièces que je garde dans ma propre petite bourse, avec mes vêtements, dans le coffre de ma chambre. J'ai de quoi tenir une semaine ; deux, tout au plus.

Évidemment, je lui pardonne.

Une fois les étoiles apparues et la maison silencieuse, je vais réveiller Tychon, qui dort près de l'entrée. « Viens. »

Nous marchons jusqu'à la plage. Je m'attendais à une objection de sa part – il est chez nous depuis si longtemps, Tychon, qu'il s'y risque parfois –, mais il ne dit rien. Debout sur le sable, nous contemplons l'eau noire.

« J'aurais dû le suivre, regrette Tychon. Pardonnez-moi, maîtresse. »

Je descends jusqu'au bord de l'eau, puis je continue d'avancer. L'eau est froide puis plus froide encore ; le plongeon arrête les battements de mon cœur. Tychon me surveille.

Je plonge à nouveau, les yeux ouverts. Il y a dans la mer une légère phosphorescence, comme une langue d'un vert doré qui me lèche la peau. Je sanglote sous l'eau, je remonte pour respirer, puis redescends pour laisser couler d'autres larmes. J'ai presque terminé quand j'entends le cri rauque de Tychon.

Je lui réponds :

« Presque. Presque… »

J'ai choisi la nuit délibérément ; personne pour me voir, personne à offusquer. Les filles ne nagent pas. Mais quand je regagne la plage en pataugeant, ma robe moulée sur mon corps, frigorifiée au point de ne plus rien sentir, j'aperçois une lumière là-haut, dans les arbres.

« Vite », grommelle Tychon, m'enveloppant de sa laine. Il l'a vue, lui aussi.

Mouvement au milieu des arbres ; quelqu'un qui marche.

Nous remontons sur la route en silence, le cuir des sandales brûlant mes pieds mouillés. Je sais que Tychon aimerait me jeter sur son épaule et me porter, comme quand j'étais petite. Celui ou celle qui tient la lampe a coupé à travers bois pour rejoindre la route devant nous ; nous voyons l'éclat de la flamme, immobile à présent, en attente. Tychon bombe le torse pour paraître plus fort – un truc à lui, comme les ours – et s'interpose entre la lumière et moi.

« C'est Pythias ? » interroge une voix familière, sans que nous puissions distinguer celui qui parle.

« Restez où vous êtes », ordonne Tychon, s'adressant à la voix.

La lampe remonte vers un visage : Euphranor. « Je vous raccompagne chez vous », dit-il.

Il marche devant, Tychon derrière. Devant notre porte, Euphranor déclare : « J'ai appris, pour ton père. »

Je hoche la tête.

« Si tu as besoin de quoi que ce soit…

— Non, rien », dis-je.

Il s'incline et disparaît au milieu des bois, lampe éteinte à présent.

Je rends à Tychon sa laine à l'odeur forte, trempée à présent, et il se recouche dans le recoin où il dort. Dans ma chambre, je me débarrasse de mes habits mouillés et me glisse sous les couvertures, où je sombre dans un sommeil sans rêves et me réveille l'esprit clair, les cheveux raidis de sel. Dans la cuisine, Ambracis sert le repas à Nico tandis que Thalée donne à manger au bébé. Nico partira juste après le petit déjeuner.

Je demande à Ambracis de me faire chauffer un bain.

« Pour vous préparer avant votre voyage, maîtresse ? » s'inquiète Thalée.

Je donne quelques pièces à Nico et lui dis de ne pas toutes les dépenser en gâteaux.

« Viens avec moi, Pytho, supplie-t-il. Tu ne peux pas rester ici sans argent. »

Et tisser dans ma chambre pour le restant de mes jours, soumise aux volontés de Théophraste ? Je désigne les pièces.

« J'ai de l'argent.

— Vous irez chez votre mère, alors ? interroge Thalée. À Stagire ? »

La vie à la campagne, loin des livres et même de la possibilité des livres. Je fais non de la tête.

« Et Myrmex, alors ? Si… *quand* il reviendra, où reviendra-t-il si ce n'est pas ici ?

— Et s'il ne revient pas ? rétorque Nico.

— Il reviendra. »

J'accompagne Nico à pied jusqu'à la forteresse, où nous attend le commandant. Nico est livide, mais il se contient ; je suis fière de lui. Je le lui dis, à demi-voix, et il me répond d'un hochement de tête.

« Théophraste t'aime, dis-je.

— Je sais. »

Je l'embrasse, et il serre ma main dans la sienne. Il ne me prendra pas dans ses bras, pas devant tous ces soldats.

Je m'attendais à ce qu'ils lui attribuent une charrette, mais Thaulos lui demande s'il a envie de monter. On apporte un cheval, une bête fringante, superbe. Les visages des hommes s'adoucissent quand s'illumine celui de Nico.

Son voyage se passera bien.

Je regagne la maison. Tychon marche devant moi, il entre le premier tandis que je m'attarde un peu dans le jardin, cueillant quelques fleurs pour mettre un bouquet dans ma chambre. Bleu, violet, blanc. Athènes, Stagire, Chalcis.

Mon époux reviendra et alors, nous verrons.

Je rentre et referme la porte derrière moi. Prendre un bain avant toute chose.

II

Je suis alitée. Quand cela est-il arrivé ? Thalée est assise à mon chevet, son vieux visage si doux tout froissé d'inquiétude, attendant de pouvoir glousser, roucouler, et me faire boire du bouillon à la cuillère.

Parfois, je dors.

Je me rends compte que je suis seule.

Je me lève pour gagner le pot et je titube, prise de vertiges ; des bras saisissent les miens, de part et d'autre. Je me retrouve au lit, on me tend une assiette de fruits tranchés, une coupe de lait. J'aimerais mieux un cordial, mais il n'y a plus personne pour autoriser cela. Je me recouche et me sens comme une méduse, m'étalant et sombrant au fond de ce lit. Je pleure tout, tout bas, mais ils m'entendent quand même. On m'essuie délicatement le visage, un linge frais m'éponge le front. On me mouche le nez. *Soufflez, maîtresse*, comme si j'avais trois ans. Quelqu'un change les draps ; quelqu'un me change. Je garde les yeux fermés. Puis je m'endors pour de bon.

Parfois, j'oublie. J'oublie que je les ai tous perdus, pendant plusieurs minutes. La bouche de mon estomac s'ouvre en grand et bâille, je mange les tranches de fruits, j'avale les cuillerées de bouillon, quelques gorgées de lait. Je suis surprise que personne ne s'inquiète, mais alors je me souviens qu'ils ont passé des années à s'occuper de papa, et doivent penser que je suis atteinte de sa maladie.

Je recommence à penser. Il y a l'esprit rationnel et le corps animal. Le corps animal, rejetant les pensées, se charge de l'oubli ; la part animale en moi ne cesse de faire valoir ses droits, et j'en ai honte. Manger ! Dormir ! Me toucher les parties intimes dès que Thalée s'absente en cuisine ! Je comprends, enfin, que si papa a tant souffert, c'est qu'il était quasiment pur esprit, très peu animal ; il ne pouvait pas oublier. Je le suis moins que lui. Est-ce parce que je suis une fille ? C'est ce qu'aurait dit papa. Mais cette théorie ne rend pas compte des natures animales de Nico, de Myrmex.

Oh, Myrmex… La colère m'envahit. Comment a-t-il pu nous trahir ?

Me voilà debout. Je me suis levée, je me baigne, je suis habillée, je mange un poisson sur les dalles de la terrasse. Je suis atrocement maigre ; j'entends Thalée en parler à Simon. Le bébé me sourit, stupéfait, et tend ses mains vers moi. Bras, bras ! Je la soulève. Elle donne des coups de pied et se tortille dans le vide pendant un moment, méfiante, puis je la serre contre ma poitrine. Elle touche mes cheveux avec solennité, pose la main sur ma joue. Elle me fixe droit dans les yeux. Les siens sont marron, clairs et limpides. Je lui demande : « Qui est la plus jolie ? » ; elle me répond : « Moi ! »

Le bureau de papa est propre et bien rangé. Je ne sais par où commencer. J'appelle Simon pour qu'il vienne m'aider. Il me montre où papa gardait les livres de comptes de la maison, m'explique le système d'Herpyllis – le bol sur l'étagère la plus haute, contenant l'argent pour le marché. Je connais ce bol. Simon me suggère d'écrire à Théophraste au sujet de Myrmex et de sa trahison. Il ajoute que c'est jour de marché, aujourd'hui, et je lui donne de l'argent, pris dans ma petite bourse. Il hésite.

« Pas de viande », lui dis-je. Il acquiesce.

C'est mon premier ordre en tant que maîtresse de maison.

Je dresse l'inventaire de la réserve avec Thalée et Ambracis, lorsque Tychon vient m'annoncer que nous avons un visiteur. *J'ai* un visiteur : Thaulos. Tychon m'apprend qu'il est passé me voir deux fois pendant que j'étais souffrante, mais qu'ils l'ont renvoyé.

Je le reçois dans l'apparat de la grande salle, près de l'entrée. Ambracis apporte un plateau de noix et de thé chaud.

« Tu vas mieux ? » s'inquiète Thaulos. Un mois s'est écoulé depuis la lecture du testament.

J'incline le front, acquiesçant en silence comme une dame est censée le faire. *Le silence orne la femme et la parfume.* J'ai lu ça quelque part.

« J'en suis ravi, dit-il. J'ai été peiné d'apprendre que tu étais malade. Les nerfs, hein ? »

Je m'incline.

« Les nerfs. » Il hoche la tête, lèvres judicieusement pincées, approuvant son propre diagnostic.

« Enfin… Tu as retrouvé un peu de rose et c'est tout ce qui compte, pas vrai ? » Il lève sa coupe de thé pour trinquer à ma santé et me gratifie d'un clin d'œil.

Le pauvre. Il doit se sentir terriblement mal à l'aise. Je lui offre une noix.

« J'ai bien peur qu'il ne s'agisse pas d'une simple visite de courtoisie… » Il inspecte la noix avant de la fourrer dans sa bouche. Il mâche, avale. Boit quelques gorgées de son thé. J'ai fait bonne figure, jusqu'ici. « Je me vois obligé d'attirer ton attention sur un problème d'ordre financier. Un problème assez pressant. Ah, par tous les dieux. » Il repose une noix dans l'assiette. « C'est affreux… Il s'agit de la maison… »

Avec politesse, je demande :

« Celle-ci ?

— Il devait y avoir… »

Il balaie la pièce d'un regard incertain, regrettant à l'évidence de ne pouvoir s'adresser à une autre personne, un homme.

« De l'argent ? »

Il me regarde comme si je l'avais giflé.

« Est-ce cela, le problème ? »

Il pose sa coupe sur la table et se penche vers moi.

« Tu ne devrais pas avoir à t'occuper de tout ça. Tu n'es encore qu'une enfant.

— Il n'y a personne d'autre.

— Ce type à Athènes, le collègue de ton père…

— Il n'y a personne d'autre. Quelle somme devons-nous ? »

Il ne répond pas.

« Myrmex nous a dit qu'il avait gagné la maison à la suite d'un pari. C'était sûrement un mensonge. Combien devons-nous ? »

Il cligne des yeux, puis m'énonce une somme.

« À vous, personnellement ? »

Il fait non de la tête.

« À l'un de mes officiers. C'était sa maison. Je lui ai expliqué la situation et il s'est montré très…

— Myrmex lui en a-t-il déjà versé une partie ? »

Il montre ses paumes vides.

Je regarde mon thé. Je réfléchis, je réfléchis.

Thaulos reprend : « Je devrais peut-être en parler directement avec le garçon, avec…

— Myrmex ?

— N'a-t-il pas d'autre nom ? "Petite Fourmi." C'est un surnom d'enfant.

— Nous l'avons toujours appelé ainsi. »

Jason m'était réservé, à moi et à personne d'autre ; il n'a même jamais dit son nom à Herpyllis.

« Il n'est pas là.

— Où est-il ? »

J'explique et Thaulos écoute. Parfois je devine le père en lui, et parfois le soldat. Il se lève. Peut-être la trivialité de nos relations domestiques l'a-t-elle dégoûté. « Tu as besoin que l'homme de ton père, à Athènes, agisse pour toi. Et tu as besoin d'un mari. Je vais envoyer une autre requête avec les dépêches, pour savoir où se trouve ton homme. Il est dans quoi, l'infanterie ?

— La cavalerie. »

Il passe en revue la pièce, le mobilier. Je lance mon esprit à la poursuite du sien, puis j'accélère et le dépasse. « Combien, pour un premier paiement ? »

Son regard s'arrête sur une petite chouette d'ivoire, au coin d'une table basse. Il se tourne vers moi. Je baisse la tête pour ne pas le voir se saisir de l'objet.

Quand je relève les yeux, il est debout. « Tu vas devoir trouver le reste. » Sa voix s'est durcie. Il n'aime pas prendre leurs chouettes aux petites filles. « Si tu ne trouves pas le reste, il faudra partir. C'est une affaire de droit, tu comprends. Je n'ai aucune influence. »

Je m'incline.

« J'aimerais t'aider, mais je… »

Ambracis apporte du fromage.

« Je dois m'en aller. » Je me lève pour lui faire face. « Je te tiendrai informée au sujet de ton promis. Un dernier conseil. Si ce jeune homme revient…

— Myrmex ?

— Fais comme si tu étais heureuse de le voir, puis envoie quelqu'un me prévenir. »

Je le remercie.

« Et j'enverrai un coursier dès demain. »

Une interrogation doit s'afficher sur mon visage.

« Pour le prochain paiement. »

Je m'incline dans un silence parfumé.

« Et c'est de la véritable soie perse, déclare la veuve. Je t'en prie, touche. Toutes ces belles choses sont là pour toi. La vue est le moindre des sens, je me fais souvent cette réflexion. Si nous avons des langues, des orteils, des doigts, c'est bien pour s'en servir, n'est-ce pas ? »

Elle m'a déjà fait ôter mes sandales pour que je puisse marcher pieds nus sur un épais tapis en peau de mouton. À présent, elle me montre un rideau de soie peint en rose qui descend du plafond jusqu'au sol. À force de cajoleries elle me pousse à le tenir au creux de mes mains pour en sentir la fraîcheur ; les aspérités au bout de mes doigts accrochent la surface satinée. Elle reprend le tissu pour le passer contre ses joues, puis s'en envelopper tout le corps. Elle me fait essayer. Je sens la fraîcheur soyeuse m'effleurer de la tête aux pieds, et la pièce se pare d'un reflet rose.

La maison de Glycéra embaume le coing et les épices. Nous nous installons dans une salle isolée, qui ouvre sur un jardin de fleurs, pour tisser. Elle a apporté une grande pièce à moitié terminée, et un cadre vierge pour moi.

Je m'étonne : « Où sont vos filles ? »

Elle me tend un panier rempli de bobines de fil coloré. J'en choisis un bleu. « J'ai pensé que ce serait mieux, aujourd'hui, rien que toi et moi. » Elle prend un fil orange et nous commençons. « Comment te sens-tu ? » demande-t-elle sans même relever les yeux de son ouvrage.

C'est l'ouverture que j'attendais, la raison de ma visite. Je lui raconte Myrmex, et Thaulos, et la petite chouette, suivie de la bouteille de parfum façonnée en forme d'amande, du fin bracelet d'or et du vase tout neuf orné de lutteurs – celui qui n'est pas ébréché.

Glycéra pose sa bobine et se tourne vers moi. « Tu aurais dû venir me voir il y a trois jours. » Plus froide que je ne m'y attendais, que je ne l'espérais.

« Comment vais-je retrouver Myrmex ? »

Cette fois elle sourit, gentiment. « Tu ne vas pas le retrouver, ma chérie. Cet argent et lui ont disparu. Pourquoi ne préviens-tu pas l'homme de ton père à Athènes ? Il n'aurait pas de quoi payer ?

— Il m'obligerait à aller vivre avec lui », dis-je.

Je me rends compte à quel point cette objection doit paraître stupide.

« Il ne m'aime pas. Il trouve que je parle trop. Je serais obligée de passer mes journées enfermée, de manger avec les femmes.

— C'est tout ? »

Glycéra se remet à l'ouvrage.

« Il choisirait mes livres.

— Est-ce donc si important pour toi ? »

Il faut que j'y réfléchisse un instant. Depuis quand n'ai-je pas lu ?

« Je crois que oui, reprend-elle. Je crois que c'est très important pour toi.

— Vraiment ? »

Mon visage se fait douloureux, soudain, si grands sont mes efforts pour ne pas pleurer.

« Moi aussi, je sais lire. »

Elle sélectionne un autre fil, couleur rouille.

« Mon époux m'a appris. Il aimait bien que je lise pour lui. Et que je chante aussi, que je danse. Et… qu'on parle tous les deux, vraiment. Il aimait parler. Nous avions des débats magnifiques sur toutes sortes de sujets. La politique, les idées, l'art… Tu serais surprise de constater à quel point les hommes estiment les femmes intelligentes.

— Pas Théophraste.

— Alors c'est un rustre. »

Elle pose son ouvrage une seconde fois, et répète le geste de la fête, soulevant mon menton de l'index. « Tes sourcils ont besoin d'être épilés. »

Elle me fait m'allonger sur une couche et s'assoit près de moi. Elle caresse les cheveux tombés sur mon front et les repousse en arrière, pendant que nous attendons l'esclave parti chercher son matériel. « Tu as la peau si brune, dit-elle. Tu passes trop de temps au soleil. Tu as vécu comme une petite sauvage pendant toutes ces années, n'est-ce pas ? À te promener toute seule, à nager, à lire des livres à longueur de journée ? À grimper aux arbres, j'en suis sûre. C'était vrai, cette histoire que ton père racontait, que tu as guéri un esclave ? »

Je lui réponds que l'infection n'était pas grave et qu'elle se serait sans doute guérie toute seule. Je n'étais qu'une enfant, je jouais. L'esclave apporte une pince à épiler en argent, sur un plateau d'or.

« Ne parle plus, maintenant. » Elle se penche au-dessus de moi, si près que je sens son souffle sur ma joue. Je ferme les yeux. Elle procède rapidement, d'une main experte, les piqûres d'épingle irradiant d'abord sous la ligne de mes sourcils, puis au-dessus. De temps en temps elle appuie le bout d'un doigt sur ma peau, fermement, pour soulager la douleur. Elle me lisse les sourcils à la fin avec une crème apaisante, contre la rougeur.

« Non, reste là, proteste-t-elle, quand je m'apprête à me redresser. Je vais me reposer un moment, moi aussi. » Elle s'allonge sur l'autre couche, de l'autre côté de la table et ensemble nous contemplons le plafond. « Tu as demandé des nouvelles de mes filles… Puis-je te confier un secret ? »

Le plafond est peint en bleu, traversé de nuages. Je ne sais que répondre. Finalement, je murmure :

« Oui.

— Je n'ai jamais eu d'enfants, dit-elle. Quelque chose n'allait pas chez moi, à l'intérieur. J'ai recueilli ces filles quand le destin les a chahutées. Des filles bien éduquées, issues de bonnes familles. Mais des erreurs sont commises, des accidents, des malentendus, des passions – la destinée joue parfois avec les petites filles. Comme tu es toi-même en train de t'en apercevoir.

— Avant la mort de votre époux, ou après ?

— Après. »

Sa voix est légère, haut perchée, enfantine.

« Je suis stricte dans certains domaines, dit-elle. Mes filles font ce que je leur dis. J'exige de la beauté, de la grâce, de la propreté et qu'elles travaillent dur. Mais elles sont aimées dans cette maison, on prend grand soin d'elles. Elles ont des nourritures saines, de beaux habits et du temps libre pour développer leurs propres centres d'intérêt. Elles ont de l'argent pour elles et la liberté, à condition de s'en servir de manière respectable. »

Elle s'assoit, me dévisage, et je comprends que la partie la plus importante est à venir. Je me redresse, moi aussi.

« Toutes mes filles savent lire, poursuit-elle, tendant le bras pour me tapoter le genou. Tu te plairais ici. »

Je murmure avec à-propos, la remerciant pour sa générosité, tout en exprimant des réserves.

Elle m'interrompt. « Tu ne comprends pas, insiste-t-elle. Tu serais en sécurité ici. »

Je réfléchis un instant puis me penche pour embrasser sa joue parfumée.

Quand je recule, ses yeux sont embués. « Je comprends ta confusion, dit-elle. Douce Pythias… Penses-y, c'est tout. Et si tu refuses, je ne t'en voudrai pas. Tes décisions n'appartiennent qu'à toi, tu comprends ? Voilà ce que je voulais te dire. »

Je contemple le cadre à tisser qu'elle a monté pour moi, la malheureuse ligne de bleu que j'ai réussi à tracer.

« Je vais le laisser là pour toi, reprend-elle. Pour quand tu seras prête. »

Je répète : « Merci.

— Ah ! » Son visage s'illumine et elle claque des mains. « Voici Méda, qui va te raccompagner jusqu'à la porte. »

Méda est la plus brune des trois filles, avec le teint le plus pâle. Je me souviens d'elle, dans la pièce des femmes, le soir de la réception. Elle me précède, en silence, dans sa fine robe d'un vert évanescent, qui flotte légère derrière elle. Son parfum est un sentier de cannelle que j'aimerais suivre jusqu'à une forêt sombre et chaude où je m'endormirais.

« Reviens, je t'en prie, supplie-t-elle depuis le seuil. Nous sommes si seules, sans visiteurs.

— Qu'aimes-tu lire ? »

Elle sourit et porte le bout de ses doigts à sa gorge. *Moi ?*

Tychon sort de l'ombre pour m'escorter jusqu'à la maison.

« Où vit maître Euphranor ? » interroge Tychon.

Quand il joue ainsi les idiots, j'ai envie de le frapper.

Avec douceur, je lui réponds : « Je n'en ai aucune idée. »

Il reste figé comme une mule attendant le coup de bâton.

« Va demander au fort, dis-je. Il vit peut-être avec les soldats.

— Les officiers ne vivent pas avec les soldats.

— Tychon !

— Maîtresse. »

Nous nous dévisageons pendant un long moment.

Je l'interroge : « Tu as quelque chose à me dire ?

— Avec votre permission. »

J'acquiesce.

« Votre père aurait voulu que vous soyez auprès de votre frère.

— Et de Théophraste. »

Il fait oui de la tête.

« Mon père s'intéressait à sa ferme. Il voulait se rendre sur place. Il pensait pouvoir la rendre profitable. Je fais ce que mon père comptait faire.

— Ce qu'il comptait faire lui-même, rectifie Tychon.

— Oui, dis-je. Viens me voir quand tu rentreras. Avec une réponse. »

Il ramasse ma lettre, posée sur la table.

« Et si je n'arrive pas à…

— Tychon ! »

Il sort.

Puis c'est le matin, le matin d'après, et nous chevauchons, Euphranor et moi, lui sur son cheval noir et moi sur Fringant, sous les arbres sombres bordant la longue allée des fermes. Les sabots des chevaux claquent sur le sol gelé. Je sens le pétillement en moi, le vin dans mon sang. Nous avons laissé loin derrière nous la charrette avec le déjeuner et les esclaves. Il est silencieux aujourd'hui, Euphranor, loin du numéro d'hôte enjoué dont il avait gratifié papa. Ça me va très bien. De temps en temps, il m'adresse un timide sourire, et je pense : quel agréable visage. J'aime qu'il sache être silencieux.

Nous nous arrêtons à l'entrée de la cour, familière désormais : sa ferme. Démétrios ne se montre pas. Euphranor ne met pas pied à terre et ne fait aucune suggestion, alors nous restons simplement là, en selle, laissant les chevaux se reposer. La curiosité, cette fine lame, s'est émoussée en moi depuis la mort de papa, et je ne suis pas assez curieuse pour m'interroger sur l'ironie de la chose. Je suis assise, triste, dans l'air froid et brillant, le vent agitant une poignée de feuilles mortes qui grincent là-haut, tout là-haut dans les arbres. Au loin résonne sur le gravier un bruit de pas, qui courent. Le bruit se rapproche. Aucun de nous ne fait un geste ni ne se tourne vers l'autre ; j'aime ça.

Tychon apparaît au milieu des arbres. Il s'immobilise à une douzaine de foulées et reste figé, respirant lourdement. Rien à apporter, rien à dire. Je comprends qu'il n'a pas aimé que je m'éloigne hors de sa vue, que je parte à cheval avec Euphranor sans escorte. Je comprends et rejette cette compréhension, la laisse s'envoler comme une vapeur hors de mon esprit. Il ne lui convient pas de s'inquiéter de telles choses, ni à moi de remarquer l'inquiétude d'un esclave. Je ne relèverai pas.

« Nous sommes là », répond Euphranor, comme s'il avait reçu un signal que je ne peux pas entendre, tel un chien. Il a attendu que Tychon reprenne son souffle. Je laisse une autre pensée s'envoler en fumée. Remarquer qu'un officier a remarqué un esclave, et aimer cela chez lui, m'en vouloir d'aimer cela – tout cela est bien trop compliqué. J'ouvre la main de mon esprit et relâche la pensée comme un jeune oiseau. *Envole-toi, laisse-moi en paix.*

Nous poursuivons à cheval sur quelques centaines de pas le long du chemin, jusqu'à la propriété à l'abandon que nous aurions dû visiter si papa ne s'était pas tordu la cheville. Je comprends – sans surprise, dans mon rêve éveillé – que cet endroit est celui de papa. Le mien. Le toit de la cabane, au fond de la cour, est à demi affaissé. Les champs sont étouffés sous des herbes mortes. Si cette ferme a donné une récolte au cours des dix dernières années, rien ne semble l'indiquer.

Euphranor m'aide à descendre de Fringant et tend les rênes à Tychon. Nous pénétrons dans la cour. Pas de fleurs, pas d'herbes médicinales, pas de potager. Pas de poules, pas de cochons, pas de chèvres, pas de baies, pas de vigne, pas de paysans travaillant la terre, ni de campagnardes accomplissant leur tâche en chantant. C'est l'hiver, bien sûr, mais métaphoriquement.

Je prends Euphranor à témoin : « C'est terrible. »

Il fait le tour de la cabane, jaugeant d'un coup de pied les fondations en pierre, jetant un coup d'œil par les fenêtres obscures.

« C'est comme ça depuis longtemps ? »

Il me fait signe de le rejoindre. À travers la fenêtre, j'aperçois des herbes jaunes plus longues que mes cheveux, dans les recoins de la pièce.

« J'ai fait ce que j'ai pu, ces dernières années, dit-il. Nous ramassions les fruits, avant que les arbres ne tombent malades. Démétrios a essayé de moissonner les champs, une année, mais c'était trop de travail. C'est un vaste domaine. Il faudrait que quelqu'un s'en occupe à plein temps.

— Je croyais que c'était le cas. »

Euphranor désigne la cabane.

« Je ne crois pas que mon père savait.

— Les choses matérielles ne l'intéressaient pas », déclare Euphranor.

Compassion ou mépris ?

« Les fondations sont encore solides. Il faut commencer par réparer ce toit et installer quelqu'un ici.

— Un gardien, lui dis-je.

— Un fermier. »

Euphranor m'enveloppe d'un long regard, limpide et frais comme de l'eau.

« Tu veux que cette ferme rapporte aussi vite que possible, non ? »

Derrière nous, les autres esclaves sont entrés lentement dans la cour avec la charrette, ils attendent des instructions.

« Vous pensez à quelqu'un ? »

Il hausse les épaules. « J'ai dit que c'était trop de travail pour Démétrios. Sans compensation en tout cas, tu comprends… Mais nous pourrions peut-être trouver un arrangement.

— Je ne comprends pas. »

Je secoue le pied par réflexe, pour le débarrasser d'une feuille morte. « Vous n'avez jamais proposé cela à papa ? Comment a-t-il pu tirer profit de sa ferme, pendant toutes ces années, si elle est restée ainsi à l'abandon ?

— Peut-être avait-il l'esprit ailleurs, répond Euphranor. Certains hommes ne se soucient pas de l'argent, surtout lorsqu'il leur vient de plusieurs sources.

Tout ça s'est sans doute simplement perdu dans les comptes. »

J'insiste :

« Vous ne lui avez jamais écrit ?

— Je ne savais pas à qui appartenait le domaine, jusqu'à ce que ta famille arrive à Chalcis. Ne t'en prends pas à *moi*, petite. J'essaie de t'aider. »

Oh, il n'aurait pas dû m'appeler comme ça.

« Je connais ta situation, poursuit-il. Ces choses-là circulent vite. Je ne crois pas que tu aies le choix. »

Je devine qu'il saisit la ferme.

« Y a-t-il des dépendances ?

— Pires encore que cette cabane. »

Il donne un nouveau coup de pied dans les fondations. J'ai envie de lui dire : *Pardonnez-moi, mais ne frappez pas ces murs. Ils m'appartiennent.*

« Tu ne peux pas vivre ici, reprend-il, lisant dans mes pensées.

— Et le matériel ?

— Volé. »

Il hoche la tête.

« Je me souviens, c'était il y a deux ou trois ans, Démétrios m'a raconté qu'il était venu inspecter la grange un matin, et que tout avait disparu. »

Il soutient mon regard, me défiant de contester sa version. Je sais où se trouve tout ce matériel, et il sait que je le sais.

« J'en rachèterai du neuf.

— Qu'achèteras-tu ? »

Bien sûr, je n'en ai aucune idée.

Devant mon silence, il ajoute :

« Il n'y a pas de semences non plus. On a dû les voler avec le reste. »

— On a dû… » dis-je.

Nous nous regardons.

« Quelle chambre as-tu choisie ? me demande-t-il. Les oiseaux ou les papillons ? »

Je ferme les yeux, je les rouvre.

« Je me suis montré généreux avec ta famille, déclare-t-il à voix basse, bien que seuls des esclaves soient là pour nous entendre. On m'avait assuré que les tiens étaient… solvables. C'est une grande maison pour un homme seul, mais elle me plaît. Je t'ai laissé bien assez de temps pour faire ton deuil. N'importe quel tribunal conviendrait que je suis parfaitement en droit de la reprendre. »

N'importe quel tribunal, c'est Plios, le magistrat. Je pourrais prendre ce risque, peut-être. Soudain, l'humeur d'Euphranor semble basculer.

« Ne nous disputons pas, dit-il. Mangeons, plutôt. Les choses ont toujours l'air moins terribles quand on a l'estomac plein. Allez, petite, ne sois pas si sombre. J'essaie d'être gentil avec toi. Tu as toujours envie de te baigner ? J'ai envoyé quelqu'un demander à Démétrios de nettoyer l'étang.

— Non, merci. Il fait trop froid.

— Oh, mais je sais combien tu aimes nager. »

Le ton de sa voix.

« Tu as une marque de naissance, un coin de peau plus claire, pas plus foncée. Juste là. » Il se touche. « J'ai entendu dire que ces taches claires étaient assez rares. Assez… uniques. »

Je rougis, c'est ce qu'il voulait.

Nous regagnons à cheval sa ferme, où les esclaves ont disposé le pique-nique sur une table, au milieu de la cour. Nous déjeunons.

Je dis :

« Alors demande à Thaulos de cesser d'envoyer ses coursiers. »

Triomphe ; mais il prend la chose avec calme. « En vérité, je n'y peux rien. » Il ne relève pas les yeux de son pain. « Il s'est vu promettre un… cadeau, disons, pour arranger les choses. Par ce frère que tu as. Celui qui se prenait pour un parieur.

— Quel genre de cadeau ? »

Euphranor répond qu'il se renseignera, et verra s'il peut négocier un arrangement en mon nom. Tandis que les esclaves rangent nos affaires, il ajoute : « Tu ne veux pas te baigner, tu es sûre ? »

Mon premier baiser, là, dans cette cour, si fugace que les esclaves ne lèvent même pas les yeux. Je parviens à m'en détortiller, comme Glycéra avec son drap de soie.

« Oiseaux ou papillons ? » murmure-t-il.

Je m'essuie violemment les lèvres sur le dos de ma main et il sourit, mais tristement. Étrange.

Je suis marquée, désormais ; la marque de son spectre sur ma bouche. Mes lèvres sont gercées tellement je les lèche pour tenter de l'effacer. Un autre deuil à faire : le premier baiser aurait dû être celui de mon époux. Je suis certainement souillée, à présent, et mon mari le saura ; il le sentira sur moi. Mais avant qu'il puisse me goûter, la cérémonie sera terminée, nous serons déjà mariés, et je ne risquerai plus rien. Il sera fâché, cependant. La meilleure chose à faire sera sans doute de m'assurer qu'il boive beaucoup de vin, au point de ne rien remarquer. Si nous parvenons à dépasser le premier instant, alors il m'aura marquée de son propre parfum, et il ne saura jamais rien.

J'étudie ma bouche dans le petit bronze qu'Herpyllis m'a offert, sous tous les angles. Le soleil du matin ricoche sur le miroir et va frapper les murs.

« Madame. » Thalée frappe au chambranle de ma porte. « Le coursier est là. »

Je lui tends le bronze et ordonne qu'on le lui remette. Elle fronce les sourcils. J'ajoute : « Il comprendra. »

Quand le claquement des sabots s'est estompé, Thalée revient me voir.

« Parle, je t'écoute », lui dis-je.

Elle suggère une visite au temple. Un fil de fer lui enserre la mâchoire, et elle a attaché ses cheveux sur sa nuque, dans le style dit du melon, au lieu de son épinglage habituel qui les plaque en arrière. Elle porte sa plus belle robe de laine, couleur blé, dont je me rappelle qu'Herpyllis l'a tissée pour lui en faire cadeau. Je me demande si Herpyllis lui manque. Elle murmure : « Pour trouver conseil. »

Je sais qu'elle vénère Aphrodite, mais pas moi.

« Va prévenir Tychon. » Je sors de mon lit et me mets en quête d'habits. Ma chambre est en désordre, ces derniers temps. Elle effleure ses cheveux pour désigner les miens, et je la laisse les peigner à la hâte et les ficeler dans une vague approximation de sa propre coiffure. « Que faut-il apporter ? »

Thalée me montre son offrande, une paire de sandales devenues trop petites pour la fillette.

« Prenons Belle avec nous, dis-je. La promenade lui plaira. »

Thalée inspire profondément, et retient son souffle. L'instant d'après, elle est partie chercher Belle auprès d'Olympios. Elle n'aura jamais de bébé ; mon père m'a dit il y a des années qu'elle était trop âgée. Elle est intimidée au contact de la fille d'Olympios ; terrifiée et émerveillée à la fois, je pense. La petite ne s'est jamais blottie d'elle-même contre Thalée, avec son corps anguleux, sa dureté, sa nervosité et son odeur d'oignon. Thalée adorera cette matinée à tenir sa minuscule main dodue, et à lui essuyer la bouche.

Dans la cour, Olympios s'éternise, balayant théâtralement le sol déjà immaculé. Il fait triste mine. L'enfant est lavée, habillée avec soin ; ses cheveux sont relevés. Elle a l'air sérieux. Olympios s'agenouille pour lui murmurer à l'oreille, tandis que Thalée attend qu'il la lui cède. Elle vibre presque.

Je tends ma main vers la fillette. « On va se promener, ma jolie ? » Elle prend ma main et celle de Thalée.

« Ne la laissez pas s'éloigner », grommelle Olympios, un ordre si doux et plein d'effroi que je ne le réprimande pas. Tychon croise son regard, acquiesce d'un hochement de tête, et Olympios répond de même.

Ce sont de tels colosses, tous les deux ; je ne devrais pas rire de leur inquiétude au sujet d'une petite fille, mais je ne peux m'en empêcher.

Belle marche gentiment jusqu'au temple d'Artémis. Mon choix – chasseuse, vierge, patronne des jeunes filles. Belle regarde Thalée déposer les sandales sur l'énorme pile des offrandes à côté du portail, et déroule son petit poing pour dévoiler son propre don : une perle de bois qu'Olympios a dû lui donner. Gravement, elle la place près des sandales. Elles se tournent vers moi, toutes les deux, et m'interrogent du regard.

« Emmène Belle voir les lampes », dis-je à Thalée.

Quand elles sont assez loin, je tire le dernier cheveu noir de ma bourse. Je n'en ai brûlé que deux pour la cérémonie de l'*iunx* ; j'ai gardé le troisième, rien que pour le garder. Je le pose à côté de la perle de Belle, où l'ombre l'engloutit ; je cligne des yeux et il a disparu.

« La déesse comprendra, j'imagine ? »

Une prêtresse. Je sursaute.

« Puis-je faire une suggestion ? » Pas n'importe quelle prêtresse, la prêtresse en chef, avec les sourcils noirs, celle de la réception de Plios. « La prochaine fois, tu devrais l'attacher à quelque chose, pour qu'il ne se perde pas. Un objet brillant, pour attirer l'attention de la déesse.

— Une pièce, peut-être… »

La prêtresse se fend d'un geste élégant, comme pour signifier que cela ne la concerne pas ; elle est au-dessus de ces considérations matérielles. Je replonge la main dans ma bourse et ajoute une pièce sur la pile. Elle me dit qu'elle est en train de lire l'une des œuvres de papa, et qu'elle y apprend tant de choses. Elle m'avoue qu'elle ne connaissait pas son travail avant notre arrivée à Chalcis, et regrette à présent de ne pas avoir profité de sa présence quand il était encore vivant.

« Quelle œuvre ?

— Les *Premiers Analytiques*. Oh, c'est très beau. Élégant.

— Difficile », dis-je, au cas où elle ressentirait cela.

Son visage s'illumine d'intérêt.

« Tu les as lus ?

— J'ai lu toute l'œuvre de mon père. »

Ses mains flottent dans l'air, les doigts s'agitant, un maniérisme que j'apprendrai à connaître et qui signifie l'excitation, l'impatience.

« Mais c'est merveilleux ! Et tu écris, aussi ?

— Oui. »

Une voix d'enfant, montant dans les aigus. *Non, non, non !* La prêtresse d'Artémis et moi tressaillons simultanément, puis rions de l'image en miroir que nous formons.

« La déesse aime les enfants, déclare la prêtresse. J'ai tort de souhaiter que ses suppliantes les laissent à la maison. »

Je me mords la lèvre pour réprimer un rire.

« Tu es une jeune fille peu commune, dit-elle, et son ton n'a rien de désapprobateur. Nous ne sommes pas toutes faites pour la vie de famille, tu sais. »

Non, non, non ! Méchante Thalée !

Je croise le regard de Thalée, qui tente d'empêcher Belle de toucher les lampes, et jette un brusque coup d'œil vers la porte. *Fais-la sortir.*

La prêtresse suit mon regard puis se tourne à nouveau vers moi, l'air interrogateur.

« Des membres de ma maisonnée, dis-je. L'enfant n'est jamais venue au temple. Toutes mes excuses, vraiment. Elle se comporte très bien d'habitude. »

Thalée se penche pour attraper Belle, qui à présent est allongée par terre, et reçoit un coup de pied en plein visage. La prêtresse adresse un signe à l'une de ses servantes, qui prend dans ses bras la fillette hurlante et l'emmène dehors, Thalée lui emboîtant le pas, en pleurs. Je pose le doigt sur la douleur qui bourgeonne au creux de ma tempe.

« Je disais donc… » Du bout de l'orteil, la prêtresse aligne les sandales, la perle, la pièce. « Nous ne sommes pas toutes taillées pour la vie de famille. Certaines d'entre nous ont besoin de plus de silence, de plus de contemplation. La dévotion peut prendre des formes variées, n'est-ce pas ? »

Je suis distraite par une procession de jeunes filles aux robes assorties, qui portent les offrandes de la pile jusqu'à, j'imagine, une réserve au cœur des bâtiments du sanctuaire, derrière le temple. De jeunes prêtresses.

« Tu reviendras me voir ? Seule peut-être, la prochaine fois, pour pouvoir consacrer plus de temps à tes contemplations ? » Le regard de la prêtresse suit le mien. « Je pourrais te présenter à certaines des jeunes femmes qui servent la déesse, ici. Elles te parleraient de leur vie. Aimerais-tu en savoir davantage sur leur vie ? »

J'acquiesce, lentement. Du dehors nous parvient un gémissement suraigu, tranchant comme la lame d'un poignard.

La prêtresse se courbe pour ramasser ma pièce. « Je crois que quelqu'un a besoin d'une sucrerie. » Elle me redonne la pièce. « Une première visite au temple devrait être un plaisir. Un gâteau au miel du marché adoucira son souvenir… »

Je prends la pièce, sans me hâter.

La prêtresse me fait un clin d'œil. « Vas-y. La déesse et moi sommes de vieilles amies. Je lui expliquerai. Tu reviendras ?

— Oui. »

Puis, plus chaleureusement :

« Je reviendrai. »

Elle sourit.

À la maison, il y a de la viande pour le dîner ; Simon et Thalée, qui mangent avec moi, fuient mon regard. Je ne pose pas de question. De la viande, du pain et du vin. Je n'appelle plus cela un cordial. C'est du vin, tout simplement, et je le bois, coupé à l'eau comme il se doit, comme Herpyllis le faisait chaque soir à l'heure du dîner. Je suis une dame à présent.

Le lendemain matin, je remets au coursier mon bracelet d'or dont le fermoir est ciselé en tête de bélier, celui que papa m'a donné. Le soir, encore de la viande. Des restes de la veille, forcément.

« Demain, haricots, dis-je à Thalée, pour être bien sûre.

— Je n'aime pas les haricots », réplique-t-elle.

Elle dessert la table, comme d'habitude, et je l'observe longuement, le temps de me convaincre que j'ai imaginé ses mots. Un os glisse d'une assiette, s'écrase sur les dalles du sol, elle ne le ramasse pas. Le chiot – qui n'est plus si petit, désormais – vient le renifler et commence à le ronger, jusqu'au moment où il se met à tousser. Nico voulait l'emporter avec lui à Athènes, mais nous nous sommes dit qu'il faisait partie de la maison. Je ramasse l'os et le tends à Simon, qui fait semblant de ne rien voir. Il fait demi-tour pour suivre Thalée jusqu'à la cuisine. Je pose l'os sur la table.

J'ai froid.

Au lit, j'empile toutes mes fourrures et me recroqueville dessous, orteils calés sous les genoux pour les tenir au chaud. Bien plus tard, au milieu de la nuit, un rire de femme me réveille. Le beau rire rauque et chaleureux de celle qu'on chatouille. Je sais ce que ça signifie ; mais qui ?

Le coursier se présente encore tandis que je prends le petit déjeuner ; Simon le conduit jusqu'à moi. « Non, dis-je. Hier, c'était pour deux jours. Au moins deux jours. Peut-être trois, voire davantage. »

Le coursier ne dit rien, n'esquisse pas un geste.

« Partez, allez répéter à votre maître ce que je viens de vous dire. »

Il ne bouge pas.

« Partez », ordonne Simon.

Il part.

J'ouvre la bouche pour remercier Simon, quand il m'interrompt, me demande ce que je donnerai demain.

Au moment de répondre, je me ravise.

« D'autres bijoux.

— Montrez-les-moi. »

Un ordre ? Je hausse les sourcils.

« Quitte à vous en séparer, autant en obtenir le prix juste. Donnez-les-moi et je les échangerai contre de l'argent au marché.

— J'aurais dû y penser.

— Là-bas aussi, ils vous tromperaient. Laissez-moi m'en occuper. »

Je réfléchis quelques instants.

« Apportez-les, insiste-t-il. Que je les voie. »

Alors je lui montre ma boîte secrète, et il retourne tout de son gros doigt sale. Il en ressort quelques objets.

Je proteste à mi-voix : « Non. » Mon collier de bébé, avec les fleurs en fil d'or, celui que je tiens de ma mère.

« Il faut que nous mangions. »

Je tends ma main tremblante. Il hésite le temps qu'il faut pour me montrer qui prend la décision.

J'insiste : « Seulement celui-là », et il me redonne le collier. L'une des fleurs est déjà tordue de ce bref séjour au creux de son poing.

« Petite égoïste », murmure-t-il.

Oui.

Les jours suivants, des objets commencent à disparaître : les métaux d'abord, les sculptures, les jarres. À moins qu'ils n'aient disparu depuis longtemps sans que je le remarque ? J'inspecte le cellier et trouve les réserves pour l'hiver dangereusement entamées : où tout cela part-il ? Puis, un soir, Thalée m'apporte des haricots et se sert de la viande. Nous sommes assises à l'intérieur, dans la salle des invités ; il fait trop froid pour la cour.

« On ne mange pas de la viande tous les jours, dans cette maison, dis-je.

— Je vous ai donné ce que vous vouliez. »

Je me lève. « Tu n'aurais pas traité Herpyllis de cette manière.

— Herpyllis n'est plus là. »

Elle mange, déterminée, sans me regarder.

Dans la cuisine, je surprends les esclaves en train de manger de la viande, eux aussi. Seul Tychon se lève en me voyant entrer. Une sorte d'instinct animal me prévient qu'il ne faut surtout pas trahir la moindre peur, la moindre détresse. Au lieu de quoi, je demande : « Où est Simon ? »

Tychon me conduit aux écuries, où Simon est en train de plumer une oie. Dès que je l'aperçois, je lui dis : « Cet argent était pour la maison. »

Simon hausse les épaules.

« Ces décisions ne vous appartiennent pas. »

Simon ne répond rien. Je sens Tychon qui bombe le torse, derrière moi.

« C'était l'oie de Thalée ? » Je désigne l'animal d'un rapide coup d'œil. « L'oie pondeuse ? Comment as-tu pu ? »

Manifestement, je ne suis pas là ; Simon continue comme si je n'étais qu'une brise, un simple courant d'air.

Dans la cour, Tychon s'éclaircit la gorge.

« Parle, je t'écoute, dis-je.

— Votre père pensait que manger trop de viande n'était pas sain pour la digestion. »

Je cligne des yeux.

« Oui. Je sais.

— Vous devez les empêcher. »

Je porte le doigt à ma tempe.

« Oui. »

Il ne dit plus rien, j'en conclus qu'il a terminé. Je fais volte-face, mais il ne me suit pas.

« Oui, dis-je à nouveau.

— Ambracis reçoit un visiteur, reprend-il. La nuit. »

C'est mon tour de ne rien répondre.

« De la maison d'Agapios. » Nos plus proches voisins. « Un des serviteurs. J'ai surpris Philo en train de les épier. »

Mon esprit, malgré moi, fait son petit numéro qui consiste à prendre le sien de vitesse. Je vois Philo épiant au coin d'un rideau, se caressant ; j'entends le rire d'Ambracis.

Je l'interroge : « Est-elle heureuse ?

— Philo lui court après toute la journée, maintenant. Sans arrêt derrière elle. Nous ne savons plus quoi faire.

— Éloigne-les l'un de l'autre. »

Tychon hésite, acquiesce. Je regagne ma chambre avec une douleur atroce derrière les yeux, laissant les serviteurs à leur festin. Demain, je reprendrai les choses en main.

Le lendemain matin, les yeux d'Ambracis sont rougis et son visage gonflé d'avoir versé des larmes. Elle pose mon assiette avec brusquerie devant moi – du pain sec – et me contemple, le regard brûlant de haine.

« Philo, dis-je à Tychon, que j'ai fait appeler. C'est *Philo* que tu dois éloigner d'Ambracis. Pas l'autre. Ce qu'elle fait avec l'autre m'importe peu. »

Tychon plisse le front.

Sèchement, je lui lance : « Oh, quoi encore ?

— Votre père ne permettait jamais aux serviteurs de se livrer à la lubricité. »

Herpyllis était sa servante, ai-je envie de lui répliquer. Mais je lui dis que j'ai l'intention de passer la matinée dans le bureau de mon père, à lire, et que je ne veux pas être dérangée.

« Puis-je manger maintenant, maîtresse ?

— Pardon ?

— Avec votre permission.

— Tu n'as pas besoin de ma permission.

— Du pain et de l'eau, rien d'autre. »

Tychon serait-il en train de perdre la raison ?

« Avec votre permission, insiste-t-il.

— Bien sûr, tu as ma permission. »

Je le chasse d'un geste de la main, comme le faisait mon père quand il était irritable.

Cela devient chez lui une nouvelle habitude, suprêmement agaçante : il demande la permission avant chaque repas. Je comprends qu'il cherche ainsi à montrer une forme d'exemple – aux autres serviteurs, à moi – mais ses démonstrations de repas frugaux me tapent encore plus sur les nerfs que la nouvelle passion des autres pour la viande.

Je passe la journée du lendemain dans le bureau de mon père. Je lis l'*Odyssée*, bien sûr, lisant et relisant le passage où les courtisans dévorent les réserves de Pénélope pour la forcer à quitter son foyer et sa maison, en l'absence de ses hommes.

Je finis par prendre plume et papier pour écrire la lettre que je repoussais. Salutations au collègue le plus estimé de mon père, gratitude pour l'aide qu'il nous a apportée, toute mon affection à mon petit frère, et Théophraste pourrait-il m'envoyer quelques nouvelles de la situation politique ? Une visite était-elle envisageable ? Que j'aille le voir, ou qu'il vienne, lui ?

J'envoie Simon, sur Fringant. J'ai l'intuition – fondée – qu'un voyage à Athènes lui plaira. Et il aime Nico. Tout le monde aime Nico.

Il revient, pas le soir suivant, mais celui d'après.

Salutations à l'enfant de son honorable et respecté professeur, déclare la lettre, situation politique trop difficile à expliquer, agressions récurrentes contre des citoyens macédoniens, l'enfant de son honorable et respecté professeur doit à tout prix rester là où elle est ; il serait dangereux pour elle de se rendre à Athènes.

Mais *toi*, Théophraste, tu n'es pas macédonien ; et Nico, alors ?

Il veut m'entendre dire clairement, je crois, que je ne suis pas capable de m'en tirer toute seule. Il a tout deviné en observant Simon, le ressentiment et l'insolence dans la courbe de son dos et celle de ses lèvres. Il sait, il sait, et il va me laisser souffrir encore un peu. Il me punit pour toutes les fois où je l'ai défié au sujet de ses livres.

Je laisse tomber la lettre dans le feu. Bien.

Un songe suffoquant d'humidité et de luxure, hanches oscillant en rythme, une voix qui gémit, puis Tychon est à mon chevet, il me touche l'épaule. *Maîtresse, maîtresse.*

Je grommelle : « Ambracis ? »

Je le suis jusqu'à la salle de réception, où m'attend un esclave gigantesque. « Ma maîtresse Glycéra vous réclame, annonce-t-il.

— Où est Ambracis ? »

Tychon secoue la tête ; ne sait pas.

« Thalée ? »

Tychon baisse les yeux.

« Je vois », dis-je d'une voix faible. Des animaux, tous autant qu'ils sont, leurs désirs scintillant dans l'air à travers la maison, au point d'envahir mes rêves. Et ce pauvre Tychon forcé de chercher en vain une femme pour me réveiller, forcé de les surprendre en plein acte et, finalement, de venir me prévenir lui-même, au risque d'être fouetté.

Je le rassure :

« Ce n'est rien. »

— Ma maîtresse a dit : vite », intervient l'autre esclave.

Tychon me fixe droit dans les yeux et secoue la tête, à peine.

« Je te demande pardon ?

— Tout de suite. »

L'esclave colossal a l'effronterie au visage.

« Elle dit que vous devez venir maintenant.

— C'est le milieu de la nuit.

— À l'aube, elle sera morte. »

Je suis si fatiguée.

« Pas ma maîtresse. La jeune.

— Je ne comprends pas. »

Alors l'esclave fait volte-face et quitte la maison en courant, pour regagner la sienne, j'imagine, maintenant qu'il a délivré son message. Et je serais allée me recoucher, moi aussi, si Tychon n'avait déclaré : « Ça n'est pas prudent. » Car alors, bien sûr, je suis obligée de lui désobéir.

Nous voilà dans la rue, je suis comme un petit ourson à côté de lui sous mes fourrures, mon souffle est blanc à la lueur de la lune. Le sol est encroûté de verglas. Tychon marche de moins en moins vite, et finit par protester : « Pas cette maison. »

Nous sommes arrivés.

Tychon poursuit : « C'est un bordel, maîtresse. Tout le monde le sait. »

Quelqu'un crie à l'intérieur.

« Vous pourriez me vendre, ajoute Tychon.

— Ne me dis pas ce que je dois faire. Personne ne voudrait de toi, de toute façon. Attends-moi ici. »

L'esclave colossal attend sur le seuil. Nous laissons Tychon dehors, et l'homme me conduit jusqu'à une salle qui palpite de lumière et de douleur. Des lampes des lampes des lampes et une fille sur le lit. Tant de femmes massées dans cette chambre minuscule, tant de parfums, qui s'entrechoquent dans la panique. La fille sur le lit est nue et le bébé arrive. Mon rêve, donc.

Que ferait mon père.

« Sortez. » Je désigne les filles, l'une après l'autre. « Dehors, dehors. »

Comme elles s'enfuient, l'une d'elles s'avance. Elle est différente des autres : le visage sans apprêt, des vêtements simples, son odeur naturelle. Elle me dit qu'elle est la sage-femme. Je lis sur son visage un jugement muet. « Laissez-moi rester », dit-elle.

J'acquiesce. Nous ne sommes plus que quatre dans la pièce : la fille, la sage-femme, moi et la femme qui n'est pas partie, celle à qui je ne peux donner des ordres.

« Comment va-t-elle ?

— Merci », répond Glycéra.

La fille se remet à hurler, tandis que la douleur s'installe. La sage-femme glisse une main entre les jambes, vérifiant quelque chose.

« Elle n'avait pas l'air d'être enceinte, dis-je.

— Elle portait un corset », explique Glycéra.

La sage-femme grimace.

« Vous auriez pu blesser l'enfant, dis-je. On ne doit jamais mettre de corset à une femme enceinte. Mon père me l'a enseigné.

— Ton père est parmi nous, ici, pour nous aider, me déclare Glycéra. Je le sens. Très bien, Méda. Très bien. Regarde qui nous avons fait venir pour t'aider. Ce sera bientôt terminé. »

J'observe la sage-femme, dont les traits se tendent aussitôt.

« Je m'appelle Pythias, lui dis-je. Quel est votre nom ?

— Cléa. »

Les hurlements de la fille grimpent dans les aigus. Quelque chose en elle est en train de changer.

« Elle a commencé tôt ce matin, dit Cléa la sage-femme. Vous voulez voir ? »

Elle a deux fois mon âge, et me tolère avec une patience qui laisse penser qu'il n'y a pas de danger réel ; je ne comprends pas pourquoi Glycéra m'a envoyé chercher. Je lui demande des serviettes propres et elle sort précipitamment.

« Sa fille, dis-je.

— Sa quelque chose. »

Cléa me montre le fouillis sombre et chaud entre les cuisses de la fille, l'odeur de la pisse, les boucles noires baignées de sang. Elle introduit ses doigts experts.

« Tout va bien. »

La fille vomit au moment où Glycéra revient avec les serviettes. « De l'eau », lui dis-je, et elle ressort. J'éponge le vomi et essuie le visage de la fille.

La sage-femme s'est positionnée au bas du lit, entre les jambes de la fille.

« Nous allons bientôt pousser », m'instruit-elle.

D'une voix forte, j'annonce :

« Nous allons devoir pousser, Méda.

— Comme sur le pot », ajoute Cléa.

Je renchéris :

« Comme sur le pot, Méda. Tu vas devoir pousser comme quand tu es sur le pot. Tu peux faire ça ?

— Oui, répond la fille.

— À la prochaine douleur. »

Cléa lui palpe le ventre, se baisse pour regarder.

« Prête ? »

La fille hurle et pousse. Je sens l'ombre de Glycéra sur le seuil de la pièce, mais elle n'entre pas. Je lui dis :

« Bien, Méda, bien !

— Encore deux ou trois fois comme ça », ajoute Cléa.

Elle pousse à chaque nouvelle douleur : deux, trois, quatre fois. Cléa trempe ses doigts dans un plat posé à même le sol et masse l'endroit où le bébé est en train de sortir. Surprenant mon regard, elle m'explique : « Huile d'olive. »

La fille hurle à nouveau, et le visage de Cléa se transforme ; je comprends qu'elle a saisi la tête. Une joie brève, qui s'estompe aussitôt. « Une dernière fois », ordonne-t-elle.

Et le bébé se glisse dehors humide et bleu, crémeux. « Prenez-le », aboie Cléa. Je tends une serviette pour recevoir l'enfant, pendant que Cléa coupe le cordon. Il vire déjà au rose. Il est gros, le crâne tapissé d'une épaisse chevelure noire. De grands yeux bleus. Un cri innocent, au creux d'un repli rose : un bec-de-lièvre.

« Joli garçon, dis-je, joli garçon », pour que Méda entende, et Cléa pour la première fois me lance un regard venimeux. Je tiens le bébé pendant qu'elle en termine avec la fille, le cordon et le placenta, puis elle me reprend l'enfant.

« Nettoyez-la, voulez-vous ? », m'ordonne-t-elle.

Puis à Glycéra :

« Madame, votre fille a soif. »

Glycéra disparaît pour la troisième fois.

Je change les draps et éponge le sang de Méda. Je l'enveloppe dans des linges propres et lui essuie le visage, puis je l'embrasse sur la joue et lui dis qu'elle s'est très, très bien débrouillée. Le bébé se tait. Quand je me tourne vers Cléa, elle l'a emmailloté, de la tête aux pieds, de sorte qu'on n'en voit plus le moindre carré de peau. Pas même son visage.

Glycéra laisse tomber sa coupe en franchissant la porte.

« Mort-né, soupire Cléa. Je suis vraiment désolée. »

Glycéra éclate en sanglots. Elle s'assoit sur le lit à côté de Méda et la prend dans ses bras, et elles pleurent ensemble, poussant des plaintes déchirantes.

Je proteste : « Non. » Je sens la logique en moi, froide et solide, repoussant tout le reste. « Non. »

Cléa découvre le visage du bébé pour me montrer. J'effleure sa joue. Cléa l'a nettoyé; plus de mucus, plus de crème. Elle me tend le petit corps et je m'en saisis. Je pose la joue contre le petit mort, encore chaud.

Cléa murmure :

« Pleurez. Laissez-vous aller. » Mais rien ne sort de moi.

Nous laissons Glycéra et Méda seules dans la chambre. Cléa porte le bébé serré contre sa poitrine comme s'il était toujours vivant. Tychon se lève en nous voyant.

J'interroge :

« Où l'emportez-vous ? »

La sage-femme secoue la tête.

« Pourquoi ? »

— Il n'aurait pas pu s'accrocher au sein. Il serait mort de faim. C'était plus rapide comme ça. Moins atroce.

— Vous n'en savez rien.

— Si, Pythias. »

Elle tente de sourire et je m'aperçois que, comme moi, elle est en train de pleurer, le visage ruisselant de larmes.

« J'ai vu ça bien des fois. Vous m'avez été d'une grande aide, ce soir. J'ai cru que ma maîtresse avait perdu la raison quand elle vous a appelée, mais elle a toujours fait preuve d'une grande finesse de jugement en ce qui concerne le caractère. Toujours, et elle ne s'est pas trompée sur vous, cette fois encore. Votre grand-père était médecin, m'a-t-elle expliqué. »

Je l'interroge :

« Mais alors, vous avez aidé les filles de Glycéra… souvent ?

— Souvent.

— Où l'emportez-vous ? »

Elle me dévisage longuement.

« Je vais l'enterrer, répond-elle simplement. Avec un ami. Il ne sera pas seul. »

Aux portes du sanctuaire d'Artémis, j'ordonne à Tychon de rentrer à la maison. Comme il ne bouge pas, je m'emporte :

« Espèce de mule !

— Oui, maîtresse.

— Pars !

— Oui, maîtresse. »

Il reste figé, pataud, jusqu'à ce qu'une lumière apparaisse dans les profondeurs des bâtiments, approchant. La grande prêtresse brandit une lampe, le visage inquisiteur. Je devine qu'elle dormait.

« Faites-le partir. » J'essuie mon visage mouillé du revers de la main. « Faites-le partir. »

Elle actionne quelque chose à l'intérieur du portail, qui s'ouvre juste assez pour me laisser entrer dans la partie publique du sanctuaire. Elle referme aussitôt derrière moi, bien que Tychon n'ait pas bougé.

« Pars ! » Je lui lance ce dernier ordre d'une voix aussi dure que possible, et je ne le reverrai plus pendant plusieurs jours.

« Vous saignez. » La prêtresse me conduit jusqu'à une alcôve, où elle allume d'autres lampes avec celle qu'elle tient à la main. Mes vêtements sont ensanglantés de l'accouchement, empestent le vomi de Méda.

« Qui t'a fait ça ?

— Personne. »

D'autres prêtresses nous rejoignent, en silence. Elles veulent me donner un bain avant que j'entre à l'intérieur ; puis elles veulent que je m'assoie sur les marches près de la déesse et qu'ainsi je reprenne mes esprits. Je leur explique ce que *moi*, je veux.

« Je vois… » La prêtresse qui m'a fait entrer prend mes mains dans les siennes, les examine. Sales. « L'une de tes esclaves ? »

Je fais non de la tête.

« Le bébé est mort ? »

Je ne réponds rien.

« Oui. » Elle repousse mes cheveux en arrière, avec délicatesse, comme Herpyllis le faisait. « Ça fait mal partout, n'est-ce pas ? »

Je passe la nuit sur un lit de camp dans l'alcôve, sous la garde de la grande prêtresse en personne. Elle reste assise à mon chevet, chantonnant de temps à autre. Elle a un mari et trois enfants à la maison ; il a fallu qu'elle envoie un esclave prévenir les siens qu'elle ne rentrerait pas cette nuit-là. Elle a hérité ses fonctions de sa mère, et de sa grand-mère avant elle. J'essaie de l'imaginer à quatre pattes sur le tapis devant la cheminée, prenant ses enfants sur son dos et riant avec eux. Elle a le visage bon, fatigué. « Je croyais que vous n'aimiez pas les enfants, lui dis-je. Quand je suis venue au temple, la première fois…

— J'ai pensé que c'était ce que tu avais besoin d'entendre. Dors, maintenant. »

Pendant la matinée, elle m'emmène dans la salle où elles se baignent et me demande d'ôter mes habits. Elle décrit un cercle autour de moi, tapotant ses lèvres du bout des doigts, tandis que deux autres prêtresses se lèvent pour l'aider.

« Qu'est-ce que c'est ? interroge-t-elle en découvrant la cicatrice sur mon pouce, souvenir de Myrmex.

— Mon frère et moi, nous nous battions. C'était un accident. »

Elle passe son doigt dessus.

« Tu as dû avoir mal.

— Non. »

Elle tourne autour de moi, encore et encore. « Tu as mal quelque part ? As-tu été malade, enfant, vraiment malade ? As-tu eu des blessures ? » Non, non, non. « Es-tu vierge ? » Oui. « Tu veux bien me laisser regarder ? » Oui. Je m'allonge sur la couverture que les aides ont déployée pour moi, et j'écarte les jambes. Elle s'agenouille pour regarder.

« J'ignorais qu'on pouvait le savoir à l'œil nu, dis-je.

— Le trou devient flasque quand on l'utilise. »

Elle se lève et me fait signe de l'imiter. Les assistantes me rendent mes vêtements.

« Ce n'est pas si important que ça, la virginité, déclare la prêtresse en attendant que je me rhabille. Nous sommes obligées de vérifier, mais ça n'a pas vraiment d'incidence sur ce qu'on fait ici. Je crois qu'autrefois, oui, ça comptait davantage. L'une de ces vieilles traditions auxquelles on s'accroche, pas vrai ? Mais qui n'a sans doute plus grand sens, dans le monde moderne.

— J'aime les traditions anciennes, dis-je, parce que je devine qu'elle aussi, elle les aime.

— Mais enfin, poursuit-elle, tu as été honnête avec moi. C'est cela, le plus important. »

Nous regagnons la salle principale où un comité s'est réuni. La grande prêtresse annonce que je suis intacte. « Aucune imperfection notoire, aucune cicatrice. Tous ses doigts et ses orteils.

— Pas très belle, réplique une autre. Mais nous pourrons peut-être l'embellir.

— La peau nette, ajoute une troisième. Un peu sombre, quand même. Elle devra mettre de la poudre. »

Ensuite, nous parlons argent. Normalement, ma famille serait censée m'acheter le genre de fonctions auxquelles j'aspire.

« Son père était renommé, déclare la grande prêtresse. Elle apporte du prestige. »

Elles passent un long moment à débattre du rôle que j'occuperai dans la pratique du culte. Tisser, porter l'eau, s'occuper du feu, cuisiner, nettoyer ; autant de rituels sacrés. De saintes activités ménagères. Elles décident de me faire porter l'eau. Comme je n'ai pas d'argent pour acheter mon poste, je ne suis pas en position de choisir.

Personne ne m'interroge sur le foyer que je viens d'abandonner.

Je ne m'attendais pas à un travail si éprouvant. Je me perds dedans. Je parle aussi peu que possible. La déesse est une lampe dans un labyrinthe ; je n'arrive pas à concevoir cette obscurité qui est son absence. Penser tout court m'est douloureux. Mes mains se couvrent d'ampoules, perdent leur peau ; je les enveloppe de chiffons et je poursuis ma tâche. Il y a une source derrière le temple, et je passe mes journées à faire des allers-retours avec des cruches. Je porte une queue-de-cheval, une robe courte et des bottes, comme la déesse. Le soir, je m'assois sur les marches à ses pieds et je la contemple. Les prêtresses lui ont cousu une robe en peau de faon et elle porte un arc délicat et un carquois en cuir rempli de flèches. Chasseuse, vierge, déesse de la lune. Et de l'accouchement.

La nuit, quand les autres prêtresses dorment, je lui demande pourquoi le bébé devait mourir. Son visage est sévère. Je lui dis qu'on aurait pu lui laisser une chance de téter, ou le nourrir à la cuillère. N'était-il pas possible de le nourrir à la cuillère ?

Les bébés ne boivent qu'une goutte à la fois, m'explique-t-elle. *Leur estomac fait la taille d'un raisin. Une cuillère l'aurait étouffé. Tu le sais.*

Pourtant, j'ai vu des adultes avec un bec-de-lièvre. Certains doivent bien survivre.

La plupart meurent de faim. Son visage est triste, à présent. *As-tu déjà vu un bébé mourir de faim ? Les as-tu déjà entendus pleurer, puis se taire peu à peu ? Moi, oui. Sais-tu que ça peut prendre une semaine, ou plus encore ?*

Je me dis parfois qu'elle veut voir couler mes larmes. Je les lui offre, je les laisse tomber sur ses pieds et ne les essuie pas. Elle introduit des images sous mon crâne, en échange d'un tribut. Pendant la journée, des mères lui amènent leurs nourrissons malades. Elles laissent toutes sortes d'offrandes. Il n'y a pas de prix officiel. Or, tissus, viande, cuir, poteries, pièces de monnaie, bijoux, haricots, huile, parfum, maquillage, couteaux, blé, maïs, papier, instruments de musique, outils… Celles qui savent écrire rédigent un message. Les prêtresses les plus âgées emportent tout cela dans la réserve du temple, où je n'ai jamais pénétré. Elles confectionnent des habits pour la déesse, la lavent, la changent régulièrement. Elles lui maquillent le visage, l'oignent, la parfument, polissent les chaînes d'or passées dans ses cheveux, massent ses pieds fatigués, huilent le cuir du carquois afin qu'il garde sa souplesse. Lors des jours saints, la déesse est vêtue de violet. Je l'ai vue nue, toute de marbre blanc et d'ivoire, et l'ai trouvée alors plus belle que jamais, bien que la confection, le raccommodage et la lessive de ses vêtements soient l'une des fonctions les plus élevées du culte.

« Tu es heureuse ici, me dit un jour la grande prêtresse. Satisfaite.

— Oui.

— Tu travailles dur. Je t'ai observée. »

Elle prend mes mains pour les regarder, comme le premier soir. Enveloppées de chiffons, à présent.

« La déesse est contente de toi.

— Je l'aime. »

La grande prêtresse hoche la tête. Nous autres prêtresses imitons le sérieux de la déesse, et nous sourions rarement. J'espère que mon cousin arrivera bientôt à Chalcis. Il paiera la dette et comprendra que j'appartiens à la déesse, désormais, et ne puis plus quitter le temple. Hors de question de me marier. Il sentira son étincelle en moi en posant les mains sur mon corps. Il se brûlera. Il comprendra.

La nuit, elle me murmure à l'oreille et me touche. Les mots n'arrivent pas à sortir. Elle vient quand je suis sur le point de m'endormir, de m'abandonner au sommeil. Elle me confie que le bébé est parti dans un autre lieu. Il peut sourire, à présent, rire, mâcher une galette et boire dans une coupe. Il a un chiot avec lequel il peut faire des câlins et dormir. Elle me caresse les cheveux, me baise les joues et me serre dans ses bras jusqu'à ce que je m'endorme.

Une nuit, je me réveille pour me rendre au pot et j'entends des voix de femmes venant de la réserve, des rires. J'aperçois un trait de lumière qui encadre la porte. Je m'approche. À travers la fissure, je vois les prêtresses remplir des sacs avec les offrandes votives.

« Non, il est à moi, s'agace l'une d'elles, en arrachant un bracelet d'or des mains de sa sœur. Tu gardes toujours les meilleures choses pour toi.

— J'ai quatre enfants, se lamente l'autre. Tu n'en as que deux. Les nourrir coûte cher.

— Prends la viande, alors.

— Elle est déjà faisandée.

— Le poisson salé.

— Oh, le poisson salé… Ils en ont assez de manger du poisson salé. »

Elle tente à nouveau d'empoigner le bracelet, mais sa sœur est plus grande, et le hisse hors de sa portée. Les autres éclatent de rire.

Au matin, j'interroge la grande prêtresse sur ce que j'ai vu cette nuit-là. Elle m'assure que j'ai rêvé.

« Non. Je ne rêvais pas. »

Nous nous asseyons aux pieds de la déesse.

« Pense, Pythias, dit-elle. Pense à comment étaient les choses quand tu étais bébé, un tout petit bébé. Pense aux gens qui comptaient le plus pour toi. Ton père, ta mère, ta nourrice. Ton amour pour eux était immense et pur. Un énorme bloc de pierre brut. Il n'était pas taillé et personne n'aurait pu le déplacer. »

C'est beau.

« Maintenant, Pythias, pense à il y a quelques années. Tu es une petite fille. Tu préfères certains aliments à d'autres, certains jouets à d'autres, certaines personnes à d'autres. Tu t'en souviens ? »

Je m'en souviens.

« Ce gros bloc de pierre, il est ébréché sur les bords. Il commence à changer de forme. »

Il est plus petit.

« Il est plus affiné. Plus intéressant. Maintenant, tu es adulte. À quoi ressemble le bloc, à présent ? On s'écorne petit à petit, n'est-ce pas ? Ça prend quasiment tout notre temps, toutes nos journées. On y travaille fiévreusement. À quoi ressemble-t-il, à présent ? »

Je lève les yeux sur la déesse.

« Oui, reprend-elle. Cela pourrait finir par lui ressembler. À l'une de ses servantes. Mais ça pourrait ressembler aussi à tout autre chose. Et *toi*, tu pourrais devenir tout à fait autre chose. Quelque chose de pas si joli, peut-être.

— Vous me menacez ? »

Elle sourit.

« Rien qu'un peu. Tu dois comprendre que c'est un privilège d'être ici. Abuserais-tu de ce privilège ?

— L'ai-je fait ? »

Elle me tapote le genou.

« Seulement du bout de l'orteil.

— À cause de ce que j'ai vu ?

— Même quand on a sculpté sa pierre, reprend-elle comme si elle ne m'avait pas entendue, on continue de tailler. Ton amour pour tes parents a changé, n'est-ce pas, au fil du temps ? »

J'y réfléchis quelques instants.

« Ton amour pour la déesse changera, lui aussi. La vie est longue, Pythias. Avec le temps, ton amour deviendra plus profond, ou plus doux, ou tout ce que tu voudras imaginer.

— Mon père, dis-je d'une voix lente, aurait dit que vous vous inventiez une belle histoire pour rendre la vie supportable. Qu'il n'y a pas de dieux, pas de blocs de marbre.

— Pas de parents ? répond la grande prêtresse, sans cesser de sourire. Pas d'enfants ? Pas d'amour ?

— Votre histoire, je ne la trouve pas si belle. De penser que nous nous effritons tous, peu à peu, que nos amours deviennent de plus en plus étriquées, jusqu'à ce que nous mourions. Est-ce vraiment ce que vous croyez ? »

Elle hausse les épaules.

« Je crois au changement. Je crois que l'amour change avec le temps.

— Même l'amour pour elle ? »

Je désigne la déesse d'un geste du menton.

« Même notre amour pour elle.

— Il devient moins fort.

— Il devient différent. » Elle se lève. « Il devient plus clair.

— Et plus profond, et plus doux. »

Nous sommes debout toutes les deux, face à face. En posture de combat.

« Plus indulgent, ajoute-t-elle. Jeunes, nous ne sommes pas très enclins à pardonner.

— Que devrais-je pardonner ? »

Elle pose la paume sur ma joue.

Des heures plus tard, la déesse est pâle dans l'éclat de la lune. Je lui confie que je me suis toujours sentie seule.

Moi aussi.

Malgré tous ces gens qui s'occupent de vous ?

Oui.

Mes sœurs sont-elles dans la réserve ?

Va voir.

Le bébé, dis-je. Parlez-moi encore du bébé.

Il dort.

Elle est si belle, parée de lumière. Elle n'a besoin de rien d'autre. Je tends le bras pour effleurer l'ourlet de sa courte robe.

Va voir.

Je lui réponds que je ne veux pas la quitter.

Tu me quitteras, dit-elle. *Et une autre prendra ta place.*

Non.

Elles portent mes bijoux, dit-elle. *Elles enfilent mes habits. Elles mangent ma viande et boivent mon vin. Elles cachent mon or sous leurs vêtements et le donnent à leurs familles. Où crois-tu que vont mes offrandes ?*

Non.

Tu le sais depuis le début.

Non.

Tu peux faire la même chose.

Non !

Mon enfant, dit-elle. *Laisse-moi prendre soin de toi. Laisse-moi te nourrir et t'habiller. Laisse-moi t'offrir un abri. Laisse-moi t'aimer.*

Je me couvre les oreilles de mes mains.

Ma fille, dit-elle. Je l'entends encore longtemps après avoir quitté le temple, je cours, je cours, traînant derrière moi son étincelle jusqu'à ce que, finalement, elle s'éteigne.

La maison est froide.

Les feuilles du dehors ont dérivé à l'intérieur. Les murs sont glacés au toucher ; mes doigts laissent des traces humides d'escargot d'une finesse extrême. Une chaise tombée sur le côté gît au milieu de la cour intérieure, près d'une table jonchée de coupes vides tachées de vin : une fête s'est achevée dans la confusion. Personne dans la cuisine, dont les tables, pourtant, sont encombrées d'assiettes sales. Plus d'un bol est souillé de mousse verte. La porte de la réserve ne tient plus que par un seul gond, dévoilant un chaos de vivres pillés, renversés sur le sol. Quel sentiment éprouver ? Ils m'ont abandonnée ; je les ai abandonnés. C'est chacun pour soi, à présent.

Des paroles émergent d'une des pièces. La pièce de papa. Par souci des convenances, mes oreilles refusent la forme de ces mots, comme des clés qui ne rentrent pas dans ces serrures. Mais je suis le son de ces mots et tire le lourd rideau d'un doigt, suffisamment pour voir celle qui les clame, déchaînée : Thalée, nue sur le lit, Simon lui maintenant les chevilles dans les airs selon un angle qui doit – à son âge – être douloureux. Il la percute. Je lâche le rideau mais ce que j'ai vu me hantera des heures durant, m'assaillant comme les images rémanentes de qui a fixé le soleil : la chair de son dos à lui, le clapotement de ses seins à elle, leurs bouches grandes ouvertes, le machin *rhubarbeux* que j'ai aperçu entre les cuisses de Simon quand il reculait. La chevelure de Thalée sur l'oreiller de papa, et les insanités qu'elle a déversées dans l'air qu'il respirait dans son sommeil, la même poche d'air, exactement.

Je finis par comprendre, lentement, que Thalée éprouve un plaisir intense.

Je recule puis je fais demi-tour et – quoi ? Je ne cours pas, car je ne sens plus mes pieds. Je ne produis plus un seul son, et j'évolue sans effort. Disons que je flotte. Je traverse en flottant les autres pièces de la maison, pour tomber sur ceux que je m'attendais à trouver là. Olympios, rongeant un morceau de viande rôtie devant une assiette remplie d'une immense pile d'os, le menton ruisselant de graisse, tandis que Belle joue avec ma boîte à bijoux vide.

Ambracis et l'esclave d'Agapios sont dans ma chambre, Ambracis agenouillée devant lui ; je suis obligée de me pencher par-dessus l'épaule de Philo pour les voir. Philo se branle à une vitesse que je ne lui ai jamais connue dans aucune autre activité.

Je suis au milieu de la cour, à l'agonie, quand la maison explose de l'éclat mêlé de leurs voix, venues de toutes les directions, criant toutes à la fois. Chantant ? J'ignore quel est le mot pour ça. Ils arrivent tous en même temps. Un nuage d'oiseaux effrayés jaillit d'un arbre ; quelque part le chien, qui n'est plus un chiot, se met à hurler à la mort. Une fissure fend un mur du sol jusqu'au plafond ; j'en suis la ligne noire, comme une goutte de pluie filant de bas en haut. Là-haut, tout là-haut, le trait d'éclair d'un orage sec prolonge la déchirure. Je ferme les yeux.

Ma fille.

J'ouvre les yeux et aperçois Tychon dans un coin de la cour. Il est accroupi, enveloppé de sa grande couverture de cheval crasseuse, psalmodiant des mots inaudibles en se balançant d'avant en arrière. Est-il resté là tout ce temps ?

« Tychon. » Je le rejoins, pose la main sur son épaule. « Tychon, ta maîtresse est là. »

Il me fixe, le regard vague.

« Tychon. » Je lui touche le front, la joue. J'essaie de le faire se lever, mais il refuse. « Tychon ! »

Il se balance, psalmodie. « Tu as faim ? »

Rien.

Dans la cuisine, je récupère des restes pour composer une assiette de pain rassis et de poisson salé, et je remplis une coupelle d'eau, tirée d'un pichet presque vide. Aucun moyen de savoir si elle est encore bonne. Je retourne dehors et pose le tout devant Tychon. « Tu as froid ? »

Il repousse le repas, si brusquement que la coupelle se renverse, et le poisson glisse dans la poussière de la cour.

Je comprends alors que la déesse châtie notre maison. Je comprends que c'est à cause de moi. Elle fait rejaillir sur ma maison l'éventail de ses sentiments : jalousie, douleur, abandon, trahison. Je n'avais qu'à l'aimer.

Je décide d'aller implorer sa clémence, ne seraitce que pour Tychon. Un sursis, ou quelques jours de répit ; n'importe quelle miette. À la forteresse, on me conduit directement aux quartiers de Thaulos. Il semble heureux de me voir.

« Te voilà ! s'exclame-t-il. Je savais que tu trouverais une solution, intelligente comme tu es. Tel père, telle fille ! Comment s'est passé ton service ?

— Mon service ?

— Au temple. »

Je lui annonce que j'ai quitté le temple.

« C'est profitable pourtant, pas vrai ? Pas la peine de faire semblant. Mon épouse sert là-bas. Je sais comment ça marche.

— Votre épouse.

— Tu seras heureuse d'apprendre que l'armée s'est mise en mouvement. Elle rentre à la maison. »

Je hoche la tête.

« Bientôt, tu auras des bébés. Des enfants qui courront partout, et cette désagréable péripétie sera pardonnée. Quel cadeau pour ton mari, que d'avoir réglé définitivement cette histoire de maison ! Tu as de quoi être fière. »

Je ferme les yeux et je vois Thalée. J'ouvre les yeux.

« Tout est réglé, n'est-ce pas ? »

Je ferme les yeux et je vois la rhubarbe de Simon.

Exaspéré : « Mais alors, pourquoi es-tu allée au temple ? »

Je secoue la tête.

« Pourquoi es-tu venue me voir ? »

Je lui explique que mes serviteurs sont possédés. Thaulos rit, incrédule.

« Tu ne m'as rien apporté ? Absolument rien ? »

Rien.

Tychon lève les yeux quand j'entre dans la cour et grommelle : « Maîtresse », comme s'il était lucide. Je l'ignore et poursuis vers ma chambre. La déesse et ses tours. Heureusement, Ambracis et l'esclave d'Agapios sont partis. Des habits chauds, le bracelet que j'avais caché sous une pierre branlante de la cour. Dans la cuisine, je ne sais plus quoi chercher. De l'eau ? Un couteau ? Je me retourne et Tychon se dresse devant moi, un ours dans l'encadrement de la porte. « Maîtresse. »

Je le pousse pour me faufiler et je traverse la cour en direction des écuries. Mais les chevaux ont disparu. Vendus, j'imagine.

« Maîtresse. »

Je vendrai le bracelet au marché pour acheter une journée de vivres, je marcherai la nuit et me cacherai le jour. Si je parviens à gagner Athènes, Théophraste sera bien obligé de m'accepter. Il n'aura pas le choix.

« Maîtresse. »

Tychon se plante entre le portail et moi.

« Vous devez faire ce que votre père attendait de vous.

— Je pars à Athènes. »

Je vois la déesse revenir ; je vois l'embrasement soudain des yeux de Tychon. Il s'agenouille brusquement, comme s'il avait reçu un coup sur la nuque. « Non », dit-il.

Non, dit-elle.

« J'ai mal », gémit-il.

Je lui demande où.

Il lève ses grands yeux fous sur moi.

« Tu as ma permission de manger, lui dis-je. Et de boire, et d'allumer un feu. Tu as ma permission.

— Pas Athènes », marmonne-t-il.

Pas Athènes, répète la déesse.

Je lui demande : *Où, alors ?*

« Pensez à votre père, insiste la déesse à travers Tychon, à travers sa bouche et sa voix. Que vous a laissé votre père ? »

Des livres. Un savoir. Quoi, au juste ?

Quand je reviens de la chambre aux papillons – un spéculum à la main –, Tychon est retourné s'asseoir au coin de la cour, il psalmodie de nouveau, se balance d'avant en arrière.

Et *vous*, que penseriez-vous en me voyant ? Je parcours à la hâte les rues de la ville, seule – l'aube encore, le ciel doux et blanchi de froid –, en ne portant rien d'autre que l'instrument de mon père. Les hommes ont l'air perplexe mais les femmes savent. Elles se rétractent devant l'objet. Elles se tendent. Mes cheveux sont longs et se déploient derrière moi, tandis que j'avance à grands pas. Les gens s'écartent devant moi. Je me sens un peu comme la déesse elle-même, avec mon instrument en guise d'arc, puis je me rends compte qu'elle me punira d'avoir eu de telles pensées. Trop tard. J'accélère encore.

Le chemin qui mène à la maison de Glycéra m'est devenu familier. Le virage, la qualité particulière de la lumière à l'approche de ce bâtiment, là. L'odeur du pain qui cuit, puis des figues, toujours des figues. Cinq marches étroites pour monter jusqu'à une rue plus calme – distinguée, élégante. La maison de la veuve est à l'écart des autres, tout au bout.

Un homme en sort : Euphranor. Il s'arrête en me voyant.

« Où est ton garde ? » s'inquiète-t-il. Je ne réponds pas. Son regard se pose sur l'instrument, ses sourcils se dressent et ne retombent pas. « Vraiment ? »

Je frappe au portail.

« À propos de ta ferme. » Il penche la tête sur son épaule, pour mieux étudier l'objet. « Je sais, j'ai dit que je pouvais faire en sorte qu'elle rapporte. Mais nous sommes en hiver. Elle ne rapportera pas d'argent avant au moins l'été prochain. En attendant… »

Je frappe plus fort au portail.

« C'est l'hiver, poursuit-il. Il fait froid sous la tente, dans la garnison. J'ai besoin de ma maison.

— Prenez-la.

— Non, mais écoute… »

J'abats violemment l'instrument sur le bois du portail. Ce bruit-là, elles ne pourront pas l'ignorer.

« J'ai eu des nouvelles par Thaulos, reprend-il. Quel homme affreux. Il m'a raconté ce qui s'est passé. Je suis choqué, outré par ses insinuations. Que tu envisagerais même de voler la déesse. De payer ta dette avec les offrandes qu'elle reçoit. Par tous les dieux, c'est un blasphème. Un odieux blasphème, n'est-ce pas, Pythias ? »

Pourquoi est-ce que personne ne vient?

« Nous pourrions partager la maison, tu sais. » Il me touche la main. « Pythias, arrête. Écoute. Je t'aime bien. »

Thalée et la rhubarbe et l'odeur du cheveu de Myrmex en train de brûler, Philo en train d'épier, les bruits de bouche d'Ambracis, Herpyllis regardant Pyrrhaïos et papa regardant Herpyllis, et je ne me toucherai jamais plus, jamais.

Euphranor baisse les yeux sur ma main, qu'il tient dans la sienne. Il respire comme s'il venait de courir, mais ce n'est pas le cas.

Je me libère et, à deux mains, j'écrase une nouvelle fois mon instrument sur le portail. L'esclave colossal se montre enfin.

« Tu es magnifique, déclare Euphranor. Je me suis toujours demandé comment ces trucs-là fonctionnaient. »

L'esclave referme le portail derrière moi.

« Penses-y », insiste Euphranor.

J'y ai déjà pensé.

Glycéra me reçoit dans une pièce que je n'ai jamais vue, opulente caverne aux fourrures suspendues et aux brasiers ardents. Sa pièce chaude, sa chambre d'hiver. Les coussins sont rouges et dorés. Elle se lève de sa couche pour m'enlacer. Je ne pense pas ne pense pas ne pense pas à la manière dont ses cheveux sont tout aplatis sur sa nuque.

Je ne dis pas bonjour. « Cléa, la sage-femme. Où vit-elle ? Où puis-je la trouver ? »

Glycéra est sincère, on ne peut pas lui enlever cela. Je lis la compassion dans l'effondrement des épaules, le tombé de la tête sur le côté, le plissement inquiet du front. Ses yeux glissent vers l'instrument, qui se balance au bout de mon bras et frôle le plancher. Un éclat horrifié lui traverse les yeux. « Mon enfant, oh, mon enfant… »

Mais je ne suis pas d'humeur à me blottir dans les parfums de sa poitrine.

« Il existe d'autres solutions, déclare-t-elle. Je sais que les femmes qui occupent ma position pensent souvent autrement. Mais moi, j'aime les bébés. Je les adore. Je t'aiderai. Demande à mes filles ! Je n'en ai jamais renvoyé aucune à cause d'un bébé. Regarde Méda. N'ai-je pas fait tout mon possible pour Méda ? »

Je pourrais faire oui de la tête.

« À quand… ? » Elle abandonne sa question pour calculer elle-même. Elle a l'air dubitatif. « Avant la mort de ton père ? demande-t-elle. Longtemps avant ?

— Quoi ?

— Tu en es au moins à deux lunes, si tu n'as plus de doutes. Qui était-ce ? Un étudiant de ton père ? Un garçon, à Athènes ? Peu importe, après tout. Je te l'ai déjà dit, personne ne comprend mieux que moi le genre de problèmes qu'une jeune fille peut être amenée à rencontrer. Tu as bien fait de venir me voir.

— Je ne suis pas venue pour vous.

— Pourrait-on se débarrasser de cette horreur ? »

Elle ne semble pas m'avoir entendue. Elle appelle un esclave et désigne l'instrument.

Je le serre contre ma poitrine.

« Cléa, dis-je. Tout ce que je veux, c'est trouver Cléa.

— Je ne comprends pas.

— Je ne suis pas pleine. »

Le mot lui arrache une grimace, comme à Gaïanée et à sa mère, il y a si longtemps de cela. « Je ne suis pas venue m'installer ici. Je vous en prie. Si vous ne me le dites pas, il faudra que je la trouve d'une autre manière. »

Elle se lève.

« Qui, alors ? »

Je ne crois pas qu'on puisse tomber enceinte en l'avalant, mais qui sait. Le mensonge est plus facile.

« Ambracis, une de mes esclaves.

— Tu les traites bien.

— Si elle meurt, elle n'aura plus aucune valeur. »

Glycéra cligne des yeux, puis répond :

« Cléa vit dans la vieille ville, derrière le marché. J'enverrai mon esclave pour t'accompagner. Vraiment, tu ne devrais pas marcher seule dans la rue. Où est ton homme ?

— Au pied de la colline. Je lui ai demandé de m'attendre là-bas.

— Pourquoi ? »

Je rajuste mes laines et resserre mes doigts sur l'instrument.

« Il me tapait sur les nerfs. »

Glycéra me reconduit par une porte dérobée qui ouvre sur une autre chambre, réplique en miniature de sa grotte opulente. Une pièce étroite, obscure, chaude, tout en fourrures et coussins.

« Regarde qui est venu nous voir », annonce Glycéra.

Cette chambre sans fenêtre est plus sombre que la première, et mes yeux mettent quelques instants à distinguer Méda. Il me faut encore un moment pour comprendre ce que je vois : elle allaite un nourrisson. Elle me sourit, puis à l'enfant, puis de nouveau à moi. Les yeux du bébé sont fermés, bien qu'il tète encore. Elle sourit à Glycéra, qui porte un doigt à ses lèvres et me fait sortir.

« Le fils d'un marchand du quartier. » Glycéra me flatte l'épaule. « Elle gagne sa vie comme nourrice, le temps de se remettre. De soigner son corps et son esprit. D'habitude, elle travaille chez eux, mais il lui arrive de ramener l'enfant ici. C'est la meilleure chose qui pouvait arriver, vraiment. Tu as vu son visage ? »

Je ne peux pas m'en empêcher, je réponds : « C'est atroce. »

Le sourire de Glycéra s'adoucit encore.

« Tu es encore très jeune, n'est-ce pas ? Tu gouvernes ta maison, tu accouches des femmes, tu sers la déesse, tu sais ce qui est le mieux pour chacun… Tu n'as pas besoin que l'on t'aide. Tu es vraiment extraordinaire.

— Non.

— Le lait ne doit jamais se perdre. »

Son regard se pose à nouveau sur l'instrument.

« Tu la mutileras, avec ça. Cela t'importe peu, sans doute. Rien qu'une esclave, hein ? On ne t'a jamais enfilé un de ces trucs, pas vrai ?

— Non.

— Il ne nous appartient pas de choisir ou de refuser les bénédictions des dieux. Le lait est un cadeau. Fait au bébé, à Méda, et à ma maison, qui bénéficie de l'argent qu'elle rapporte. Je me fiche de savoir ce que tu penses de nous. Suis cette route jusqu'au marché, puis remonte l'allée des tisserands. Sa porte est la septième à droite. »

Je la remercie.

« Bonne chance, dit-elle. Pour ta servante. Car pour *toi*, je ne me fais aucun souci. »

Tychon m'attend au pied de la colline, concrétisant mon mensonge à la veuve. La déesse l'a posé au creux de sa paume et d'un souffle l'a poussé jusque-là, comme une écorce de blé. Comment l'expliquer autrement ?

« Maîtresse, dit-il. Maîtresse. » Il se tord les doigts, basculant d'un pied sur l'autre comme pris d'une envie pressante. « Il y a un homme à la maison. Il dit qu'il habite là.

— Oui. »

Je m'engage dans la ligne droite qui monte vers le marché, suivant les instructions de Glycéra. Tychon m'emboîte le pas.

« Il s'appelle Euphranor. La maison lui appartient.

— Maîtresse... »

À n'en pas douter, c'est l'étincelle de la déesse en lui, son esprit qui a pris possession de son corps, et qui le guide comme une marionnette. Je l'ai laissé aveugle et sans voix ; comment aurait-il pu se remettre aussi vite ?

« Maîtresse, il est entré sans prévenir, il a demandé à vous voir. Il riait.

— C'est impossible. Je viens de lui parler. Il était ici à l'instant. Comment peut-il être à deux endroits en même temps ? »

Nous marchons côte à côte, en silence, pendant un long moment. Je ne sais plus quoi penser.

Finalement, je soupire : « Je suis désolée de vous avoir abandonnée.

— Maîtresse, murmure la déesse.

— Vous avez été bonne avec moi. Vous avez pris soin de moi. Vous méritiez mieux de ma part. »

La déesse a l'air stupéfait.

« Redonnez-moi ma liberté. »

Maintenant, la déesse a l'air terrifié.

« Je sais que j'ai encore une dette envers vous, je trouverai un moyen de payer. Je vous le promets. Mais vous devez me libérer.

— Maîtresse, vous êtes souffrante », s'inquiète la déesse.

Étrange comme elle ressemble si parfaitement à Tychon, avec ses yeux d'un brun terreux et ses cheveux ras de soldat, sa masse imposante, et jusqu'à son odeur de cuir. Mon père, en moi, commence à s'interroger sur les mécanismes de la possession divine. Peut-être Tychon agit-il comme une sorte de filtre ou de coquille, peut-être une partie de lui est-elle encore présente, au moment où l'éclat de la déesse resplendit à travers les fissures, les trous. Peut-être Tychon est-il encore présent, d'une manière ou d'une autre – perdu, terrifié, mais présent. Peut-être faudrait-il que je parle *à* Tychon, plutôt qu'à travers lui ; peut-être la déesse n'est-elle pas aussi libre que je le pensais.

Je pose l'instrument à mes pieds, et prends les deux mains de Tychon dans les miennes. « Je t'affranchis, Tychon. » C'est une déclaration on ne peut plus publique ; les clients du marché s'écoulent autour de nous comme de l'eau, ils nous observent ouvertement, sourire en coin. « Je t'affranchis, Tychon, du service auprès de la maisonnée de mon père, pour te récompenser de ta fidélité envers lui, et envers moi. »

Libérez-moi, maîtresse.

« Non, maîtresse. »

Tychon secoue la tête, comme si j'avais trois ans. « Votre père m'a demandé de vous servir jusqu'à votre mariage. J'obéis à votre père. »

Je relâche ses mains, et m'écrie : « Je te libère ! » Autour de moi, les badauds rient.

« Maîtresse. » Tychon ramasse l'instrument pour moi. « Vous ne pouvez pas m'affranchir. Une fille ne peut le faire. »

Je repousse violemment l'objet et m'enfuis en courant. Je le sème assez vite dans cette foule, puis la septième porte apparaît, qui s'ouvre devant moi alors que je levais mon poing.

Cléa entreprend de me faire mémoriser les aphrodisiaques. Non pas les petites astuces du monde d'Herpyllis – le sortilège de l'*iunx*, les offrandes que l'on brûle, les prières psalmodiées au cœur de la nuit –, mais le genre de science que papa aurait apprécié. Pour l'essentiel, détaille Cléa, ce sont des graines que l'on prescrit : coing, sésame, grenade. De l'huile d'olive pour lubrifier, du miel pour son goût sucré. Je dois avoir l'air ahuri, car elle précise : « Pas à la cuillère. »

Je suis confinée dans l'arrière-salle lorsqu'elle reçoit des patients, pour la plupart des femmes fortunées qui tentent de concevoir, ou de regagner les faveurs de maris égarés ; plus rarement, de jeunes mariés qui n'arrivent pas à convaincre leurs épouses de…

J'écoute à la porte. Cléa se montre patiente, attentive, respectueuse, jamais vulgaire. *Peut-être*, suggère-t-elle, et *Avez-vous envisagé ?* Les patients lui racontent tout, plus volontiers que je ne l'aurais cru. *Elle n'aime le faire que comme ça, il veut que j'enfonce mon doigt là-dedans, elle dit que ça fait mal, il pleure toujours après.* Ils paient généreusement les conseils de Cléa, et nous leur vendons des huiles, des crèmes et d'autres choses encore. Après leur départ, parfois, elle me gratifie d'un froncement de sourcils, sachant que j'avais l'oreille collée contre la porte. Elle me confie qu'il n'y a rien qu'elle n'a entendu au moins deux ou trois fois par semaine tout au long de son âge adulte.

Elle m'explique le travail, dès le soir de mon arrivée. Non pas le sexe, mais l'avant et l'après : aphrodisiaques et obstétrique, contraception et avortement. Comme son activité, Cléa possède deux visages. Discrète et modeste avec ses patients ; franche et détendue avec ses amis, ceux avec lesquels elle partage sa maison. Le soir, ils réapparaissent : trois autres sages-femmes, et deux hommes dont le rôle reste flou – assistants, gardes, compagnons –, tout se mêle. Ils s'assoient ensemble autour de la grande pièce jusque tard dans la nuit, mangeant, buvant, riant, chantant, racontant des histoires. Je devine qu'ils n'ont d'autre famille que celle-là. Ils sont comme une lie qui est retombée tout au fond et s'y est assemblée.

« C'est qui ? » interroge l'un des hommes le premier soir. Il s'appelle Candaulès. Deux chiens de chasse lui mordillent les talons, et il porte un jeune chiot dont il frotte la tête avec ses doigts repliés, tandis que l'animal cligne béatement des yeux.

« C'est Pythias, répond Cléa. Elle est avec moi.

— Je croyais que j'étais avec toi », réplique Candaulès.

Cléa lui prend le chiot des mains, embrasse sa truffe et le lui redonne dans un sourire. « Des Cléa, il y en a bien assez pour tout le monde. »

Ce premier soir, je reste dans mon coin, à cuisiner et à ranger, à jouer avec les chiens et les chiots.

Des chiots, il s'en glisse toujours un sous vos pieds, qui fait semblant d'attaquer ou cherche les caresses ; ils me rappellent Nico. La grande pièce est haute de plafond, enfumée par le brasero qui flambe au milieu, et autour duquel ils installent leurs nattes pour la nuit. Ils boivent jusqu'à s'effondrer. Ils fument, également, une pipe qui les rend heureux. L'un des hommes sculpte des phallus, grandeur nature, certains un peu plus gros ; Cléa m'explique que nous vendons aussi ces objets-là. Nous dormons éparpillés autour du brasero, comme des chiots, sous des monticules de couvertures, dans l'obscurité chaude, chargée de senteurs canines. Leurs voix résonnent encore quand le feu s'est réduit à des braises. J'apprends le langage du sexe, un langage caché au grand jour : *chariots renversés*, *rendre visite au marchand de saucisses*, *la double godille*, *la fonderie*, *la trirème*, *la lionne sur une râpe à fromage*. Ils rient à perdre haleine. Ils s'embrassent et soupirent et crient. Je dors entre Cléa et le mur, tournant le dos pendant qu'elle s'occupe de Candaulès, qui aime tout particulièrement le *panier d'osier sur un cheval*, puis d'une autre sage-femme, qui partage avec elle un *déjeuner de moineau*.

« Personne ne te touchera, murmure-t-elle pardessus son épaule, sentant mon insomnie, au milieu de la nuit. Je leur ai dit que tu étais mutilée, et que tu souffrais atrocement. » Je la remercie d'un murmure.

Je ne peux pas en avoir un autre. Je l'entends, plus d'une fois par jour. *Ça me tuera. Il est trop tôt. Il est trop tard. Donnez-moi quelque chose. Il y a forcément un moyen.*

Il y a toujours un moyen. Un linge de coton, de ceux qui servent à isoler le lait caillé, si cela ne le dérange pas. Une douche, après. Compter les jours. Cléa leur enseigne les jours sans risque, et elles hochent la tête, dubitatives. Elles sont désespérées ; rien ne leur semble sans risque. Si ça a déjà commencé, il y a des thés à vendre. Parfois elles s'allongent sur la table et Cléa les examine, les palpe, et m'envoie chercher un instrument, plus petit que le mien. Elles hurlent, alors, douleur et sang, puis un sommeil profond et apaisé pendant que nous changeons le linge sale et préparons un repas d'enfant, lait chaud et pain sucré, destiné à la femme. Cléa leur détaille comment l'expliquer au mari : une fausse couche due à des efforts trop violents. La femme devra lui dire qu'elle a besoin de repos, beaucoup de repos, et pas de rapports pendant…

« Quel âge a votre dernier ? » interroge Cléa, et la femme lui répond, alors Cléa lui donne un nombre de lunes et conclut : « Qu'en dites-vous ? »

Elles acquiescent, faiblement.

Une fois qu'elles sont reparties, Cléa nettoie son matériel.

Je l'accompagne chez certaines, pour les aider à accoucher. Je suis calme et silencieuse, je force mon accent athénien ; les grands-mères m'aiment bien. Il n'y a jamais de nouveau-nés vivants. Chaque fois, elle m'envoie à la maison pour dire aux hommes qu'elle a besoin d'un chiot.

La première fois, je m'en étonne :

« Pourquoi ?

— Par gentillesse, répond Cléa. Nous étranglerons le chiot et les enterrerons ensemble. Ainsi, le bébé ne sera pas seul. »

Je me joins à eux maintenant, le soir autour du brasero, avec ma coupe de vin.

« J'en ai vu une bonne aujourd'hui », commence l'une des femmes.

Elles se racontent des histoires de travail, des histoires tristes, des histoires grivoises, des histoires de sexe. Le brasier craque, les chiots soupirent dans leur sommeil, dehors le vent fait rage. Tandis qu'elles parlent, je me réfugie peu à peu en moi-même. J'entends sans les entendre l'anecdote de la prostituée qui s'est occupée d'un bataillon entier en l'espace d'une seule nuit ; celle de la fille qui a fait sortir quatre bébés, l'un après l'autre, comme une portée de chatte ; celle de l'homme qui comptabilisait ses maîtresses en faisant une entaille dans le linteau de sa porte chaque matin, à son retour chez lui, jusqu'au jour où la pièce de bois s'est rompue et l'a tué. J'entends sans l'entendre l'histoire de la nouvelle prêtresse d'Aphrodite, celle qui doit porter un voile dans le temple afin que la déesse n'en soit pas jalouse (excellente publicité, apprécient les sages-femmes ; nul n'a jamais vu son visage, mais les gens accourent au temple dans l'espoir de l'apercevoir ; elle est sans doute assez quelconque, même si sa démarche est gracieuse ; les sages-femmes sont allées se faire une idée) ; celle du bébé prodigieusement beau d'Achille l'architecte, dont l'épouse confie à qui veut l'entendre que le plaisir de sa conception était si intense qu'elle soupçonne une intervention divine (Achille l'architecte approuve ces confessions d'un hochement paisible, tout en concédant avec modestie que oui, oui, il est possible qu'il ait été possédé par un feu sexuel divin, regardez l'enfant après tout, ces cheveux, cette peau, ces yeux ! et s'il n'est lui-même qu'un petit chauve bien enrobé, toujours soucieux, dont l'épouse est plus grande et parle plus fort que lui, qu'est-ce que ça change ?) ; celle de l'homme que les sages-femmes paient pour tirer des coups en ville, enfoncer son membre partout où il le peut, pour qu'elles ne manquent jamais de travail.

« Vraiment ? » Je n'ai jamais entendu parler de cet homme.

L'assemblée éclate de rire ; ils pensaient que j'étais ivre, ou endormie, ou plongée dans la brume confortable séparant l'ivresse du sommeil.

« Vous payez quelqu'un ? » dis-je, car tous me dévisagent sans dire un mot.

L'un des hommes effleure du bout du doigt le poignard passé sous sa ceinture.

« Chantons ! » Je brandis bien haut ma coupe. « Un hymne à la déesse. Buvons encore du vin pour honorer la déesse !

— Arrête, Pythias. »

Cléa s'appuie contre son dernier partenaire. « Tu es mauvaise actrice. Tu n'es pas ivre. Tu as entendu quelque chose que tu n'aurais pas dû entendre, hein ? D'habitude, tu sais garder le silence. »

Je sens un mouvement dans la pénombre, derrière moi. Cléa est mauvaise actrice, elle aussi, avec sa décontraction surjouée.

« J'ignore ce que j'ai entendu, dis-je. À vrai dire, je crois que je n'ai rien entendu.

— À vrai dire », répète Cléa.

Celui qui se trouve derrière moi se rapproche. Je sens son souffle. Je dis : « Après, est-ce que Candaulès tuera un chiot pour l'enterrer avec moi ? »

Cléa lance un regard par-dessus ma tête ; compréhension muette, dialogue des yeux ; l'homme derrière moi recule, un peu. Après quelques instants où il ne se passe rien, je l'entends qui remet son poignard dans l'étui.

« Il est venu à nous, raconte Cléa. Un nouveau venu en ville, qui offrait ses services. D'abord, nous l'avons chassé en nous moquant de lui. Nous nous sommes moquées de lui pendant neuf mois, jusqu'au premier bond des naissances – nous ne savions plus où donner de la tête. Alors il est revenu nous voir et il a déclaré qu'il nous avait offert neuf mois de travail gratuit, mais qu'à compter de ce jour, si nous refusions de le payer, il s'en irait dans une autre ville.

— C'était il y a combien de temps ?

— Cinq ans. Au point que désormais, nous savons reconnaître quels sont les siens. Il y a toujours quelque chose de pas tout à fait normal. De pas tout à fait naturel. Pas seulement le fait que l'enfant ne ressemble pas au mari, même si c'est aussi le cas. Bien que les parents ne semblent pas s'en apercevoir ; ils sont comme médusés. Parfois les enfants sont difformes, parfois trop parfaits. Toutes les femmes semblent... éteintes, en quelque sorte. Comme si elles ne parvenaient plus vraiment à se souvenir de leur vie d'avant. »

Je repense à Méda.

« La santé du bébé, tu le sais, est déterminée par la qualité de l'acte de conception, poursuit Cléa. Acte vigoureux, bébé vigoureux. Acte hésitant, bébé coliqueux. Je me suis souvent interrogée sur les enfants qui sont de lui.

— L'épouse d'Achille l'architecte... dis-je. Mais qu'en est-il de ceux qui sont difformes ? »

Cléa hoche la tête.

« Dès le début, nous l'avons prévenu que les femmes devaient être consentantes. Hors de question pour moi de le payer pour un viol. Nous l'avons même suivi les premières nuits, pour vérifier.

— Et vous avez pu vérifier ?

— Oh, oui. »

Cléa secoue la tête ; sourit malgré elle au souvenir de ces nuits.

« Ah… Je pense qu'il travaille trop parfois, et que la qualité de sa semence en souffre peut-être. C'est pourquoi certains des enfants… bon. Mais il ne se soucie pas des bébés. Ils ne sont qu'un effet secondaire, un sous-produit. Il ne s'intéresse qu'aux… Je ne sais pas comment l'expliquer.

— Qu'aux femmes, dis-je.

— À la séduction, certainement. À la chasse. »

Cléa secoue la tête.

« Mais ce n'est pas que cela non plus. Par moments, il y a chez cet homme une profonde tristesse. »

Les autres acquiescent, en murmurant.

« C'est plutôt une sorte de faim. »

Cléa tapote ses lèvres du doigt.

« Une maladie, peut-être. Il ne peut pas s'arrêter. Il ne pouvait pas, du moins, et cela nous convenait bien. Et voilà que soudain…

— Peut-être a-t-il simplement besoin de repos.

— Cet homme-là ? Il se reposera dans sa tombe.

— Il exige plus d'argent ? »

Cléa fait non de la tête. « Nous lui avons offert tout ce qui était imaginable. »

Le feu s'anime, crachant des étincelles sur le sol ; la silhouette dans mon dos s'avance pour les tasser du pied. Il me lance un regard navré, hausse les épaules ; c'est Candaulès. Il retourne s'asseoir à sa place.

« Nous pensons qu'il se languit d'amour, reprend Cléa. Qu'il est tombé amoureux d'une petite souillon à la poitrine plate qui refuse ses avances, et qu'il ne sait plus quoi faire. Nous la paierions, *elle*, si nous savions où la trouver.

— Il ressemble à quoi ? » La tension est retombée, à présent ; ils se resservent en vin, alimentent le feu, se murmurent à l'oreille. Mais ils m'ont à l'œil. Qu'imaginent-ils que je vais faire ?

« Nous ne sommes pas toutes d'accord là-dessus, répond Cléa. Nous pensons qu'il change sans arrêt d'apparence, comme s'il se métamorphosait.

— Il est beau ?

— Certains jours. »

Cléa brandit le vin ; je fais non de la tête. Elle remplit sa coupe.

« Parfois, je crois qu'il se rend quelconque, pour passer inaperçu. Pour pouvoir entrer et sortir des maisons sans que personne le remarque. À d'autres moments, bien sûr, c'est un vrai paon.

— Attendez un peu… »

Je me redresse, désireuse de comprendre.

« Une fois qu'il sera parti, d'autres bébés continueront de naître, à coup sûr. Vous pensez sérieusement que cet homme s'occupe à lui seul de toutes les femmes de la ville ? Les gens comme Achille l'architecte et son épouse ne recommenceront-ils pas tout simplement à donner naissance à des enfants plus laids ?

— C'est ce que nous pensions, au début, réplique Cléa. Au début. Mais n'as-tu pas remarqué ? Ils sont tous malades, désormais. Nous pensons qu'il punit… tout le monde, en réalité. Les mères, les enfants, les familles, nous. »

Je secoue la tête. Un silence a pris possession de la salle.

« Depuis que tu es arrivée dans cette ville, à bien y réfléchir. Qu'est-ce que cela t'inspire ? »

Je secoue la tête.

« Je n'ai rencontré aucun homme comme lui. Pas un ne m'a abordée de la sorte. Enfin, sauf…

— Sauf ? » interroge Cléa.

Je secoue la tête.

« Sauf… insiste Cléa.

— Il y a bien eu cet officier de cavalerie. »

La pièce est sale, en désordre, elle empeste le vin, les chiens et la luxure. Les amis de Cléa m'écoutent, les yeux écarquillés, comme des enfants qui connaîtraient l'histoire qu'on va leur raconter, mais meurent d'envie de l'entendre une nouvelle fois.

« C'est lui, déclare Cléa. Nous pensons qu'il s'agit d'un dieu. »

Tic, tic, tic, les jetons trouvent leur place, comme dans ce jeu auquel papa jouait autrefois avec Herpyllis, dans la cour, les nuits d'été.

« Si c'est toi qu'il désire, qui sommes-nous pour lui refuser cela ? soupire Cléa. Il nous récompensera de t'avoir amenée à lui. »

Je proteste : « Les dieux ne se comportent pas de cette manière. Mon père me l'a enseigné. Dieu est loin, très loin. Ce n'est pas un homme, ni une femme. Une force, plutôt. »

Ils m'écoutent.

« Un vase magnifique. Pensez à un vase magnifique. Sa beauté poussera un homme à l'acheter. C'est sa force. Mais le vase lui-même est immobile, indifférent. Comme Dieu.

— Mais de quoi parles-tu ? s'impatiente Cléa.

— Mon père… »

J'essaie de me rappeler les mots exacts, et le son de sa voix.

« Mon père disait que les gens s'appuient sur cette idée de dieux bienveillants pour éviter d'avoir à se tenir debout sur leurs propres jambes. Les gens s'appuient les uns sur les autres, de la même façon. Ce n'est pas la réalité.

— C'est un petit monde bien froid que celui où vivait ton père. »

Je ne dis rien.

« Tu vis dans ce monde-là, toi aussi ?

— Je ne sais pas. »

Je n'ai pas beaucoup d'affaires ici, pas grand-chose à ramasser : quelques sous-vêtements que Cléa m'a offerts à mon arrivée, et mon instrument.

« Tu nous l'amèneras, ordonne-t-elle en me regardant réunir mon minuscule barda. Ou alors nous te trouverons, et nous t'amènerons à lui. »

Sur le seuil, elle presse ses joues contre les miennes puis me pousse dans le froid étoilé.

Je me réveille endolorie, gelée et en proie à d'atroces crampes, blottie dans un arbre creux non loin de la rive est du chenal, dans l'ombre de la forteresse là-haut, sur la colline, de l'autre côté du bras de mer. Il faisait nuit noire quand j'ai quitté Cléa, et dans ce froid vif l'instinct m'avait dicté de me recroqueviller quelque part, pour mourir comme je l'entendais. Mais un poignard sous la gorge afin que les sages-femmes aient d'autres enfants à sauver, ou pas – ça, non. Je m'étais remise à marcher, au cas où ils me trouveraient à l'aube dans une ruelle voisine, et se raviseraient.

Tandis que je marchais, j'ai entendu un chant inélégant, des cris, puis le hurlement suraigu d'un rire féminin, jailli d'une fenêtre, à l'étage. *Vraiment?* pensais-je. *Vraiment?* Le monde était-il vraiment aussi lubrique, alcoolisé et dangereux la nuit que dans les histoires ? N'était-ce pas un peu ridicule ? Violeurs et assassins n'avaient-ils pas besoin de dormir, eux aussi ? J'ai continué d'avancer, prenant soin de rester dans l'ombre. Poing serré sur mon instrument, je m'éloignais de la moindre lumière, du moindre bruit, du moindre signe de vie. Arrivée devant le chenal, je me suis rendu compte que j'étais prisonnière de l'Eubée ; du moins jusqu'au lever du soleil, quand le passeur arriverait. Je suis restée debout aussi longtemps que j'ai pu – papa m'avait enseigné le danger, le chant des sirènes du sommeil chaud dans le froid – puis je me suis accroupie, et enfin assoupie, assise, quand le premier vin clair s'est répandu au bas du ciel. Une belle aube, écervelée. J'ai serré l'instrument contre moi, comme un chiot, sous mes habits de laine, tête appuyée contre le tronc d'un arbre.

J'ai entendu le cri d'oiseau du passeur, et le s*plash* de sa perche. Je me suis levée et j'ai chassé à coups de poing les aiguilles qui me perçaient les jambes, puis j'ai gagné la rive en boitillant. Il a pris la pièce que je lui tendais. Je suis montée tant bien que mal à bord de son embarcation, les pieds me picotant encore de l'inconfort de cette halte au pied de l'arbre, et je me suis assise.

« Qu'est-ce que c'est ? » Il défait nonchalamment nos amarres, sans réfléchir, lovant la corde en fixant d'un regard curieux l'instrument posé sur mes genoux. Papa m'a appris à repérer les actions apprises par le corps, ces actions si habituelles que le corps peut les effectuer sans que le cerveau n'intervienne. Pour pratiquer avec succès n'importe quelle activité physique, m'a-t-il appris, il fallait atteindre ce point. C'était un bon critère, également, pour juger les travailleurs et les esclaves – la facilité avec laquelle ils évoluaient dans leur corps. Cela vous en apprenait davantage que les mots sur leur expérience.

« C'est un spéculum. »

Ma langue refuse d'articuler *vaginal.* Je reste une dame, quand même. À peine.

« Pour les bébés.

— Euh… non, j' vous crois pas. »

Le courant est paisible ; je me demande si la marée n'est pas sur le point de basculer. Il pose la pagaie et attrape une perche.

« Moi-même, j'en ai cinq. Et j'ai jamais vu ce truc-là.

— Peut-être que votre épouse l'a vu, elle.

— Quelle épouse ? »

Son visage se fend en un sourire ravi ; je suis tombée dans le panneau, quel qu'il soit.

« Cinq enfants, cinq filles différentes. »

Il s'arrête au milieu du chenal, perche plantée au fond de l'eau.

« Je vous ai déjà vue. »

Je suis trop fatiguée pour mentir.

« Oui.

— Vous ne devriez pas vous promener toute seule. »

Je ne réponds rien.

« Vous savez quoi… »

Il repêche ma pièce au creux de ses habits, et me la tend.

« Gardez-la. »

Je prends la pièce mais la tiens dans ma main. S'il espérait voir où ma bourse est cachée, il est mal tombé. Il recommence à pousser sur sa perche, et nous allons heurter la rive opposée, en quelques battements de cœur. Avec la même aisance irréfléchie, il enroule l'amarre autour du gros rocher qui lui sert de poteau ouest.

« Merci, Charon », dis-je.

Il secoue la tête. « On me l'a déjà faite. » Il avance vers moi, instable, vacillant, comme déséquilibré par le roulis de sa barque, et m'embrasse sur la bouche. Je me jette en arrière. Son goût est pourri, aigre. Mauvais vin, mauvaises dents. Son visage se fend à nouveau.

« Merci, grand-père », dis-je.

Ni lui ni moi ne bougeons, pendant un long moment. Puis je suis sur la rive, à mi-pente, et j'entends ses cris derrière moi. *Attends, attends. Ton truc pour les bébés.*

Je poursuis mon chemin. Le voilà payé en retour, en quelque sorte : un baiser, une poignée de laine là où il espérait trouver des seins plus arrondis, et un spéculum. *Garde-le ; fais-toi plaisir.*

Le quartier, lové au pied de la colline où se dresse la forteresse, n'est plus très loin à pied. Les rues sont silencieuses ; il est encore très tôt. Ces derniers temps, il est toujours très tôt, ou très tard. J'ai conscience de mon odeur pestilentielle, de mes cheveux crasseux, de mes habits sales et humides, des vertiges qui m'assaillent. La fatigue m'a frottée à vif, de l'intérieur, comme avec une poignée de sable. Je ne reconnais pas tout de suite la maison, et cela ne me surprend guère ; les dieux ont peut-être arraché tout le voisinage pour le replanter ailleurs, ou est-ce mon esprit embrouillé, sonné par les efforts que m'a coûtés le seul fait de continuer, ces dernières semaines. Il ne s'agit encore que de simples semaines. Je marche jusqu'au bout de la rue où nous habitions, puis reviens sur mes pas, cochant les maisons une à une sur la carte de mon esprit. Je reconnais celle-ci, avec son linteau peint ; et la suivante, avec les poules dans la cour ; celle d'après aussi, voisine de la nôtre, avec ses hauts cyprès. Notre maison – la mienne, celle d'Euphranor, celle d'un inconnu – est recouverte à présent par des feuilles de vigne, mais au bout d'un moment, je finis par identifier des détails familiers : portail, pots de fleurs, arbres, la fissure en diagonale fendant l'allée de pierre.

La vigne ne pousse pas en hiver.

Je reste figée, assemblant prudemment cette pensée.

« Maîtresse… »

Derrière moi. Assis dans la rue sous sa couverture de cheval crasseuse, un linge graisseux drapé autour de son crâne rasé. Il lutte pour se lever. Je le rejoins, j'examine son visage. Ses yeux sont clairs. La joie de cette vision me poignarde plus profondément que je n'aurais pu l'imaginer.

« Tychon.

— Maîtresse. »

J'ai envie de le toucher. C'est là le plus étrange.

« Je vous attendais, soupire-t-il.

— Je sais. »

Il fixe mon menton.

« Euphranor est le maître de la maison, maintenant. »

J'acquiesce sans un mot.

« Il est à l'intérieur.

— Oui. »

Nous nous tournons vers la maison.

« La vigne ne pousse pas en hiver », dis-je. Comme un test.

« Nous n'avons pas pu la tailler, répond Tychon. Elle résiste aux lames.

— C'est Dionysos, pas vrai. Euphranor est Dionysos. »

Tychon me balaie du regard, cheveux vêtements pieds, sans s'attarder nulle part. Prenant ma mesure. Il se tourne à nouveau vers la maison.

« Cela fait un moment qu'il cherche ma maîtresse.

— Est-il… »

Tychon laisse ses yeux effleurer les miens, fugacement.

« Non, dit-il. Il a remis de l'ordre dans la maison. Tout est propre, rangé, nous lui obéissons. Il nous traite bien. Il est bon avec nous. Il a reconstitué des réserves, du mieux qu'il a pu en cette période de l'année. Simplement, il est intraitable sur l'ordre, la propreté, le rangement. Ça, et vous retrouver. Il envoie en ville l'un ou l'autre des serviteurs, chaque jour, pour vous chercher. »

Là, dans la rue froide avec Tychon, j'ai l'impression de vivre mes derniers instants de… quoi ? La fin d'une vie, et le commencement d'une autre. Diminuée ; une autre vie diminuée. Voilà ce que je crains. Voilà ce qui me retient là, dehors, dans le froid. Et pourtant, diminuée en quoi ? Que possédais-je avant que je ne possède plus, et que je pourrais retrouver dans ce monde ? C'était bien Charon, ce passeur.

« Il y a autre chose… » Tychon passe une main sur son crâne, ce geste familier. « Quelqu'un d'autre, un autre homme. Il vient tous les jours. Il se présente au portail et demande après vous. »

Un bruit dans la cour : les sabots d'un cheval, un grincement, le cliquetis du mors et des étriers. On vient.

« Par ici. » Tychon m'emmène un peu plus bas dans la rue, hors de vue du portail. Nous reculons sous le couvert des arbres et observons, jusqu'à ce que le portail s'ouvre puis se referme, et qu'Euphranor soit passé sans nous voir sur son puissant destrier noir. Direction la forteresse. Beau, aujourd'hui.

« Un jeune homme étrange, poursuit Tychon. Tous les jours depuis une semaine, il est venu demander après vous. Mais dès qu'il sent venir le maître, il s'enfuit.

— Étrange comment ?

— Familier. »

Tychon se frotte le dessus du crâne, les tempes, se couvre les yeux puis les découvre, me fixe du regard.

« Maîtresse ? »

Ses yeux redeviennent vitreux.

« Tu devrais rentrer, maintenant », dis-je. Même si ça fait mal.

« Je dois attendre ma maîtresse, répond Tychon.

— Oui. »

Je lui prends des mains le linge graisseux dont il s'enveloppait la tête pour se protéger du froid. Il est assez grand pour que je me drape dedans.

« Tu devrais attendre à l'entrée de la cour, là. Ils pourront t'apporter un petit déjeuner. »

Il a l'air désemparé.

« Juste de l'autre côté du portail. » Je le pousse gentiment. « De là, tu pourras surveiller la rue et l'intérieur de la maison. C'est le meilleur endroit. Ta maîtresse te demande de l'attendre là. »

Il entre. Je m'en vais, mais pas loin ; je retrouve le couvert des arbres, d'où nous avons regardé passer Euphranor. Je m'enveloppe dans le tissu graisseux, couvrant mon corps, mes cheveux et l'essentiel de mon visage, puis je m'accroupis comme une mendiante au cas où quelqu'un remarquerait ma présence.

Je passe ma journée dans les hauts-fonds du sommeil, me réveillant en sursaut au premier bruit ou mouvement : les allées et venues des voisins, le chant des oiseaux, les marchands ambulants sur leurs charrettes grinçantes, hurlant *lait frais, pain, poisson, colifichets, remèdes, bois et eau.* J'achète à boire et un gâteau à un homme qui, comme je porte la main à ma gorge pour feindre d'être muette, me prend pour un garçon. « Tiens, mon gars », dit-il, et il me rend la monnaie exacte. Chaque fois que je pense ne plus pouvoir dormir, voilà que je sombre à nouveau, jusqu'au moment où le jour tombe, et c'est le crépuscule.

La rue est plus animée à présent qu'elle ne l'a été de toute la journée : des gens rentrant chez eux, les vendeurs du soir faisant leur tournée à l'heure du dîner, des soldats descendant de la colline pour passer une soirée en ville. Je vois un mendiant s'approcher de notre portail, un garçon sale, barbu, qui boite bas. Il ne frappe pas, mais jette un œil à l'intérieur comme s'il essayait de passer la tête entre les barreaux de la grille. Au bout d'un moment, il recule d'un pas. Le portail s'entrouvre à peine puis se referme en claquant. Maintenant le mendiant a un quignon de pain.

Il se tourne vers moi, et je le reconnais : Myrmex.

Il passe devant moi, assez près pour que je constate que sa boiterie n'est pas feinte, et je le suis au bas de la colline, en direction du bac. Mais il tourne à gauche, le long du rivage, vers la plage où j'emmenais papa nager au cours de ses dernières semaines. Il descend, descend, descend les longues dunes striées d'ombres, puis regagne les arbres, un enchevêtrement impénétrable où il doit passer ses nuits. Il aurait pu se retourner n'importe quand et me voir ; il ne l'a pas fait. M'approchant, je le vois se courber au-dessus du sol, s'affairer autour de quelque chose : un feu. Je n'hésite pas. Quand il entend la première branche craquer sous mon pied, il bondit sur place et recule, gauchement. Je marche droit sur l'ébahi et le pousse si fort qu'il tombe en arrière. Il se retrouve sur le dos et je poursuis mon élan, lui frappant la tête et les épaules de mes poings, assez fort pour lui faire mal. Il tente de gifler mes mains pour les dévier de son nez, de ses yeux, mais ne riposte pas. Quand je cesse, il saigne du nez et de la lèvre ; il pleure un peu, aussi.

Je m'assois sur une souche et le regarde arranger le feu pour le rendre utilisable. La lumière tombe vite, à présent. Le temps qu'il en ait terminé, je ne distingue plus les larmes, ni le sang.

« Pytho », soupire-t-il. Bien sûr, sa voix me pince comme une corde de lyre.

Il possède tout un tas de paquets : du petit bois, des vêtements secs, du poisson séché, un étui de cuir enroulé autour d'un jeu de minuscules couteaux que je reconnais comme ayant appartenu à papa. Il fouille nerveusement tous ces paquets, cherchant quelque chose avec une anxiété maniaque que je ne lui connaissais pas. J'accepte des noix et des fruits secs, sans laisser sa main toucher la mienne. Nous

nous asseyons face à face, séparés par le feu, et nous mangeons, sur nos gardes.

« Tu es sale, déclare-t-il au bout d'un long moment.

— Tu empestes la pisse et l'oignon. Qu'est-il arrivé à ton pied ? »

Il secoue la tête.

« Très bien », dis-je, et de nouveau, nous nous taisons.

À la fin du repas, nous contemplons le feu. Bientôt, il se lève, retourne ses affaires et me lance une couverture. Elle m'atteint à la tête. Je l'enroule autour de mes épaules. Il s'assoit, frissonnant, et cela m'est égal. Je suis contente.

« Comment va Nico ? finit-il par me demander.

— Il est parti à Athènes, chez Théophraste.

— C'est bien, approuve Myrmex. Il sera en sécurité là-bas. »

Comme il ne pose pas la question, je poursuis :

« Herpyllis est partie à Stagire. »

Il grogne.

« Qu'est-il arrivé à ton pied ?

— Un homme l'a posé sur son billot. J'ai cru qu'il allait le trancher avec sa hache, mais au lieu de ça, il a abattu le bout du manche sur ma cheville. Je crois que ça ne guérira pas. »

Les étoiles sont apparues. Le feu crépite, avec le même bruit qu'Herpyllis lorsqu'elle aspire entre ses dents pour montrer son agacement.

« Je suis désolé, Pytho, dit-il. Je suis tellement désolé. »

Laisse venir.

« Je croyais pouvoir aider, poursuit-il, enfin, pour ce que ça change… Je l'ai pris pour parier, cet argent. Je croyais pouvoir gagner plus qu'assez pour… »

Je pense : *Notre mariage*. C'est plus fort que moi. Évidemment, ce n'est pas ce qu'il allait dire, mais mon esprit l'entend ainsi.

« Ils allaient me renvoyer chez moi, reprend-il. Je n'avais aucune envie de retourner là-bas. Je voulais gagner assez d'argent pour qu'on puisse choisir nous-mêmes, toi et moi. »

D'une voix douce, je demande : « Choisir quoi ? »

Il me regarde à travers les flammes, extrêmement clair, extrêmement sombre.

« Pas ça, petite Pytho », répond-il. Puis encore : « Je suis désolé.

— Tu aurais pu me le demander. Je te l'aurais donné. Je t'aurais tout donné. Tu n'étais pas obligé de partir. Tu aurais pu simplement demander. »

Il hausse les épaules ; un tel désintérêt, soudain, que la rage m'envahit. Ce n'est pas à lui de choisir à quel moment *ma* vie s'arrête.

« Tiens. » Je relève ma robe jusqu'aux hanches, arrache la bourse que j'avais sanglée là, et la lui lance au-dessus du feu. Il l'attrape dans un réflexe. « Ce sont mes dernières pièces. Tout ce qui me reste. Elles sont à toi, à présent. Tu comprends ? »

Maintenant, il est intéressé. Je sens qu'il a envie de regarder à l'intérieur, de voir combien il y a. Au lieu de quoi, il déclare :

« Je suis étonné qu'Euphranor te laisse te promener avec de l'argent.

— *Euphranor ?* »

Il a l'air troublé ; démasqué.

« Tu crois que je vis dans cette maison avec Euphranor ?

— Où d'autre ? »

Je me dresse. La robe retombe sur mes jambes ; la couverture glisse dans mon dos. « Regarde-moi. *Regarde-moi.* Ai-je l'air d'avoir vécu dans une maison avec un homme ? »

Il me regarde. Je crois que c'est la première fois de sa vie qu'il me regarde vraiment.

« Viens là, ordonne-t-il.

— Va te faire foutre.

— Viens là. Je n'en veux pas. »

Il me tend la bourse.

Comme je me penche pour l'attraper, il me saisit par le poignet, et nous nous abandonnons à ce qui nous attendait depuis le jour où il est arrivé : bonjour et adieu dans un même souffle. Après, il nous enveloppe tous les deux dans la couverture et il me serre entre ses bras jusqu'à ce que je m'endorme.

Quand j'ouvre les yeux, il est parti pour de bon, avec l'argent que je gardais dans ma bourse, collée contre ma cuisse. Tout ce qui me restait.

Bats des pieds, Pytho, bats des pieds.

Je ne peux pas.

Si, tu peux. Papa te tient bien. Bats des pieds, Pytho.

Pytho bat des pieds. Pytho voit le fond, le sable chaud fin sec dans lequel elle joue sur la plage tourbillonne à présent, libéré par l'eau. L'eau n'est pas bleue quand on éclabousse ou qu'on la fait couler entre nos doigts, mais elle a l'air bleue quand on regarde la mer immense. C'est intéressant.

Bats des pieds, ma douce.

Pytho bat des pieds, peinant à maintenir son menton hors de l'eau. Papa la tient par les mains, la tirant vers l'avant tandis qu'il recule. Il desserre peu à peu son étreinte et Pytho comprend qu'il se prépare à la lâcher et à la laisser se débrouiller toute seule. Elle crochète ses mains comme des pinces de crabe autour de celles de son père, pour l'en empêcher.

Maintenant, baisse la tête.

Ça, Pytho peut le faire. Elle enfonce son visage dans l'eau, yeux grands ouverts, et bat des pieds en tenant les mains de son père. Elle fait de grandes éclaboussures et tortille son corps, nageant comme un petit chien.

Bien, *déclare papa quand elle se met debout pour reprendre son souffle.* Mon petit poisson. Tu es une bonne nageuse.

Je sais, *répond Pytho.*

Pytho est nue. L'Herpyllis de maman les attend sur la plage avec le pique-nique et le bébé. Herpyllis ne comprend pas pourquoi Pytho a besoin d'apprendre à nager, mais elle n'est pas la mère de Pytho, ce n'est pas à elle de décider. Maman est sous la terre, mais Pytho elle aussi sera sous la terre un jour, alors c'est bien comme ça. En attendant, elle est gentille avec Herpyllis, car Herpyllis appartenait à maman quand elle vivait encore, et maman était gentille avec elle. Pytho la salue d'un geste et Herpyllis la salue en retour, du bras qui ne tient pas l'enfant. Pytho décide qu'elle offrira un cadeau à Herpyllis.

Regarde-moi, *crie-t-elle, et elle passe les bras au-dessus de sa tête et plonge dans l'eau et bat bat bat des pieds, toute seule comme une grande, puis elle remonte en toussant. Papa est là, qui la hisse hors de l'eau et la brandit vers le soleil, son poisson préféré, et elle entend Herpyllis applaudir et les autres gens sur la plage aussi, des gens qu'ils ne connaissent même pas, et papa la serre dans ses bras et lui dit qu'elle est courageuse et forte et qu'elle a réussi toute seule.*

Encore, *sourit Pytho.*

Encore et encore, tout au long de cet après-midi, jusqu'à ce qu'elle sache nager même quand ses pieds ne touchent plus le sable au fond, et papa ne s'en lasse pas, il ne l'abandonne jamais, pas même un instant.

« Ne bouge pas, ordonne Glycéra. Ça va faire mal. »

Elle arrache la cire de mon sourcil et je laisse échapper un mot.

« Ne sois pas grossière, gronde Glycéra. L'autre. »

Cette fois je garde le silence, bien que mon œil pleure de douleur. Un œil, seulement. Voilà qui est intéressant.

« Bien plus efficace que la pince à épiler. La rougeur s'estompera en quelques heures. » Elle soulève ma main, examine mes ongles, et grimace. « Ils repousseront, j'imagine. Mais quand même, comment as-tu pu laisser les choses aller si loin ? Je n'ai jamais compris les filles qui ne prennent pas soin de leur corps. Ni les hommes, d'ailleurs. Mon mari me laissait toujours m'occuper de lui. Enfin, je suis comme ça. On exprime son intérieur à travers l'extérieur, n'est-ce pas ? Te voilà propre et arrangée ?

— Oui, mère. »

Je l'appelle ainsi, désormais.

« Tu as toujours été une petite souillon, reprend-elle, mais sans méchanceté. Peu importe. Si nous parlions de tes cheveux ? »

Nous parlons de mes cheveux, de la fréquence à laquelle je suis censée les laver, les peigner – plus souvent que je n'en avais l'habitude – et des coiffures appropriées à mon âge et à ma fonction. Rien de trop sophistiqué, détaille Glycéra ; elle veut que j'aie l'air jeune. « Rien de pervers. Juste ton âge, c'est tout. Tu n'as pas besoin de paraître plus vieille. Des filles plus âgées, j'en ai déjà. »

Méda entre dans la chambre au ciel bleu, apportant un plateau de bijoux, et nous gratifie de son éternel sourire.

Je lui demande :

« Comment va le bébé ? »

Glycéra le désigne d'un hochement de tête, et Méda se penche pour le sortir de son berceau de fortune. Je demande si je peux le prendre. Glycéra me sourit comme si elle allait pleurer et incline à nouveau la tête à l'intention de Méda, qui le soulève délicatement et le pose au creux de mes bras. Il ne se réveille pas. J'embrasse ses cheveux, et respire son odeur.

« Un jour », déclare Glycéra, puis elle nous sourit. Le bébé soupire dans son sommeil.

Elles passent un long moment à choisir les bijoux, les soulevant contre ma joue pour vérifier l'harmonie des couleurs. Glycéra appelle les autres filles pour solliciter leur avis. Elle explique que chaque fille a sa couleur fétiche, qui la montre à son avantage.

« Et ça nous empêche de nous disputer au sujet des vêtements », ajoute Méda. Les autres filles gloussent de rire. C'est la plus longue phrase qu'elle ait prononcée devant moi.

Méda est vert pâle. Obolée, lilas ; Aphrodisia, bleue. Quant à Glycéra, c'est l'orange. Elles s'accordent à trouver que le jaune me donne un teint cireux. La nacre leur plaît assez, mais je refuse. Vert foncé ? Le rouge est trop vulgaire. Le gris, terne. Marron ?

Les filles reniflent. Elles n'aiment pas le marron. Je pose le doigt sur une bague en or, sertie d'une agate terreuse.

« Le marron pourrait faire paraître sa peau moins foncée. » Glycéra approche la bague de ma joue. Elle fouille dans les bijoux et en trouve une autre, plus sombre. « Qu'en penses-tu, Pythias ? »

Elle me rappelle le cumin, et la couleur que j'aperçois lorsque je ferme les yeux juste avant le sommeil.

« Marron… » Glycéra fait tourner ce mot dans sa bouche, pour le goûter. « C'est peu commun. Eh bien, l'originalité te va bien, n'est-ce pas ?

— Oui, mère. »

Je prends mes leçons dans la grande salle à manger, dont Glycéra m'a appris qu'elle servait pour les réceptions. À cette époque de l'année, il y fait froid. Glycéra affirme que ça m'obligera à me concentrer ; papa pensait la même chose. Je prends des cours de danse, des cours de chant et des cours de conversation. Glycéra se charge elle-même de ces derniers. Elle commence par exprimer des opinions concernant les campagnes militaires d'Alexandre. Elle sait parler de tactique, de formations, de terrain. Je lui raconte que papa a accompagné un jour le roi dans l'une de ses campagnes, et l'a vu dans toute sa gloire. Je précise que papa était parti pour servir auprès des infirmiers, et parce que le roi en personne le lui avait demandé.

« Bien, apprécie Glycéra. C'est très bien. Très intéressant. Tu pourras t'en servir. »

Nous parlons des blessures de guerre et de leur traitement. Nous parlons médecine, plus généralement. Elle m'interroge sur mes cycles, et découvre ce que je connais en matière de contraception : pas mal de choses, grâce à Cléa. Elle veut me parler de l'acte proprement dit, mais je réponds que j'ai vu des animaux le faire, et que papa m'a pratiquement tout expliqué.

« Très bien, dit-elle. Sauf que tu ne vas pas pouvoir parler sans arrêt de ton père. Une seule fois, au début de la conversation, pour rappeler au client quelle est ton ascendance. Ensuite, tu devras l'oublier. C'est à *toi* que le client a envie de parler. »

Elle me demande si j'ai des centres d'intérêt particuliers, ajoutant que je parlerai plus aisément des choses qui me sont chères.

Ai-je des centres d'intérêt qui me sont propres ? Puis-je m'exprimer sans que papa s'exprime à travers moi ?

Je pense : *les squelettes*. Et au bout d'un moment, je réponds :

« La poésie.

— Oui, ma chère. »

Elle me tapote la main.

« La récitation est un talent plein de charme. D'après mon expérience, cependant, ils n'ont pas envie d'écouter. Ils ont envie de parler. » Je dois avoir l'air déçu, car elle ajoute : « Peu importe. Une jeune fille rêveuse, amoureuse de la poésie. C'est très mignon, très attirant comme type de femme… »

Je suis devenue un type de femme.

« Bien sûr que tu es un type, insiste-t-elle. Nous correspondons toutes à un type. Et au bout d'un moment, tu comprendras que les clients aussi, tu apprendras à te comporter de manière appropriée.

— À quel type appartenez-vous ?

— Les vieilles. »

Elle a répondu d'un ton sec, sans s'offusquer.

« Je suis la Mère.

— Et Méda ?

— Non, s'agace Glycéra. Je ne jouerai pas à ce petit jeu avec toi. Tu devras l'apprendre toute seule. Maintenant, nous allons nous disputer. Tu es prête ? Ils aiment les conversations houleuses, et même qu'on leur tienne un peu tête. Avec le sourire, toujours. »

Nous débattons donc des mérites respectifs de l'empire et de la démocratie ; de la manière dont la Macédoine traite Athènes ; des vertus de l'amitié contre celles de l'amour érotique. Je crois deviner que ce débat-là est forcément biaisé, mais Glycéra répond que non. Nous sommes des *hetairai*, dit-elle, de nobles compagnes, pas de banales prostituées ; nous ne sommes pas vulgaires. Je pense à ne pas évoquer papa, et à l'issue de cette leçon, Glycéra déclare que je suis naturellement douée pour la conversation.

« Merci », dis-je.

Elle m'assassine du regard. Je me demande si elle va me réprimander pour mon ton, mais elle ne dit rien.

Elle annonce qu'elle a besoin de s'allonger, et demande à Aphrodisia de me montrer le maquillage. Nous poudrons de blanc mon visage et peignons mes yeux. « Encore, encore », répète Glycéra depuis sa couche, à l'autre extrémité de la pièce, agitant mollement la main, sans ouvrir les yeux. « Elle est aussi brune qu'une petite noix. » Aphrodisia a des mains minuscules et elle sent la rose. La poudre me fait éternuer. Elle me masse les lèvres avec de l'huile, du bout des doigts, pour atténuer les gerçures, et m'explique que je dois le faire tous les jours, matin et soir, jusqu'à ce qu'elles soient guéries. Dans le bronze, on dirait que je porte un masque.

On me présentera à l'occasion d'une réception qui aura lieu dans dix jours. Obolée et Méda travaillent sur ma robe de gaze brun clair, ornée de broderies plus sombres. Elles voulaient mettre des lacets noués sur les épaules, mais Glycéra préfère les épingles dorées, plus classiques. Des clous. J'infère de ce genre de détails une image du type qui est le mien, aux yeux de Glycéra : cérébrale, farouche, plus macédonienne que fille du Sud. Une jeune sauvageonne du Nord, avec une poitrine de garçon et le cerveau d'un homme. Les broderies de ma robe dessinent des motifs géométriques.

Je m'étonne : « Pas de fleurs ? » et Glycéra répond non, pas de fleurs ; Aphrodisia a des fleurs ; Obolée a droit à des oiseaux ; Méda, à des herbes, des plantes vertes et des cosses ; pour Glycéra, ce sont des fruits. Aphrodisia est douce, simple et jolie ; Obolée, gracieuse et athlétique ; Méda est charmante, un peu triste. Ma fête est destinée à présenter mon type de femme, un peu de moi aussi : Glycéra m'annonce que l'on servira mes plats préférés. Quels sont-ils ?

« Ça fait beaucoup de salé, commente-t-elle, alors que j'énumère ma liste. Aucun plat sucré ? En général, les jeunes filles aiment les sucreries. »

Je me tiens debout sur une table basse, pendant qu'elles épinglent mon ourlet.

« Des sandales, tranche Glycéra, après avoir bien réfléchi. Des sandales montant jusqu'au genou, sans aucun doute.

— Et pourquoi pas une lance ?

— Insolente. »

Glycéra relève mon menton du doigt, comme elle en a l'habitude.

« As-tu déjà connu un homme ? »

La question que j'attendais. J'étais étonnée qu'elle ne l'ait pas posée dans les minutes qui ont suivi mon intrusion discrète chez elle, pour demander refuge.

« Trois.

— Très bien, je vois. »

Glycéra hausse les épaules.

« J'essaie juste de t'aider. Je te donnerai des livres à lire, tu veux bien ? »

Ma fête salée, brune, cloutée m'évoque le mariage auquel j'ai assisté à Chalcis, avec papa : la même chaleur dorée et apaisante, les mêmes arômes tourbillonnants de viande et de vin, les mêmes citoyens distingués parés de leurs plus beaux atours, avec ces sourires prompts à détendre leurs traits. Au tout dernier moment, Glycéra décide de ne pas me poudrer et enlève presque toutes les épingles de mes cheveux, qui se retrouvent à pendre, longs et lâches, dans mon dos. Elle est sur le point de me faire sortir pieds nus, mais décrète finalement que ce serait un peu trop. Les petits noms dont elle me gratifie ont évolué au fil du temps : je suis désormais son *orpheline*, sa *malheureuse*, sa *polissonne*, sa *petite souillon*. « Ma chère petite souillon, dit-elle avec son sourire je-ne-pleure-pas-vraiment, celui où elle mordille sa lèvre. Tu te souviens du magistrat ? »

Je souris.

« Eh bien voilà, se réjouit Plios le magistrat. Tu es retombée sur tes pieds, au bout du compte. »

Ce n'est pas lui que j'attends.

« Pythias… » La prêtresse d'Artémis pose la main sur mon épaule. « Tu as trouvé ta voie. »

Ce n'est pas elle que j'attends.

Il arrive tard, après le discours de Glycéra, après le repas, après qu'Aphrodisia a chanté en mon honneur, qu'Obolée a dansé, et Méda jonglé avec deux poires et un lourd anneau d'oreille, récoltant des applaudissements enthousiastes. Je n'ai pas à me mettre en scène, au-delà de quelques mots de remerciement adressés à l'assistance. Glycéra, ultime pirouette dans son discours, s'est mise à louer ma vivacité d'esprit. Les adoucir par la pitié, puis aviver leur intérêt ; je saisis le procédé. Nous sommes allées nous installer sur des couches, dans la chambre grotte. Un esclave annonce son arrivée. Glycéra le conduit jusqu'à la couche la plus proche de la mienne, et tandis qu'elle entame une conversation générale sur l'économie – sujet préétabli qui m'offrira l'occasion de briller –, il se penche vers moi et déclare d'une voix calme :

« Tu es tellement en colère, on dirait que tu lances des étincelles.

— J'ai un message pour vous. De la part de Cléa, la sage-femme. Elle veut vous parler. »

Il écarte ces mots d'un revers de la main.

« Sans intérêt.

— Mmm. »

Il balaie du regard la pièce.

« Quelle horrible réception. Tu ne meurs pas d'ennui ?

— Je suis déjà morte. Tychon va bien ?

— Ils vont tous bien. N'aie crainte, petite Pythias. Tu sais que tu peux venir les voir quand tu le désires. »

Je ne réponds rien.

« Crois-tu vraiment que tout ceci est mieux que ce que je t'offre ? »

Il parle de la pièce, de la réception, des invités, de Glycéra, de ma robe et de tout le reste.

« Je t'emmènerais nager. Monter à cheval, nager et chasser. Je t'achèterais des livres. Quoi d'autre ?

— Une lance rien qu'à moi ?

— Des poignards, des lances, des arcs et des flèches, une catapulte… »

Je dois sourire car lui aussi.

« Tu sais quoi, poursuit-il. Je sais comment sortir d'ici. Ensemble, l'un derrière l'autre, sans un regard en arrière avant d'avoir atteint l'autre rive.

— Mais qui ouvrira la marche, et qui suivra ? »

Il se lève et s'en va. C'est donc ainsi que se passeraient les choses.

S'il avait regardé derrière lui, il m'aurait vue me diriger vers la couche du magistrat pour le mettre au défi – avec esprit – sur un problème de taxes.

Plios le magistrat n'est pas un mauvais homme. Il ne me dit pas que je lance des étincelles. Il vient chaque après-midi à l'heure où le soleil descend, entre son travail et sa maison. Il salue Aphrodisia d'un baiser quand il la croise ; je suis sa remplaçante. Il prend une boisson chaude dans l'une des grandes salles, évoquant sa journée avec Glycéra et moi. Il aime parler de ses procès en cours, et sollicite nos opinions. Je pose le genre de questions que papa aurait posées, sur le fonctionnement pratique, quotidien, des tribunaux. La théorie est une chose, répétait sans cesse papa, mais la pratique en est une autre. Si l'on ne connaît que la théorie, on ne connaît rien.

« Eh bien, aujourd'hui, par exemple… raconte Plios lors de sa troisième visite. Sur le papier, il s'agissait d'une affaire vite réglée. La femme était accusée d'avoir assassiné son mari en l'ensorcelant à l'aide d'un *iunx*. Les preuves étaient nombreuses. On avait retrouvé la tablette où était inscrite la malédiction, l'oiseau cloué sur la roue, les cendres, et ses servantes avaient avoué leur complicité.

— Avoué… » répète Glycéra, d'un ton ironique.

Plios s'étire puissamment, grognant de plaisir. « Glycéra et moi ne sommes pas d'accord là-dessus », me confie-t-il. Je suis assise près de lui sur la couche, il me tient par la main.

« Elle ne croit pas qu'on puisse obtenir des aveux dignes de foi sous la torture.

— Une extravagance de ma part, reconnaît Glycéra. Qu'en penses-tu, Pythias ?

— Je suis d'accord. »

Je retourne la main de Plios dans la mienne et masse la chair de sa paume avec mon pouce, comme Glycéra me l'a enseigné. Il laisse échapper un soupir bienheureux.

« J'ai vu des femmes en couches qui auraient dit n'importe quoi, n'importe quel mensonge, pour que la douleur cesse. Quelle raison avait-elle eue de souhaiter la mort de son mari ?

— Le frère du mari affirme qu'elle avait un amant. Elle voulait l'épouser. Il a avoué, lui aussi. »

Je passe à son autre main.

« Une affaire vite réglée, à la lecture du dossier. Mais lors du procès – eh bien… »

Glycéra fait un signe et un esclave s'avance, apportant du vin sur un plateau.

Elle verse une coupe à Plios, qui boit une gorgée et se fend d'une grimace. « Vous avez des souris ici », annonce-t-il à Glycéra.

Je prends la coupe et la renifle. Une odeur aigre, légèrement fécale. Je fais signe à l'esclave, qui approche à nouveau pour emporter le vin. Glycéra a l'air atterré.

« Oh, ce n'est pas grave. » Plios se lève, m'entraînant avec lui. « Je n'ai pas besoin de vin. De toute façon, ma chère Hélène m'attend pour le dîner. Elle m'a prévenu : encore une soirée au travail, et elle laissera les esclaves préparer mes repas. Je ne peux pas courir ce risque. Elle cuisine à merveille, mon Hélène. Des soupes claires délicieuses. Après toi, ma jolie. »

Je le conduis jusqu'à ma chambre brune. Il veut rester assis, me voir agenouillée entre ses cuisses, face à lui. J'ai encore des haut-le-cœur, mais il s'en fiche. J'ai appris qu'une petite douleur, un pincement ou une griffure juste avant l'apogée accélérait la fin.

« Racontez-moi ce qui s'est passé lors du procès. »

Nous nous essuyons, et nous rhabillons. Trois fois seulement, et nous avons déjà nos habitudes – je soulève mes cheveux pour qu'il puisse épingler les épaules de ma robe.

« Eh bien, elle était noir et bleu. Elle ne voyait plus rien d'un œil, tant il était gonflé, et elle ne pouvait pas parler à cause de sa mâchoire.

— Les frères ? » Je défroisse ses habits, ses cheveux, je ratisse des doigts sa barbe pour la lisser.

Il secoue la tête.

« Tout le monde était d'accord pour dire qu'ils ne l'avaient pas vue depuis la mort du mari. Elle avait été arrêtée presque aussitôt. C'était le seul point sur lequel tout le monde s'accordait.

— Alors je ne comprends pas. »

Il me fixe de ses yeux clairs, bienveillants.

« C'était forcément le mari.

— Celui qu'elle a tué ? »

Il acquiesce d'un hochement de tête.

« Cela a-t-il influencé votre décision ? »

Son regard s'attarde sur moi, sans qu'il réponde.

Je le raccompagne à l'entrée.

« Je ne pourrai pas venir demain, annonce-t-il. Mais le jour d'après, je resterai plus longtemps. Beaucoup plus longtemps.

— Très bien », dis-je.

La pluie se met à tomber. De grosses gouttes, réprobatrices.

« Par tous les dieux, s'exclame Plios en éclatant de rire. Quelle averse… Ces gouttes font presque mal, pas vrai ? Eh bien, rentre. Ça ne sert à rien de nous mouiller tous les deux. À bientôt. »

Je l'embrasse sur la joue, comme Glycéra dit que je dois le faire, et je rentre, non sans que les gouttes de pluie aient piqué la peau de mes bras, de mes épaules nues. Des heures plus tard, elle est constellée de minuscules boursouflures rouges, comme brûlée par des éclats d'huile.

Le lendemain, j'emporte les pièces que Glycéra m'a données au temple, et les remets à la grande prêtresse. Bien que j'aille voilée, accompagnée de l'esclave colossal de la maison de Glycéra, je sens les regards des gens de la ville.

Le jour suivant est si orageux que le soleil se lève à peine. Le ciel reste noir toute la journée, et dans les chambres, on dirait qu'il fait nuit. Plios s'attarde pendant deux lampes, un repas, et une autre lampe. La dernière fois, je suis allongée sur le dos quand quelque chose me pousse à ouvrir les yeux. Derrière l'oreille de Plios, je distingue un mouvement dans l'ombre, là où le mur rejoint le plafond. Je vois alors la couleur s'enrouler sur elle-même et tomber en une seule longue pelure jusqu'au plancher. Puis le mur suivant, et celui d'après.

Quand il s'en aperçoit, Plios est ravi. « On a baisé à décrocher la peinture ! »

Après son départ, je me recoiffe et défais les draps du lit. Les lambeaux de peinture s'effritent sous mon doigt. Je vais chercher le balai et la pelle, et découvre qu'Obolée m'a devancée, s'efforçant de nettoyer la grande salle à manger. Toutes les pièces de la maison sont touchées. Glycéra et Aphrodisia, agenouillées, tentent de ramasser la poussière au creux de leurs mains.

« Est-ce l'humidité ? » Méda apparaît dans l'encadrement de la porte, enveloppée dans un drap. Leurs regards convergent vers moi.

« Je ne suis pas sûre », dis-je. Je pense à papa, à Cléa, à Euphranor, et j'ajoute – sincèrement : « J'en doute. »

L'un des clients de Méda, un importateur nommé Karpos, loue nos services pour orner sa maison un soir, à l'occasion d'un symposium. Il a invité des notables de Chalcis. Glycéra m'a enseigné qu'il existe plusieurs types de relations érotiques entre un homme et une femme, et mes sœurs et moi traversons la pièce en conséquence : foulant légèrement des pieds inattentifs ; feignant de trébucher pour nous rattraper à des coudes ; soutenant les regards un peu trop longtemps ; prenant une coupe des mains d'un homme et buvant là où il buvait ; nous léchant parfois les lèvres, pour offrir un aperçu du bout de nos langues.

Je me glisse dans la cour. Karpos l'importateur a fait fortune dans le vin, et les murs de pierre sont ornés de motifs peints et sculptés célébrant le nectar. Je gratte du bout de l'ongle une grappe de raisins noirs peinte sur une colonne.

« Ah, te voilà.

— Me voilà.

— Tu te caches ? »

Je hausse les épaules.

« Eh bien *moi*, je me cache.

— Je m'en fiche.

— Bien sûr que non, réplique Euphranor. Ne veux-tu pas savoir de qui je me cache ? »

Je hausse les épaules.

« De tout le monde, dit-il. Tout le monde sauf toi. »

Je hausse les épaules.

« Tu veux voir un tour de magie ? »

Non.

« Non… soupire-t-il. Je vais te le montrer quand même. »

Il pose le doigt sur la colonne peinte, à l'endroit où mon ongle a laissé des traînées blanches. Les traînées blanches s'effacent.

« Très impressionnant, dis-je. Vous êtes aussi capable de repeindre les murs que de faire tomber la peinture.

— Tu as remarqué… »

Je fais volte-face, pour regagner la maison.

« J'ai été très bon avec toi, dit-il. Très généreux, très patient. »

Voilà qu'il advient, le changement. Les raisins jaillissent de la colonne et deviennent réels, suspendus au marbre, ronds et mûrs; l'air devient soudain chaud et doux comme une drogue; le dieu derrière moi vacille et prend forme, comme une flamme léchant un papier. Un esclave traversant la cour aperçoit la scène, hésite, puis s'enfuit en courant dans la maison. Comme si un homme pouvait échapper à cela en courant.

« Je tuerai Simon, déclare le dieu. Je tuerai Thalée, Ambracis, Philo et Olympios. Je jetterai le bébé dans le puits. Je trancherai la gorge de Tychon sous tes yeux, Pythias, je te le jure. Et je te forcerai à regarder. »

Je lui réponds que Tychon a assez souffert.

« Il cessera de souffrir quand tu l'auras décidé, réplique le dieu. Ça ne dépend que de toi. »

Je retourne à l'intérieur et j'annonce à Glycéra qu'un client m'attend. Je ne cours pas; je marche.

La maison est entièrement recouverte de vigne. Il est encore tôt, et un dîner nous attend. Ambracis nous sert, regard baissé, et Euphranor trouve des prétextes pour convoquer chacun des serviteurs, l'un après l'autre, afin que je puisse constater qu'ils vont bien, et qu'ils sont dociles et obéissants. La maison est propre, bien rangée; le désordre a totalement disparu.

Je lui annonce que je ne ferai pas ça dans la chambre de mon père, et il dit qu'il comprend.

Je reçois le dieu dans mon ancienne chambre. Je lui dis quoi faire et il le fait. Je lui dis ce que je veux.

Ce n'est pas une affaire de fusion débridée ni de joies explosives.

« Je t'aime », déclare-t-il. Chaud, nu, le souffle court. « Je t'aime depuis si longtemps. »

Je lui dis qu'il n'a pas le droit de parler.

Le lendemain matin, je suis réveillée par des cris. Je suis seule dans le lit.

Tychon bloque le portail pour empêcher quelqu'un d'entrer.

Je rajuste ma fourrure autour de mon corps dénudé et m'aventure dehors, pieds nus.

Un soldat. Sale, exténué, le poignard tiré. Ses yeux sont creusés d'une manière qui m'est familière. Sa voix est grave et rocailleuse, comme frottée au papier de verre.

« Alors réveille-la, gronde-t-il. J'attendrai. »

J'approche, il m'aperçoit par-dessus l'épaule de Tychon. « Pytho ? »

Je pose ma main sur l'épaule de Tychon. *Tout va bien.*

« Cousin », dis-je.

Son sourire, si doux qu'il fait mal.

III

Monté sur un cheval, Nicanor en tient un autre par la longe. Il me sourit, rengaine son poignard et met pied à terre quand je lui ouvre le portail pour le laisser entrer.

« Je suis d'abord allé à Athènes, dit-il, en balayant la cour du regard. Tu n'étais pas là-bas, mais j'ai vu ton frère. Et ce grand type…

— Théophraste.

— Il m'a donné tout cet argent. »

Nicanor ouvre l'une des sacoches de son cheval de bât, dévoilant une petite fortune en pièces d'or.

« Ça vient de l'école de ton père. Il m'a dit que cet argent m'appartenait de droit. Puis je suis monté à la garnison, ici, et j'ai parlé à Thaulos. Il m'a dit que tu m'attendais.

— Ah. »

Nous baissons les yeux sur la fourrure dont je me suis enveloppée.

« J'aimerais me laver, déclare-t-il. Et manger quelque chose. »

J'appelle Tychon.

« Maîtresse…

— Prends soin de notre cousin. Donne-lui tout ce qu'il demandera.

— Tu voudras bien ranger ce chargement dans la réserve ? me demande Nicanor, désignant les sacoches. Quand tu auras enfilé des habits. Toi, Tychon. Passe devant.

— Maître », grommelle Tychon.

Fidèle à lui-même, il a gardé son énorme corps à demi interposé entre nous tout au long de cet échange.

« C'est bon, mon grand, je ne vais pas la manger, ajoute Nicanor. Conduis-moi à la cuisine pendant qu'elle se prépare. J'ai envie d'œufs.

— Par ici, maître. »

J'enferme les sacoches et retourne à ma chambre, où j'enfile la robe marron de la veille. Je trouve Nicanor en cuisine, déjeunant de morceaux de pain trempés dans un plein bol d'œufs crus. Il mange debout.

« Tu en veux ? »

Je fais non de la tête.

« Thaulos m'a dit que je devais de l'argent à un certain Euphranor, reprend Nicanor, sans me regarder. Est-ce exact ? »

J'acquiesce sans mot dire.

« Ta famille le sait ? Herpyllis, ou ton frère ? »

Je secoue la tête.

« Je suis en campagne depuis douze ans, poursuit-il. J'ai besoin de repos. Ton serviteur m'a expliqué la situation. Ce n'est pas grave, Pythias. Je n'en parlerai pas à ta famille. Les gens de la ville jaseront, j'imagine, mais c'est sans importance. Cela m'est égal. Reste à la maison dorénavant, comme il convient, et tu ne seras même pas obligée de les voir. Je ne te punirai pas. »

Il cesse de manger pendant un moment, me dévisage pour s'assurer que je le crois.

« Oh… dis-je.

— Écris-leur, ajoute-t-il. À ton frère et aux autres. Un mariage modeste, n'est-ce pas ? Rien de sophistiqué. Dans combien de temps penses-tu qu'ils pourront être ici ? »

« C'est du vin ? interroge Nico. Non, pas pour moi. Je boirai de l'eau. Théophraste me l'a appris. L'eau pour la soif, le vin pour la saveur, c'est ce qu'il dit toujours. J'ai soif. Ce sont des coupes neuves ? Je ne reconnais pas ces coupes. Ça aussi, c'est neuf. » Sa grande cape. « Elle te plaît ? Théophraste l'a tissée pour moi. C'est de la très bonne laine, très chaude. Elle est presque trop chaude pour la saison. Lui aussi il va se marier, tu le savais ? Tu viendras à Athènes pour les noces ? Je suis le meilleur de ma classe d'astronomie et de mathématiques, et j'apprends aussi à jouer de la *kithara*. Théophraste dit que je suis très doué, surtout en considérant que j'ai commencé si tard. Je l'ai apportée avec moi, je te la montrerai si tu veux. C'est un très bel instrument. Théophraste dit qu'on devient meilleur musicien en jouant du meilleur instrument. Elle a coûté très cher, en fait. J'ai ma propre chambre, plus grande que celle d'ici. Tu verras quand tu me rendras visite. Tu peux venir me voir maintenant, pas vrai ? Maintenant que c'est le printemps et que l'armée est rentrée au pays ? Théophraste dit que nous autres Macédoniens ne courons plus aucun danger, désormais. Il dit que papa était trop prudent, mais qu'il vaut mieux prévenir que guérir. Il dit… »

Mon petit frère s'interrompt soudain à mi-pensée pour se jeter sur les genoux d'Herpyllis et enfouir le visage dans sa robe. Elle rit et passe les doigts dans ses cheveux, lentement, longuement, jusqu'à ce qu'il s'apaise.

Nous sommes assis dans la cour en début de soirée, profitant d'un des premiers jours vraiment chauds du printemps : verdure renaissante et oiseaux revenus, tissus épais et chaussures d'hiver abandonnés au profit du lin et des sandales. Nico, Herpyllis, Pyrrhaïos, Nicanor et moi. Théophraste est dans le bureau de papa, au travail. Je crois qu'il aimerait s'asseoir parmi nous, mais qu'il craint de s'immiscer dans cette réunion de famille. À moins qu'il ne se sente obligé de maintenir en vie le spectre de papa. Pyrrhaïos fait partie de la famille, désormais ; Herpyllis et lui se sont mariés à Stagire. Il sourit souvent, la touche avec délicatesse. Et Nico – je sens qu'il a envie d'aimer Pyrrhaïos comme un père. Nicanor est assis à côté de Pyrrhaïos, écoutant la tête penchée de côté pour tendre sa bonne oreille, répondant patiemment aux questions de Pyrrhaïos. Quand personne ne lui parle, il se réfugie en lui-même, sirotant sa coupe. Lui aussi, il a soif.

Je passe beaucoup de temps à l'observer. Je suis attentive à lui – son corps, ses humeurs, ce qui attire son attention et ce qui l'éloigne. Je me surprends à désirer un regard privé par-dessus la table, un contact fortuit de nos mains, n'importe quel signe de reconnaissance. Mais il est distant. Son regard ne change pas quand il se pose sur moi. Il est las, passe l'essentiel de son temps seul dans la chambre qu'il s'est choisie. Il ne supporte pas les bruits violents. Je l'ai vu grimacer devant les éclats joyeux de Nico, moins par dédain que par douleur physique. Il a un bourdonnement dans sa bonne oreille, m'a-t-il confié, et des migraines. Quand nous serons mariés, je verrai s'il me laisse lui poser des cataplasmes d'herbes sur les tempes, comme je le faisais pour papa. Il m'a déjà annoncé qu'il garderait sa propre chambre.

Herpyllis s'est inquiétée de Myrmex dès son arrivée à Chalcis. Je lui ai dit la vérité : qu'il nous avait volés, qu'il était parti et ne reviendrait pas.

« Je ne peux pas dire que ça m'étonne », a répliqué Herpyllis. Pourtant, ses yeux étaient voilés de larmes.

« Qui est-ce, Myrmex? m'a interrogée Nicanor.

— Un parent pauvre. Papa l'a accueilli chez nous il y a des années de cela. Il était comme un frère pour moi.

— Qu'a-t-il volé?

— De l'argent. »

J'ai serré de nouveau Herpyllis dans mes bras. Elle n'arrêtait plus de me baiser le visage.

« C'était une petite merde.

— *Pytho*… »

Herpyllis a pris un air mortifié, puis elle a éclaté de rire.

« Surveille ton langage!

— C'est l'impression qu'il me fait, est intervenu Nicanor. Bon débarras, alors. Vous m'excuserez… »

Puis il a disparu dans sa chambre tout l'après-midi, nous laissant, Herpyllis et moi, superviser le déballage de Pyrrhaïos et, plus généralement, l'accabler d'instructions. Nous avons tellement ri tous les trois que Pyrrhaïos a fini par lancer un regard à Herpyllis en grognant : « Je m'en fiche » ; il m'a serrée dans ses bras et je l'ai laissé faire.

« Tu nous as manqué. » Il a passé le bras autour des épaules d'Herpyllis, et ils m'ont contemplée tendrement, tous les deux. « Nous étions si inquiets pour toi. »

La magie de l'amour avait agi en lui, une véritable métamorphose : il m'aimait bien, à présent. Herpyllis était plus détendue qu'elle ne l'avait été au cours des derniers mois précédant la mort de papa, et sa beauté lui était revenue, au fond des yeux, surtout. Ils étaient heureux ensemble.

À présent, dans la cour, Pyrrhaïos se penche pour arracher Nico aux genoux de sa mère. « Je suis encore capable de te clouer au sol », déclare-t-il, et il s'écarte de la table en traînant Nico derrière lui et, pour démontrer son propos, le défie à la lutte. Les hurlements bienheureux de Nico font tressaillir Nicanor mais, contrairement à ses habitudes, il ne quitte pas la table. Il fait des efforts, ce soir. Le mariage aura lieu demain.

Théophraste apparaît dans l'encadrement d'une porte, attiré par le vacarme, et observe les lutteurs avec son sourire un peu sec. Pas plus lui que Nicanor n'a les bras de Pyrrhaïos, épais comme des troncs. Pyrrhaïos offre à Nico l'exaltation du corps ; Théophraste, celle de l'esprit. Nicanor lui offrira-t-il quelque chose, et quoi ? Jusqu'ici, ils ont à peine échangé quelques mots.

Les festivités du lendemain débutent au crépuscule. Un prêtre se présente chez nous, pour présider la cérémonie rituelle. Nicanor et moi échangeons nos présents. Il m'offre une pièce de soie rose et un collier de tourmalines assorties, dont je parierais n'importe quoi qu'Herpyllis les a choisis pour lui. Je lui offre une branche de prunier, couverte de bourgeons blancs comme neige. Je voulais lui offrir des prunes, en hommage au premier souvenir que j'ai de lui, mais évidemment, nous ne sommes qu'au printemps. Il prend la branche sans aucune curiosité, attendant qu'on lui dise ce qu'il faut faire ensuite.

Le dîner de noces est présidé par Herpyllis et Pyrrhaïos. Herpyllis commente chacun des plats qui se succèdent. *Haricots à la menthe, on les prépare en ragoût avec un jarret de porc, du pain au miel, et une pièce d'agneau frottée avec des épices, il faut d'abord les broyer et mettre beaucoup de sel, et un gâteau de coings bien sûr, des coings avec leurs graines !* Des graines dans le gâteau, qui augurent de la nuit de noces ; je rougis, et tout le monde sourit.

Nicanor est assis loin de moi et sirote sa coupe, il écoute la tête inclinée sur l'épaule, souriant de son sourire poli, regard éteint. Finalement vient l'heure de la procession de retour vers la maison. Normalement, nous marcherions de la maison de mon père à celle de mon époux ; mais ici, bien sûr, il n'y a pas de distinction. Le matin même, j'ai demandé à Nicanor s'il voulait rester à Chalcis, retourner à Athènes, ou même partir ailleurs. Il m'a regardée, et il a répondu : « Ça m'est complètement égal. »

Nicanor me prend par la main, et nous menons ensemble l'assemblée du mariage, à la lueur des torches, pour une courte marche jusqu'au bout de la rue et retour. Depuis qu'elle est arrivée, il y a quelques jours, Herpyllis a repris en main les serviteurs et leur a tant fait récurer la maison qu'elle luit à présent d'un éclat lunaire. Même les murs extérieurs sont propres, étincelants. Revenu sur le seuil, Nicanor se retourne pour remercier les convives. Puis il m'emmène à l'intérieur.

On nous a préparé l'ancienne chambre de papa, qui sera désormais la nôtre.

Nous restons figés sur le seuil. De nombreuses lampes sont allumées, et des pétales de fleurs brûlent dans un brasero, parfumant la pièce. Le lit est garni de soie et de fourrure, et il y a du vin sur la table. Nicanor avance le premier, il se dirige vers le vin. Je m'occupe du brasero aux pétales, sur lesquels je souffle pour qu'ils s'éteignent.

Nicanor se tourne vers moi. « Merci. Le parfum me fait éternuer. » Il ôte ses habits, se met au lit avec sa coupe.

« Ce vin est correct.

— C'est un cadeau de mariage. D'Euphranor, je crois. »

Notre première conversation de jeunes mariés.

Après un long silence, il relève les yeux sur moi.

« Tu peux lire, si tu veux. La lumière ne me dérangera pas. Tu aimes lire ? »

Je murmure : « Il n'y a pas de livres, ici. »

Il ferme les yeux.

J'emporte une lampe de l'autre côté de la cour, dans l'ancien bureau de mon père. La maison ne dort pas encore. Sans aucun doute, ils m'auront vue ; ils penseront peut-être qu'il m'a demandé de lui faire la lecture.

Quand je reviens, mon Sappho sous le bras, il s'est endormi.

Après la première nuit, il me laisse la grande chambre et retourne s'installer dans la petite pièce aveugle qu'il s'est appropriée dès son arrivée. Rien de furtif, nuls faux-semblants ; il se moque que les autres sachent. Herpyllis me prend à part et me demande s'il est blessé à cet endroit.

« Je ne sais pas », dis-je. Ça ne m'a pas traversé l'esprit.

« Mais la première nuit… »

Je secoue la tête.

« Mais alors, vous n'êtes pas mariés.

— J'imagine que non.

— Pytho. »

Elle me saisit par les épaules, pour que je la regarde.

« Tu veux que je lui demande ?

— Non !

— Alors il faut que tu en aies le cœur net. C'est un motif de… »

Je tends la main devant moi, *assez*.

« Nous voyons tous combien il souffre, reprend-elle. Nous éprouvons tous de la compassion pour lui. Mais nous devons aussi penser à ton avenir à *toi*.

— J'ai dit que je m'en chargerais.

— Très bien, très bien, je n'en parlerai plus. »

Mais une autre idée lui vient.

« C'est *vraiment* lui, pas toi ? Je sais que la première fois est parfois… surtout quand on est timide, ou… »

Je ferme les yeux et enfonce mes doigts dans mes oreilles.

« Oublie ma question », se repent Herpyllis.

Nico débarque en bondissant dans la cuisine, où se tient notre petite conversation, à la recherche d'un énième en-cas – ça n'arrête jamais. Herpyllis lui frotte les cheveux, m'embrasse, et nous laisse seuls.

« Tu as tellement grandi, dis-je.

— Ta voix est encore plus grave. »

Il s'assoit à la table et me laisse le servir, du pain et des abricots secs. Je m'assois en face de lui.

« Tu m'as manqué, dis-je.

— Toi aussi. »

Il mange un abricot.

« Nicanor m'a dit que le testament de papa le rendait responsable de moi, et que je pourrais quitter

Théophraste et revenir vivre avec vous dès que je le voudrais.

— C'est ce que tu désires ? »

Il me regarde posément, de ses bons yeux clairs. « Pas vraiment, avoue-t-il. Mais je le ferai si tu as besoin de moi. »

Je me jette sur lui par-dessus la table, le plaque au sol et le chatouille jusqu'à ce que nous soyons tous deux à bout de souffle. « Qui a besoin de toi ? dis-je, encore et encore, faisant jouer mes doigts au creux de ses aisselles. Qui a besoin de toi ? »

Cette nuit-là, j'entre dans la chambre de Nicanor. J'avais pensé le suivre, tout naturellement, quand il est allé se coucher. Tôt, comme toujours ; bien avant le reste de la maisonnée. Mais le courage m'a fait défaut, et je suis restée jouer aux dominos avec Herpyllis, Pyrrhaïos et Nico, pendant que Théophraste lisait dans son coin. Nous avons évoqué leurs voyages de retour respectifs, le surlendemain, et le mariage prochain de Théophraste, au cours de l'été, qui nous réunirait de nouveau.

« Et nous reviendrons ici, dès que… le jour où tu… dès que tu auras besoin de nous, bafouille Herpyllis.

— Elle veut dire, quand tu tomberas enceinte », intervient Nico.

Papa nous a appris à tous les deux à nous exprimer sans détour.

« Ça sera un plaisir », dis-je à Herpyllis. Et à Nico : « Toi, tu ne seras pas invité.

— Dégoûtant. »

Nico considère ses dominos, théâtralement.

« Ne me dis rien. Crois-moi, je ne voudrais pas le savoir.

— À vrai dire, c'est un phénomène biologique absolument fascinant. »

Théophraste lève les yeux de son livre.

« Quand nous serons rentrés à Athènes, nous disséquerons ensemble une brebis enceinte. C'est assez similaire.

— On va s'amuser ! s'exclame Nico.

— S'amuser, oui. »

Herpyllis lui donne une tape sur le crâne à travers la table.

« Vous êtes dégoûtants, tous les deux. Théophraste, vous êtes aussi terrible que l'était leur père. Des animaux morts partout dans la maison, et toujours une carcasse en train de bouillir dans ma cuisine afin qu'il puisse conserver le squelette. Pytho, tu as l'air fatiguée. »

Le signal. « Oui, je le suis. Je crois que je vais vous laisser. »

J'entame la tournée des baisers sur la joue, et aucun d'eux ne me regarde dans les yeux. Je me demande à qui Herpyllis n'a *pas* tout raconté.

« Je me disais qu'on pourrait aller à la ferme demain, dis-je. Faire un pique-nique. »

Tout le monde trouve l'idée excellente.

Je fais ma toilette dans la grande chambre, et passe ma robe de nuit. Le temps que j'en aie terminé, la cour est déserte. L'œuvre d'Herpyllis, à n'en pas douter. Je la traverse, jusqu'à la chambre de Nicanor.

« Oui », gronde-t-il.

Je pousse la porte. La chambre est plongée dans l'obscurité, mais il ne dort pas ; je sens sa vigilance inquiète, même allongé sur le dos dans ce lit étroit.

« Nous pensions aller visiter la ferme demain, et pique-niquer là-bas. Nous… j'aimerais que tu viennes. »

Il expire lentement.

« Puis-je entrer ? » Comme il ne répond pas, je referme la porte derrière moi et pose ma lampe sur la table.

« Je peux m'asseoir ?

— Pythias… »

Je m'assois au bord de son lit.

« Pytho.

— Herpyllis pense que je dois te demander si tu es blessé.

— Ah. »

Nous restons assis, respirant ce silence d'une honnêteté absolue.

« Non », finit-il par répondre.

Ma main effleure le lacet, sur mon épaule.

« Non. » Il retire ma main, brusquement, et la serre dans les siennes. « Je ne veux pas que tu fasses ça. »

Je pense : il le ferait si ça ne comptait pas pour lui. Je pense : par conséquent, ça compte pour lui.

Il est encore enveloppé dans un buisson de pimprenelle, à moins que ce ne soit moi. On nous a enveloppés de rameaux épineux, lui et moi, jusqu'à ce que nous arrivions en lieu sûr.

Je regagne ma chambre.

Le lendemain matin, je le retrouve au petit déjeuner, et il surveille le chargement de notre caravane. Il est rapide et silencieux au travail, et quand il en a terminé, Pyrrhaïos et lui vont chercher les chevaux.

« Tu monteras à cheval ? me demande Nicanor par-dessus son épaule.

— Oui. »

Finalement, nous montons tous, même Herpyllis, les bras autour de la taille de Pyrrhaïos. Nicanor cale le pique-nique dans des sacoches, pour que nous n'ayons pas à prendre de charrette.

« À la militaire », remarque Théophraste.

Si c'est une critique, ou du dédain, mon petit frère ne s'en rend pas compte. Il semble épris de son grand cousin, mon mari, et lui tourne autour sur son poney, l'assaillant de questions sur la vie et le style militaires. Pour l'instant, du moins, Nicanor le tolère.

Quant à moi, il m'est arrivé quelque chose la nuit dernière, quand il m'a repoussée. Maintenant, dès qu'il revient parmi nous après s'être absenté très loin à l'intérieur de lui-même – un ou deux mots de sa voix grave ; son sourire fugace, fragile, doux –, je retiens mon souffle. Quand ses yeux passent sur moi, je les sens. C'est sans doute seulement parce qu'il est indifférent à moi, je le sais, mais il y a quelque chose, dans cette indifférence, que je peux sentir dans la paume de mes mains. Ma vanité est écorchée ; je suis humiliée, mise au défi. Je ne sais plus comment faire. Par où entre-t-on ?

Démétrios est dans la cour devant la ferme d'Euphranor avec deux esclaves, s'affairant autour d'une charrette chargée de sacs de semences. Les esclaves les ouvrent et en détaillent à haute voix le contenu, que Démétrios coche sur sa tablette. Une nouvelle livraison ; le printemps est arrivé. Démétrios détache les yeux de sa tablette en nous entendant approcher, il nous salue de la main et reprend son travail.

« Qu'est-ce qu'ils plantent ? »

Pendant quelques instants, Nicanor chevauche à mes côtés.

« Du blé, de l'orge. Quelques légumes – oignons, haricots. Mais pour l'essentiel, des céréales destinées à Athènes. C'est là-bas qu'est l'argent. Les arbres d'ici, ce sont des chênes et des châtaigniers. Quelques arbres fruitiers.

— Des vignes ?

— Pas sur notre domaine. »

Je pointe du menton les lieux – nous y sommes.

« La ferme est délabrée. » *Un peu délabrée*, allais-je dire, mais ça ne serait pas la vérité. « Je n'ai pas pu… »

Il grogne, part devant, met pied à terre. Inspecte les lieux du regard. Avale une grande bouffée d'air. Lève les yeux vers le ciel à travers les ramures des arbres, puis les baisse vers la poussière. Frappe du pied dedans ; s'accroupit pour en tamiser une poignée entre ses doigts. Pose sa main en visière pour observer les champs abandonnés, face au soleil. Il est tout entier ici.

Je descends de cheval tandis que Pyrrhaïos aide Herpyllis. J'aurais dû attendre mon époux, j'imagine, ou Théophraste, qui empoigne mes rênes avec un regard désapprobateur. Les dames ne savent pas s'y prendre avec les chevaux, sans doute, ni même en descendre.

« Merci », lui dis-je.

Surpris, il s'adoucit.

« Tu montes bien.

— Mon père l'autorisait. »

Je lis sur son visage un ajustement infime : sa future épouse aura l'autorisation de monter, elle aussi. Un cadeau de mariage lancé à l'aveugle à une femme anonyme ; à l'avenir, aussi, si Théophraste décide d'écrire là-dessus et influence d'autres hommes. Peut-être l'apprentissage de l'équitation fera-t-il un jour partie de l'éducation des femmes, et tout cela à cause de mon petit mensonge, quatre mots à peine. Amusant !

« Pythias. »

Je trébuche en m'empressant de répondre à l'appel de Nicanor. Je vois Herpyllis échanger un regard attendri avec Pyrrhaïos. Ils doivent penser que ça a eu lieu la nuit dernière.

« Tu me fais visiter le domaine ? »

Je charge Herpyllis de préparer le pique-nique, ici, dans la cour. Il fait encore frais, même en plein soleil ; trop frais, et l'herbe est trop emperlée de rosée pour aller à l'étang.

« Prends ton temps, dit-elle. Une couverture ? » Je l'assassine du regard, mais elle n'est aucunement embarrassée. « Il faut bien le faire, tôt ou tard. »

Elle a raison, bien sûr, ça et les sacrifices avant les premières récoltes, mais par chance, Nicanor s'est déjà mis en marche et n'a rien entendu.

« La prochaine fois, dis-je. Je crois que pour l'instant, il veut simplement que je lui montre le domaine. »

Tandis que nous marchons, je dresse un croquis de l'agencement de la ferme : champs, verger, rivière, étang, bois. Je ramasse des spécimens au passage : coquilles d'escargots, fleurs pour l'herbier, un mille-pattes rayé, noir et jaune, que je prends dans ma main. Il se tortille. Je le laisse grimper péniblement de doigt en doigt tout en poursuivant mon chemin.

« Des insectes, hein ? commente Nicanor.

— C'est pour Nico. Moi, je préfère les oiseaux. Les poissons, aussi, mais surtout les oiseaux. J'ai dû laisser ma collection à Athènes.

— Qui s'en occupe ? »

Je ne comprends pas, puis je comprends. Nicanor les croit vivants.

« Des squelettes, dis-je. Je collectionne les squelettes.

— Nous avons du retard, si nos voisins disposent déjà de leurs semences. »

Son esprit est passé à autre chose.

« J'aimerais passer du temps ici. Peut-être même rendre la maison habitable. Pour moi, du moins. Le puits est encore bon ?

— Oui.

— J'aimerais voir la rivière. »

Nous coupons à travers les chaumes, jusqu'à ce que le gazouillis se fasse plus distinct. « Excellent, se réjouit-il. Pas de récoltes sans irrigation. » Il se redresse, mains sur les hanches et, une nouvelle fois, il embrasse les lieux du regard.

Je l'interroge : « Tu n'as jamais travaillé la terre, n'est-ce pas ? »

Il me récompense d'un de ses rares sourires.

« Jamais.

— Pourquoi tant d'enthousiasme, alors ? »

Il contemple ses pieds.

« C'est calme ici, répond-il au bout d'un moment. Je peux penser clairement. »

Traversant les bois pour rejoindre le pique-nique, nous apercevons un nid d'oiseau gisant, brisé, dans les herbes hautes. Taquinant toujours le mille-pattes pour le pousser de doigt en doigt, je m'approche pour jeter un coup d'œil. Il y a encore des œufs dedans, dont un éventré, et à côté un roitelet tout juste éclos, sans plumes, le crâne disproportionné et les yeux globuleux.

Nicanor s'approche à son tour.

« Tombé de l'arbre. »

Je secoue la tête. « Des étourneaux, sans doute. Ce sont de vrais pillards. Tiens, regarde… » Gauchement, je transfère le mille-pattes de mes doigts aux siens, afin de pouvoir ramasser l'oisillon mort. Sa tête bascule en arrière, il ne remplit même pas ma paume.

« Qu'est-ce que tu vas en faire ? »

Dans la cour de la ferme, Herpyllis a disposé le pique-nique sur des couvertures. Nico est captivé par le mille-pattes, et tout le monde s'attroupe autour de moi pour admirer ma prise.

« Vous me dégoûtez, c'est sale ! s'emporte Herpyllis. Et moi qui ai apporté du poulet froid pour le déjeuner… »

À la fin du repas, Pyrrhaïos, Théophraste et Nicanor partent chercher les deux cerveaux de Démétrios. Ils reviennent pleins de bonne volonté, entreprennent aussitôt de dresser des listes. Herpyllis annonce qu'elle a besoin d'une sieste, si bien que je propose d'emmener Nico voir le nid.

« J'ai peut-être fait quelque chose de mal, s'inquiète Nico, tandis que nous marchons. J'ai demandé à Nicanor de me raconter le siège de Tyr. C'est Théophraste qui m'a dit de le faire.

— Pourquoi ce serait mal ?

— Je ne sais pas… »

Nico s'accroupit près du nid et manipule les éclats de coquille.

Au bout d'un moment, il poursuit :

« Il m'a répondu de me mêler de mes affaires. »

Ensemble, nous ôtons les débris du nid. Délicatement, Nico soulève le nid de l'herbe. Il ne se brise pas.

« Le sang m'est monté à la tête. Il n'avait aucune raison d'être grossier avec moi. Alors je l'ai embêté un peu… Enfin, j'ai continué à lui poser des questions. En fait, c'était pour Théophraste.

— Théophraste aurait pu l'interroger lui-même. »

J'arrache une bande de tissu au bas de ma robe, pour envelopper le nid dedans, afin que Nico puisse le tenir suspendu par le nœud, seul espoir de le rapporter intact à la maison.

« Je crois que Théophraste a peur de lui. Tu sais qu'il bégaie, Théophraste, quand il est nerveux ? Parfois, il a peur de ne pas réussir à sortir les mots. Je sais que tu ne l'aimes pas trop, Pytho, mais parfois j'ai de la peine pour lui. Il est très nerveux, et il sait qu'il ne sera jamais aussi intelligent que papa. »

Mon frère n'est plus un enfant.

« Bref, tu as pressé Nicanor de répondre. Et ensuite ? »

Il secoue la tête en se souvenant. Au moment où je finis par penser qu'il ne répondra pas, il reprend : « Il m'a dit qu'il avait vu des hommes périr de morts que je ne pouvais même pas imaginer, et que si j'étais son fils, il m'estropierait pour que je n'aie jamais à partir à la guerre. Je lui ai dit que je n'étais pas un lâche, et il a ri. » Nico rougit de colère au souvenir de l'affront. « Il m'a dit que je ne savais pas ce que j'étais et qu'avec de la chance je ne le saurais jamais. Qu'est-ce que ça peut bien vouloir dire ?

— Je l'ignore.

— Herpyllis a peur qu'il ne soit pas gentil avec toi. »

Gentil avec moi. Est-ce donc cela, le sexe ?

« Elle a peur qu'il ne prenne pas soin de toi. Elle dit qu'il est comme était papa, toujours à se réfugier dans sa chambre. Mais papa, lui, travaillait, alors que Nicanor ne fait rien. Elle dit qu'il boit trop.

— Pyrrhaïos aussi.

— Oui, mais Pyrrhaïos il est heureux. »

À la maison, tard ce soir-là, Herpyllis me rejoint dans la cuisine.

« Je voulais juste te serrer dans mes bras », dit-elle en les passant autour de moi, par-derrière, tandis que je tourne ma cuillère dans la marmite, sur le feu. « L'été ne semble pas si loin, n'est-ce pas ? Et alors on se retrouvera. »

Sans cesser de remuer, j'acquiesce :

« Mm.

— Qu'est-ce que tu prépares ? Ça sent le… »

Elle se penche par-dessus mon épaule et me lâche brusquement. « Dégoûtant ! » crie-t-elle.

Une fois que la viande bouillie s'est décollée des os, je vide la marmite et pose les morceaux sur un chiffon, pour les laisser refroidir. Le squelette s'est complètement disloqué ; certains os ne sont guère plus grands que des rognures d'ongles. J'aurai un beau casse-tête à assembler demain matin.

Je rends visite à Nicanor dans sa chambre.

« Raconte-moi Tyr. »

Il secoue la tête sans ouvrir les yeux.

« Va te coucher, Pythias.

— Raconte-moi l'Inde. »

Il ouvre les yeux.

« Raconte-moi la Perse. Raconte-moi Babylone. Raconte-moi Kandahar. Parle-moi. »

D'un ton brusque, à présent : « Va te coucher. »

Je tire les épingles sur mes épaules, et ma robe tombe sur mes genoux.

« Non. » Il en frémit, roulant sa tête d'un côté puis de l'autre, pour ne pas voir.

« Non.

— Tu voudrais un garçon ?

— Non.

— Est-ce à cause de ce que j'ai fait en ton absence ? »

Il se redresse sur le lit et recouvre de sa paume l'un de mes maigres seins. Le téton se raidit. Voilà qu'il envisage de coucher avec moi. Converser, c'est pire encore ?

« Non. » Il retire sa main de ma poitrine et la pose sur mon menton, le soulève légèrement dans un écho du geste de la veuve, de telle sorte que je suis obligée de le regarder en face.

« Pas ce soir. Demain.

— Vraiment ? »

Il relève ma robe jusqu'à mes épaules.

Le lendemain très tôt, je pose les os sur un linge dans la cour, pour profiter de la bonne lumière du matin. Je commence par le plus facile : le crâne ; les vertèbres, qui sont minuscules mais aisément reconnaissables ; les humérus et les omoplates – épaules et bras chez l'homme, ailes des oiseaux. Papa me l'a enseigné.

Nico me rejoint dans la cour avec son pain au miel, pour observer et faire d'éventuelles suggestions. Puis Herpyllis, avec son thé. Elle profite de nous voir tous les deux ensemble, plutôt que de notre reconstruction. Pyrrhaïos vient nous annoncer qu'il a chargé la charrette, et que Pinçon attend Nico. Nous faisons nos adieux devant la maison. Pas de larmes cette fois, nous sommes une toile d'araignée collante à présent, reliée d'Athènes à Chalcis et Stagire, nul ne peut plus nous détacher les uns des autres. Nous nous retrouverons dans quelques semaines à peine, pour les noces de Théophraste, à Athènes.

Nicanor et Théophraste sortent au moment des derniers adieux ; ils sont en pleine conversation, et s'enlacent fugacement avant que Théophraste ne se tourne vers moi pour me remercier, avec une solennité un rien exagérée, de notre hospitalité.

Je demande à mon mari, sans le regarder : « Tu lui donnais des conseils sur la vie conjugale ? » Ma main est restée en suspens, tirant sur le fil qui relie ma paume à celle d'Herpyllis, alors qu'elle se retourne pour nous regarder au moment où sa charrette disparaît au coin de la rue. Nicanor renifle violemment et sa bouche se tord comme il se raccroche à un rire étonné. « Je suis drôle, sache-le… »

Je fais demi-tour pour regagner la cour et mon oisillon. Je crois d'abord qu'il ne m'a pas suivie, et me résigne à passer la matinée seule avec mon ouvrage. Mais alors il arrive avec un plateau, et je comprends qu'il a fait un détour par la cuisine pour apporter du pain et du thé.

« Je veux retourner à la ferme aujourd'hui, déclare-t-il. Dès que tu seras prête. »

Je ne réponds pas tout de suite. J'essaie de raccorder l'humérus et l'omoplate, ces minuscules flûtes d'ivoire. La plupart des autres os, encore plus petits, je n'arrive même pas à les identifier. J'ai rassemblé les gros sur un coin de mon linge : crâne, pubis, bréchet. On devine la forme du nouveau-né.

« Comment vas-tu t'y prendre pour faire tenir tout ça ? »

Je sens son souffle sur mon oreille, son odeur : cuir, sueur, le corps, et quelque chose de sucré.

« Mon père utilisait de la colle de poisson.

— Ah. »

Il contemple le squelette pendant un long moment encore puis part de nouveau. Quand il revient, ma cape de voyage est pliée sur son bras.

« J'ai à faire », dis-je.

Il s'assoit pour m'attendre.

Je travaille quelques minutes encore, puis me tourne vers le plateau de thé.

« Pourquoi crois-tu que personne n'a jamais vu de centaure ? interroge Nicanor.

— Les centaures vivent en Thrace.

— Je suis allé en Thrace », rétorque Nicanor.

Je bois une gorgée de thé.

« Ce que j'ai vu, par contre, poursuit Nicanor, ce sont des singes. En Inde. Tu sais ce qu'est un singe ?

— Non.

— Ils sont comme de petits hommes avec des poils sur tout le corps, de longues queues, des bras et des jambes aussi très longs. Ils jacassent sans arrêt, comme s'ils parlaient une véritable langue. »

Je veux prendre un morceau de pain, mais Nicanor pose sa main sur la mienne pour m'en empêcher.

« Écoute-moi, Pytho, dit-il. J'ai tué tant de gens que je ne peux plus les compter. J'ai essayé de le faire, mais je me suis perdu en route. Quand on brûle un village, c'est difficile de dénombrer les morts. Combien, précisément ? De combien étais-je responsable, moi, et combien allais-je devoir partager ? »

La figue, voilà ce qu'il sent.

« J'ai vu le roi. De nombreuses fois. J'ai toujours repensé à ton père. Il était si difficile de les imaginer ensemble dans la même pièce. Alexandre était si… »

J'attends.

« Il avait les yeux les plus étranges qui soient, reprend-il. Quand il ne combattait pas, il avait l'air perdu. N'est-ce pas insensé ? Et fatigué. Il était toujours épuisé. Il paraissait si vieux et las, brisé, alors que dans les histoires de ton père il était ce garçon si ardent…

— Papa lui a écrit des lettres. Il n'a jamais répondu, mais il a recueilli des spécimens et les lui a envoyés par messager spécial. »

Nicanor hausse les épaules.

« Je n'en savais rien.

— Il disait qu'il avait écrit au roi à ton sujet. Attirant son attention sur ta présence, et soulignant vos liens de parenté. Il suggérait au roi de… tirer parti de tes talents, de ton intelligence, d'une manière ou d'une autre. De devenir ton ami. »

Nicanor hausse les sourcils.

« Papa lui a appris à nager. »

Nicanor se gratte le front puis déclare : « Il ne savait pas nager. Nous l'avons vu essayer, en Inde. Il voulait traverser la rivière de Nysa à la nage, pour contourner l'ennemi et le prendre par surprise. Il est entré dans l'eau et s'est mis à mouliner des bras et des jambes, il ne laissait personne l'approcher. On aurait dit un chat dans un tonneau d'eau de pluie. Il a même essayé de traverser en flottant sur son bouclier. Comme il n'y arrivait pas, il nous a obligés à marcher jusqu'à un gué, pour franchir la rivière à pied. Par tous les dieux, c'était une longue journée.

— Et vous avez réussi à surprendre l'ennemi ? »

Il fait un geste las qui signifie oui. « Tu es prête ? »

Je le laisse m'aider à enfiler ma cape, mais j'enfourche mon cheval par mes propres moyens. Tychon nous suit sur un âne. Je m'en étonne :

« J'ignorais que nous possédions un âne.

— Je l'ai acheté hier.

— Il s'appelle comment ? »

Nicanor doit réfléchir quelques instants, puis il répond :

« Bougon.

— Pardon ?

— Bougon. »

Je me tourne vers lui.

« Moi aussi je suis drôle », conclut-il.

Nous tournons au coin de la rue où nous avons perdu de vue, tout à l'heure, Herpyllis et les autres. La ville se déploie sous nos yeux, sur les deux rives du chenal, et l'on aperçoit les terres agricoles verdoyantes au-delà. Le soleil arrache des étincelles aux eaux bleues de la mer. On distingue du mouvement dans les rues de la ville, tous ces gens minuscules qui font marcher les choses, et même le passeur avec sa barque et sa perche, minuscule, minuscule.

Je rectifie : « Grincheux », et il m'accorde que cela convient encore mieux.

Je l'interroge : « Mais alors, que crois-tu que papa lui ait *réellement* enseigné ? Qui lui soit resté, je veux dire. »

Il réfléchit un long moment, puis déclare qu'il est temps de se mettre en route.

À la ferme, il me demande de l'attendre à l'orée d'un champ boueux. S'y aventurant, une couverture à la main, il s'enfonce jusqu'aux chevilles. Tychon et moi le regardons disposer la couverture bien à plat au milieu du champ, puis il revient d'un pas lourd.

« Tychon gardera tes sandales », dit-il.

Il me prend par la main et me conduit jusqu'à la couverture à travers la boue visqueuse, tandis que Tychon nous attend, dos tourné, à l'entrée du champ, avec les chevaux, Grincheux, mes sandales et le pique-nique. Je m'allonge sur le dos. Mon époux s'abaisse sur moi, les yeux clos. C'est long, mais sa semence finit par venir. Il se laisse retomber de tout son poids sur moi, peinant à reprendre son souffle. Quand il se détache de moi, je tends la main entre mes cuisses et récupère sur mes doigts une partie de la semence. C'est comme une sorte de mucus. J'en jette la plus grande partie dans le champ, et Nicanor m'offre le bas de sa tunique pour essuyer le reste. Je pense aux femmes droguées par le dieu. Rien de tel, ici. Ici, c'est en plein soleil, dans le froid, la boue, et mon époux qui ne sourit pas. Cela s'est passé dehors, en plein jour, la douleur est forte et j'ai froid. Il me tapote l'épaule et s'éloigne.

Nous retrouvons Tychon, qui a préparé le pique-nique. Je prends mes sandales, une serviette, et leur annonce que je descends à la rivière pour me rincer. Quand je reviens, ils sont assis côte à côte, en train de manger, ils discutent. En me voyant, Tychon fait le geste de se lever, mais je lui dis de rester.

Nous déjeunons de pain et de fromage. Nicanor a improvisé une broche au-dessus d'un feu de camp afin d'y suspendre une gamelle pour faire chauffer de l'eau. Ils parlent récoltes.

« Mon père appartenait à un fermier, raconte Tychon. J'ai vécu avec lui jusqu'à ce que ma barbe pousse. Je peux vous dire ce que je sais. »

Le mot *apprendre* ne passe pas ses lèvres.

« Je t'en serais reconnaissant, déclare Nicanor.

— J'ignorais cela de toi, dis-je à Tychon.

— Maîtresse », répond-il, rentrant la tête dans ses épaules.

Il hésite, puis s'adresse à Nicanor :

« C'est un bon endroit, ici. »

Nicanor lève les yeux sur lui.

« Bon air, bonne eau, bon sol. »

Il soutient le regard de Nicanor, contrairement à son habitude.

« Calme.

— Oui, *calme*, approuve Nicanor.

— Un bon endroit où s'installer », ajoute Tychon.

Nicanor acquiesce en silence.

Tychon nous laisse seuls, en montrant ostensiblement qu'il part s'occuper de la ferme.

« Assez effronté, celui-là, remarque Nicanor.

— C'est papa qui l'a acheté quand sa barbe a poussé, dis-je. Pour les travaux de force. Je le connais depuis toute petite. Il est loyal, mais il trouve toujours le moyen de dire ce qu'il pense.

— Il veut que je cultive la terre, répond Nicanor.

— Visiblement. »

Nous rangeons les affaires, et Nicanor donne un coup de pied dans la poussière pour étouffer le feu.

« Eh bien… » J'agite mes doigts en direction des champs. « Rendez-vous dans un an ? »

J'obtiens un nouveau sourire. Il jette un bras autour de mes épaules et serre, brièvement. « Entendu », murmure-t-il à mes cheveux.

ஃ

Un branle-bas nous attend devant notre maison. Une énorme charrette a reculé dans l'entrée, et Olympios supervise le déchargement d'une grande statue de marbre. « L'autre est déjà à l'intérieur », annonce-t-il quand nous approchons. Ils alignent les deux sculptures, côte à côte, dans la cour. « Tu sais de quoi il s'agit ? » interroge Nicanor, tandis que le charretier attend, yeux plissés, son dû.

Aucune idée, et c'est Tychon qui répond. En l'entendant, ça me revient : papa a envoyé Simon à Athènes commander des statues dédiées à Zeus et à Athéna, pour célébrer le retour de Nicanor sain et sauf. Elles devaient être érigées à Stagire, mais le coût du transport étant ce qu'il est, papa n'a voulu payer que leur transfert jusqu'à Chalcis ; à charge pour nous de financer le reste du voyage. Ils nous contempleront dorénavant : Zeus, large torse et barbe fournie, avec son regard perçant ; Athéna au front clair, casque surmonté d'une crête. Ils resteront ici pendant des mois, effrayants d'abord puis familiers, simple mobilier finalement.

Nicanor paie le charretier et annonce qu'il se retire dans sa chambre. Il demande à Tychon de lui faire envoyer son plateau. Je sens encore sa palpitation fantomatique au creux de mon vagin, mais je réalise aussitôt qu'aucune étape décisive n'a été franchie entre nous, et qu'il n'y aura pas de câlins chaleureux cette nuit dans le lit conjugal. Nous avons fait de notre mieux pour que la saison agricole se déroule sous d'heureux auspices, et qui sait quel bouillon est en train de mijoter en moi, maintenant, mais mon époux a encore l'esprit en Égypte, en Perse, en Bactriane, à Kandahar, en Inde, à Babylone – où il incendie des villages, viole de jeunes paysannes, meurt de faim, marche de nuit, souffre éternellement de l'obsession d'un souverain en proie à d'éternelles souffrances. Os de roitelet et colle de poisson, plus que jamais.

ஃ

Je pourrais terminer ici. Mais il y a encore une chose à mentionner : un cadeau que j'ai demandé à mon époux, un cadeau de mariage. D'abord, il était réticent.

J'ai dit : « Oh, la soie que tu m'as offerte… Pfff… Rose. Qu'est-ce que je suis censée faire avec, me coudre une robe ? L'oisillon était achevé, autant qu'il le serait jamais, et pendait du plafond de la grande chambre, accroché à un fil. Il s'envolait dans la moindre brise. Je ne vois pas ce que ça a d'horrible.

— Très bien, s'est résigné mon époux. Mais ne viens pas pleurer quand tu auras des regrets. » Nous ne partagions pas la chambre – nous ne la partagerions sans doute jamais – mais nous l'utilisions pour nos conversations privées, en particulier celles qui concernaient les serviteurs. C'était l'apogée du printemps, et Nicanor passait le plus clair de son temps à la ferme, où il campait avec les hommes qu'il avait embauchés. Il revenait à la maison de temps à autre pour un bain et un bon repas, et les soirs où il avait paru moins distant qu'à son habitude, j'allais lui rendre visite dans sa chambre, avant de rentrer me coucher dans la mienne. La bonne terre de l'Eubée avait imprégné ses mains, à présent, s'était infiltrée sous ses ongles, peut-être buvait-il un peu moins. Je ne lui ai jamais posé la question, ni à Thalée d'ailleurs, qui veillait sur les réserves et aurait su me répondre.

« Il faut que tu nous accompagnes chez le magistrat.

— As-tu fixé des conditions ?

— Aussi peu que possible, dis-je. C'est ce qu'aurait voulu mon père. »

Si bien qu'aujourd'hui nous retournons chez Plios le magistrat. Mon époux m'en veut de l'avoir tenu éloigné de ses champs ; il est en retard dans ses semailles, et son inexpérience le rend anxieux. Mais il est fier, aussi, timidement fier des petites tiges vert pâle qu'il est déjà parvenu à obtenir du sol boueux. Moi, j'ai planté un potager près de la maison, pour que nous ayons un sujet de conversation le soir. Première récolte de cette parcelle-là : une laitue, que j'ai apportée pour l'offrir à l'épouse du magistrat. Tychon nous suit quelques pas en arrière, comme toujours, tenant Gelée par les rênes. Nicanor a prévu de rentrer à la ferme à cheval, directement, après l'entrevue avec le magistrat.

En chemin, je lui annonce : « J'ai pensé que je pourrais peut-être donner des cours. À des filles de bonne famille. Te souviens-tu de Thaulos ? Il m'a demandé si j'accepterais d'enseigner la lecture à sa fille. Peut-être un peu les maths, la biologie. C'est très en vogue de nos jours. » Je caresse du bout du doigt la pierre et la coquille d'escargot, qui viennent de l'école de papa, que j'ai pris l'habitude de garder dans ma poche ces derniers temps, comme des talismans. J'ai déjà commencé, avec Belle ; elle récite fort bien son alphabet, et elle aime que je dessine du doigt des chiffres sur son dos chatouilleux, pour qu'elle les devine. Philo l'attardé aime nous regarder, assis sur ses talons, frappant dans ses mains quand Belle rit. Un jour, il a tendu trois doigts et de sa grosse voix, il a dit : « Trois. »

Belle s'est tournée vers moi. Je lui ai annoncé qu'elle avait deux professeurs, désormais. Philo rayonnait.

À présent, Nicanor proteste :

« Pas pour de l'argent.

— Bien sûr que non.

— À ta place, je leur épargnerais aussi les squelettes, ajoute-t-il. Du moins, pour commencer.

— J'ai oublié de te demander de me rapporter un renard, si tu en trouves un. Je n'ai jamais étudié de renard. Je sais que les fermiers les tuent dès qu'ils en ont l'occasion.

— Les fermiers qui élèvent de la volaille », rétorque Nicanor, d'un ton dédaigneux.

Puis il conclut : « Je verrai ce que je peux faire. Je demanderai à Démétrios. Il a des pièges. »

Il s'est lié d'amitié avec Démétrios, et Euphranor aussi, qui fait preuve à son égard d'une déférence exagérée. Comme ébloui par une idole, admiratif de l'expérience militaire de mon époux dans l'armée d'Alexandre, de son intransigeance, ses lointains silences. Béat d'admiration, d'amour. Il a l'air un peu idiot, Euphranor, ces derniers temps. Mais il aide énormément à la ferme, et se propose de mettre mon époux en relation avec un négociant honnête, quand viendra le temps de vendre la récolte à Athènes, cet automne.

« Viens, Tychon », ordonne Nicanor.

Tychon franchit avec nous le portail de Plios. Un esclave nous conduit dans une salle, à l'intérieur, le bureau de Plios, où le magistrat se lève de son siège pour nous saluer. Je suis lourdement voilée ; il m'ignore.

« C'est cet homme-là ? » demande-t-il, et Nicanor confirme.

« Un grand jour pour toi », déclare Plios, s'adressant à Tychon.

Je tends la pièce symbolique à Plios – un privilège que j'ai obtenu de mon époux. Je voulais m'en charger moi-même. Je pose la pièce sur son bureau, comme il sied à une dame, pour ne pas que nos mains se touchent.

« Tu n'es plus esclave, annonce Nicanor à Tychon. Mais tes obligations à l'égard de la famille subsisteront jusqu'à ta mort. Tu viendras nous voir trois fois par mois pour recevoir tes instructions. Telles sont les conditions inscrites dans le contrat. En outre, tu devras verser une taxe d'affranchi à la cité. Tous les enfants que tu pourrais avoir seront exemptés de cette taxe. Plios le magistrat représente la ville, en qualité de témoin.

— Les enfants que *je* pourrais avoir, s'étonne Tychon.

— Marché conclu ! s'exclame Plios, d'un ton enjoué. Bon. Avons-nous le temps de boire une coupe ? »

Un esclave apporte un pichet et trois coupes pour les hommes. On dirait que Tychon est sur le point de vomir.

« Bois, mon grand ! s'écrie Plios. Regardez-le. Il est terrifié. D'ailleurs, où sont les autres ? Je pensais qu'il y en avait quatre à affranchir aujourd'hui. »

Bien sûr, en tant que magistrat, il a lu le testament de papa : *Tychon, Philo, Olympias et sa fille recouvreront leur liberté lorsque ma fille se mariera.*

« Leurs cas sont différents, rétorque Nicanor. Rien ne presse. »

Dehors, Nicanor enfourche Gelée. Ma main s'est de nouveau égarée sur mon ventre ; je vois son regard se poser dessus, puis se détourner. « Ramène-la à la maison, veux-tu ? demande mon époux à Tychon. Je serai absent une semaine, au moins. Ta maîtresse t'expliquera tout. Bon. » Il éperonne son cheval et il est parti, mon moteur immobile : parti sans un regard en arrière.

Mais il pensera sans doute à mon renard.

« Maîtresse, soupire Tychon. Je n'ai pas d'argent pour la taxe. »

Nous marchons ; non pas vers la maison, mais vers la plage où mon père nageait avant d'être rejeté sur le rivage, où Euphranor a découvert ma marque de naissance, où Myrmex m'a baisée de toutes les manières. Nous nous asseyons sur le rocher plat où papa laissait ses vêtements. « Tu pourras t'installer dans la cabane derrière les écuries », lui dis-je. La plus grande de nos dépendances. « Je l'ai fait remettre en état. Elle est propre et sèche, à l'épreuve des intempéries. J'ai mis une paillasse neuve, une chaise et une lampe, et une armoire pour tes affaires. Tu continueras de travailler pour nous mais désormais, nous te paierons. Et tu auras du temps libre, pour faire ce qui te plaît. »

Nous restons longtemps assis, silencieux et paisibles, tandis que le matin devient fournaise de midi.

« Des enfants », murmure-t-il.

Je pose ma tête sur son épaule et, au bout d'un moment, il passe son bras autour de moi.

Remerciements

Tous mes remerciements aux professeurs Susan Downie et Shane Hawkins, de l'Université de Carleton ; aux professeurs Pauline Ripat et Mark Golden de l'Université de Winnipeg ; et au professeur Maria Liston, de l'Université de Waterloo, pour avoir partagé leur immense savoir.

Merci à Anna Avdeeva pour m'avoir généreusement offert l'ouvrage *Medicinal Plants of Greece* (Plantes médicinales grecques) et à Conni Bagnall, qui m'a fait cadeau du livre de Robert Graves, *Les Mythes grecs.*

Toute ma gratitude à Anna Avdeeva, Amanda Holmes, Ariel Levine et Christine Lorimer de l'Université de Carleton et de l'Université de Winnipeg, qui m'ont accompagnée au Lycée d'Aristote.

Le poème que lit Pythias sur la route de Chalcis est tiré de *If Not, Winter : Fragments of Sappho* (Sinon, l'hiver : Fragments de Sappho), recueil traduit par Anne Carson.

Le sortilège de l'*iunx* que récite Pythias est un mélange de quatre incantations citées par Christopher A. Faraone dans son ouvrage *Philtres d'amour et sortilèges en Grèce ancienne.*

Merci comme toujours à Anne Collins et Denise Bukowski, mes collègues et amies.

LA PETITE VERMILLON

Dernières parutions

276. Alexandre Najjar	*Le Silence du ténor*
277. Pol Vandromme	*Bivouacs d'un hussard*
278. Jean-Paul Caracalla	*Saint-Germain-des-Prés*
279. Stéphane Martinez	*Slam entre les mots*
280. Patrice Lelorain	*La Légende de Muhammad Ali*
281. Alain Saint-Ogan	*Je me souviens de Zig et Puce*
282. Gabriel Matzneff	*Comme le feu mêlé d'aromates*
283. Pierre Joannon	*Michael Collins. Une biographie*
284. Jean Freustié	*Ne délivrer que sur ordonnance. L'Entracte algérien*
285. Jean Anouilh	*Pièces brillantes*
286. Jean Anouilh	*Pièces grinçantes*
287. Jean Anouilh	*Pièces roses*
288. Jean Anouilh	*Pièces noires*
289. Jean Anouilh	*Pièces costumées*
290. Jean Anouilh	*Nouvelles Pièces grinçantes*
291. Jean Anouilh	*Pièces baroques*
292. Jean Anouilh	*Pièces secrètes*
293. Jean Anouilh	*Pièces farceuses*
294. Jean-Luc Coatalem	*Suite indochinoise*
295. Sébastien Lapaque	*Court Voyage équinoxial*
296. Olivier Frébourg	*Souviens-toi de Lisbonne*
297. Francis Huger	*Les Fadas de la pétanque*
298. Michel Bernanos	*La Montagne morte de la vie*
299. Louis Nucéra	*Le Roi René*
300. Jean Anouilh	*Antigone*
301. Charles Le Quintrec	*Poètes de Bretagne*
302. Frédéric Musso	*Un pékin en Chine*
303. Pierre-Louis Basse	*Séville 82*
304. François Bott	*Gina*
305. M. Constantin-Weyer	*L'Âme du vin*
306. Kilien Stengel	*Poètes de la bonne chère*
307. Patrice Franceschi	*La Dernière Manche*
308. Jean-Pierre Martinet	*L'Ombre des forêts*
309. Jacques Sternberg	*La Boîte à guenilles*
310. John Steinbeck	*Il était une fois une guerre*
311. Jacques Ellul	*Ellul par lui-même*
312. Jacques Ellul	*Autopsie de la révolution*
313. Xavier Patier	*La Foire aux célibataires*
314. John Tittensor	*La Croisade de Carmody*
315. William Cliff	*Autobiographie* suivi de *Conrad Detrez*
316. Kléber Haedens	*Poésie française*
317. Jean Cau	*Proust, le chat et moi* précédé de *L'Enfance de l'art*

360. Antoine Blondin	*L'Humeur vagabonde*
361. Jacques Ellul	*La Pensée marxiste*
362. François Bott	*Le Cousin de la marquise*
363. Didier Tronchet	*Vertiges de Quito*
364. Olivier Barrot	*Je ne suis pas là* (3)
365. Jean Rolin	*Vu sur la mer*
366. William Henry Hudson	*Terre pourpre*
367. Jack Kerouac	*Le Livre des haïku*
368. Jean-Paul Caracalla	*En remontant le boulevard*
369. Roger Nimier	*Le Palais de l'ogre*
370. M. l'A.D.L.G.	*La Femme vertueuse*
371. Godard d'Aucourt	*Thémidore*
372. Jean Anouilh	*Eurydice*
373. Olivier Renault	*Rouge Soutine*
374. Alexandre Najjar	*Le Roman de Beyrouth*
375. Olivier Barrot & Pascal Ory	*La Revue blanche*
376. Frédéric Berthet	*Paris-Berry*
377. Frédéric Berthet	*Felicidad*
378. Jean de La Ville de Mirmont	*Les Dimanches de Jean Dézert* suivi de *L'Horizon chimérique & autres poèmes • Contes*
379. Jacques Ellul	*Pour qui, pour quoi travaillons-nous ?*
380. Collectif	*Hériter d'Ellul*
381. Guy Dupré	*Le Grand Coucher*
382. Jean Rolin	*Chemins d'eau*
383. W. Somerset Maugham	*Il suffit d'une nuit*
384. W. Somerset Maugham	*Le Grand Écrivain*
385. Michel Erman	*Marcel Proust. Une biographie*
386. Molly Keane	*Fragiles Serments*
387. Molly Keane	*L'Amour sans larmes*
388. Courtine	*Simenon & Maigret passent à table*
389. Pierre Loti	*Soldats bleus*
390. Collectif	*Prix du portrait Françoise Giroud 2014*
391. Jacques Ellul	*La Parole humiliée*
392. Jacques Ellul / Patrick Chastenet	*À contre-courant*
393. Norbert Casteret	*Édouard-Alfred Martel explorateur du monde souterrain*
394. Dante	*L'Enfer*
395. Jérôme Soligny	*Je suis mort il y a vingt-cinq ans*
396. Curzio Malaparte	*Journal d'un étranger à Paris*
397. Alain Dugrand	*Conrad, la vie à la mer*
398. Molly Keane	*Les St. Charles*

399. Denis Tillinac	*Juste un baiser*
400. Michel Bernard	*Mes Tours de France*
401. Oscar Coop-Phane	*Demain Berlin*
402. Jean Freustié	*Isabelle* ou *L'arrière-saison*
403. Patrick Besson	*Puta madre*
404. Jacques Ellul	*La Foi au prix du doute*
405. Jacques Ellul	*Changer de révolution*
406. Olivier Renault	*Bonnard, jardins secrets*
407. Jérôme Leroy	*Les Jours d'après*
408. Valérie Rouzeau	*Va où*
409. François Bott	*Aphorismes pour l'autobus et le métro*
410. Claude Roulet	*Tout sur le Ritz !*
411. Antoine Blondin	*L'Europe buissonnière*
412. Graham Greene	*Routes sans lois*
413. William Makepeace Thackeray	*Samuel Titmarsh et le grand diamant des Hoggarty*
414. Andrés Trapiello	*Les Cahiers de Justo García*
415. Nathanael West	*Un bon million !*
416. Michel Bernard	*Les Forêts de Ravel*
417. Lorenza Foschini	*Le Manteau de Proust*
418. Michel Erman	*Bottins proustiens*
419. Lucien Daudet	*Le Prince des cravates*
420. Jérôme Leroy	*La minute prescrite pour l'assaut*
421. Jérôme Leroy	*Comme un fauteuil Voltaire dans une bibliothèque en ruine*
422. Ferdinand Alquié	*Descartes, l'homme et l'œuvre*
423. Ferdinand Alquié	*Malebranche et le rationalisme chrétien*
424. Michel Ohl	*Petites Scènes de la vie en papier*
425. Jean-Pierre Ohl	*Monsieur Dick ou Le dixième livre*
426. Kââ	*La Princesse de Crève*
427. A.D.G.	*La Nuit myope*
428. Hervé Prudon	*La Langue chienne*
429. Serge Quadruppani	*Le Sourire contenu*
430. Frank O'Connor	*Les Hôtes de la nation*
431. Aldous Huxley	*Des Caraïbes au Mexique*
432. Jacques Lacarrière	*Chemin faisant*
433. Didier Pourquery	*L'Été d'Agathe*
434. John Hopkins	*Dans les montagnes chinoises*
435. Hans Ormund Bringolf	*Feu le lieutenant Bringolf*
436. Fred Pasley	*Al Capone le Balafré*
437. Jack Kerouac	*Pic*

438. Régis Messac — *Quinzinzinzili*
439. Miles Davis / Quincy Troupe — *Miles Davis : l'autobiographie*
440. José Louis-Bocquet / Philippe Pierre-Adolphe — *Rap ta France*
441. Jean-Claude Perrier — *Les Mystères de Saint-Exupéry*
442. Manuel Chaves Nogales — *Le Double Jeu de Juan Martínez*
443. Michel Bernard — *Deux remords de Claude Monet*
444. Jean Rolin — *La Frontière belge*
445. Bruno Fuligny — *L'Affreux du Panthéon*
446. Ferdinand Alquié — *Solitude de la Raison*
447. Jacques Ellul — *Les Classes sociales*
448. Christian Bachelin — *Soir de la mémoire*
449. Michel Bulteau — *Le Club des longues moustaches*
450. Jacques Laurent — *Une sacrée salade*
451. Kââ — *Il ne faut pas déclencher les puissances nocturnes et bestiales*
452. Séverine Chevalier — *Recluses*
453. Gérard Guégan — *Le Sang dans la tête*
454. John Hopkins — *Carnets d'Amérique du Sud (1972-1973)*
455. Alphonse Boudard — *Le Café du pauvre*
456. Denis Tillinac — *Boulevards des Maréchaux*
457. Michel Bernard — *La Tranchée de Calonne*
458. Louis Codet — *César Capéran ou la Tradition*
459. Montal et Napias — *100 courts chefs-d'œuvre*
460. Michèle Forbes — *Phalène fantôme*
461. Jean Rolin — *Peleliu*
462. Ferdinand Alquié — *L'Expérience*
463. Jérôme Leroy — *Le Cimetière des plaisirs*
464. Patrick Mosconi — *Nature morte*
465. Hervé Prudon — *Mardi-gris*
466. Frédéric Berthet — *Simple Journée d'été*
467. Anne Vallayes — *Hautes Solitudes*
468. Andrés Trapiello — *À la mort de don Quichotte*
469. Pierre Autin-Grenier — *Friterie-bar Brunetti*
470. Pierre Autin-Grenier — *Je ne suis pas un héros* suivi de *Toute une vie bien ratée* • *L'éternité est inutile*
471. José-André Lacour — *Le Rire de Caïn*
472. Maurice Genevoix — *Trente mille jours*
473. Michel Bernard — *Pour Genevoix*
474. Gabriel Matzneff — *La Lettre au capitaine Brunner*

475. Michel Bernard — *Le Bon Cœur*
476. Lisa McInerney — *Hérésies glorieuses*
477. François Bott — *Il nous est arrivé d'être jeunes*
478. Jacques Ellul — *Les Successeurs de Marx*
479. Pierre Marcelle — *Terrain lourd*
480. Kââ — *Silhouettes de mort sous la lune blanche*
481. Oscar Coop-Phane — *Le Procès du cochon*
482. Elizabeth Jane Howard — *Une saison à Hydra*
483. Antoine Blondin — *Monsieur Jadis*
484. Jacques Ellul — *L'Homme et l'Argent*
485. Michel Bernard — *Hiver 1814*
486. Dante — *Le Purgatoire*
487. John Hopkins — *Carnets du Nil blanc*
488. Antoine Blondin — *Quat' Saisons*
489. Michel Bernard — *Le Bon Sens*
490. Jacques Ellul — *La Philosophie du droit*
491. Valérie Rouzeau — *Quand je me deux*
492. Jack Kerouac — *Livre des Esquisses (1952-1954)*
493. Jack Kerouac — *The Town and the City*
494. Molly Keane — *Chasse au trésor*
495. Antoine Blondin — *Ma vie entre des lignes*
496. Jacques Ellul — *L'Espérance oubliée*
497. Pierre Loti — *Cette éternelle nostalgie. Pages de journal (1878-1911)*
498. Michel Bernard — *Les Bourgeois de Calais*
499. Collectif — *Ces messieurs du rugby*
500. Annabel Lyon — *Le Juste Milieu*
501. Jean-Paul Caracalla — *Aux Deux Magots*
502. David Park — *Voyage en territoire inconnu*
503. Jacques Ellul — *Le Livre de Jonas*
504. Jacques Ellul — *Politique de Dieu, politiques de l'homme*
505. Michel Bernard — *Hiver 1812*
506. Dawn Powell — *L'Île joyeuse*
507. Dawn Powell — *Le Café Julien*
508. Jean Rolin — *Traverses*
509. Jacques Ellul — *Présence au monde moderne*
510. Jacques Ellul — *Contre les violents*
511. Valéry Rouzeau — *Vrouz*
512. Dawn Powell — *Une époque exquise*
513. Annabel Lyon — *Aristote, mon père*

Cet ouvrage a été achevé d'imprimer par Novoprint (Barcelone) en avril 2025, pour le compte des Éditions de La Table Ronde.

Dépôt légal : juin 2025
N° d'édition : 661368
ISBN : 979-10-371-1599-7
ISSN : 1160-3100
Imprimé en Espagne.